# Gaea

# Gaea

案簿錄 捌

# 高塔（タワー。）

護玄——著

目錄

# 人物介紹

**虞因**

擁有陰陽眼的大學生，雖然有些愛玩，但自己會拿捏分寸。厭惡沒道理的事情。

**少荻聿**

滅門血案唯一倖存者。語文、閱讀、記憶能力強；喜愛甜點，有著一雙紫色眼睛。

**言東風**

圖形、記憶、分析能力極強。不願與他人扯上關係，卻又放心不下。有厭食傾向，厭惡紅蘿蔔。

方曉海
阿方的妹妹，夜店經理＋罩場。
凶猛火爆又直爽的鐵板一枚。
正愛慕著條杯杯虞佟。
阿方
阿因朋友，前校園擺平者。
很會照顧人的大哥哥類型。
喜愛籃球、運動。
一太
現任校園擺平者。
看似隨和，卻常將身邊人搞得
團團轉。非正非邪。

# 人物介紹

**虞佟**

隸屬刑事行政單位；阿因大爸。溫和穩重且有禮的娃娃臉熟齡男子，但必要時可以很黑。

**虞夏**

刑事小隊長；阿因二爸。個性暴躁，喜歡打擊犯罪。雖有一張娃娃臉，但拳腳功夫了得。

**玖深**

刑事鑑識。認真拚命的好青年。厭惡、害怕不科學的事物。

黎子泓
刑事檢察官；東風學長。
正經、認真於自己的工作。
喜歡電玩、登山。
嚴司
法醫。
喜歡各種有趣事物，機車他
人為己任，非常不正經。
葉桓恩
隸屬督察室。
隨和，非領導型的輔佐。
養有愛貓雞肉乾，愛狗小魚乾。

被囚禁在最高點的，是無人可及的美麗夢幻。
站在地面上仰望的，是無法依心願觸碰幻想。
最高點的，是四面牆與封閉的黑暗。
地面上的，是無邊茫然與刺眼陽光。
可以選擇打開扇窗，追逐陽光墜落地面。
可以選擇向上攀爬，抓住寶物奉獻生命。
要逃走嗎？
要困入嗎？
想保有心？
想失去心？
要選擇嗎？
不選擇嗎？

你想，付出什麼作爲代價？

黑暗中，細微的時鐘指針走動聲響扣動著近乎死寂的空氣。

一如往常，不知道深夜幾點，他突然睜開眼睛，原本有點模糊的意識瞬間完全清晰了起來。

拉門外，屋主並沒有回來。

這陣子其實經常這樣，似乎是工作倍增的關係，有時三更半夜、有時乾脆連續兩三日不見人影。偶爾虞佟或楊德丞會在有空時送食物過來，不過大多都放在房間外，說幾句話之後就離開，連房門都沒打開。

伸出手，按著墊在身下的床墊，慢慢支撐起身體，一縷縷已讓他能感覺到重量負擔的頭髮順著動作從肩膀上滑下，像數不清的某種生物般，吊掛在他身上，極力想拉扯他往原位倒回。

使了點力氣推開壁櫥拉門，迎接他的是黑暗的空間。

就算不開燈，他也知道屋內任何一處擺飾……雖然如此，還是要慎防可能不知道哪時候偷溜回來的屋主，趁他沒發現時動手腳。前不久就有一次因他一時不察，大半夜踩到個看起來應該是海膽樣子的塑膠球，整個人滑倒，深夜裡痛到都不知道該用什麼詞句咒罵屋主比較能消氣。

踏出第一步時，腳底似乎踩在一片血泊之中。

冰冷卻還帶著些許黏稠感的半凝固液體攀附在皮膚上。

四周黑色空間緩緩變成另一種輪廓，不同於這個房間，是另外那個他更加熟悉，幾乎時時刻刻浮現在眼前的空間。

微光從窗外照進，半被窗簾遮擋的光，黯淡地灑落在已失去聲音的屋內物品上。

逆著光的面孔翻倒過來正對著他。

那張她最喜愛的椅子上沾滿血跡，原本細緻的木紋早已被代表生命流逝的色澤滲入填滿，顯得斑駁猙獰不堪。

往日柔順的黑髮沾黏成條狀、甚至糾纏打結，有些黏在肩上皮膚，有些陷入切開的血肉之中，有些則是沾黏在那張扭曲的面孔。

遭反綁的雙手上沒有瘀傷，隨意棄置的繩球靜靜躺在已乾的血泊中。

裝盛著茶水的馬克杯、放置在牆角的小盒子……

幻影，無時無刻都在出現。

自從那日後，他從來沒有眞正地踏出過這個房間。

不論是睜開眼或閉上眼，包圍自己的一直都是同一個地方，像是沒有門的牢籠般緊緊扣押在過去、現在、未來。只要他的時間還在走動，這個房間就永遠看不見出口。

站在玄關內，看向門外，困在變形車輛內的是原本該與這件事無關的年輕員警，只因爲試圖想要踏進，就失去了呼吸的機會，歪斜無力的頭部垂下，緩緩滴落血液。

躺在病床上的是面色死灰的婦人，失去生機的紫灰色面孔讓她看起來已經不像活著的人類，而是另一種存在，怨恨的眼神凝僵在最後一絲喘出的氣息中。

然後，滾落腳前的頭顱是原本該說陌生的臉孔。

他看著自己的手，上面全都是血。

抬起頭，坐在那裡的變成另外一名員警，低下頭，幾乎能看見腳邊橫躺著更多軀體，那片血泊正在逐漸擴大。

站在血泊外的是很久以前圍繞在身邊的師長、同學們，每個人都帶著一種害怕的情緒，越接近他們，那些人退開得越遠。

「不想死」

「不想牽連家人」

「想好好地生活」

「那與我們無關」

「放過我們吧」

……

………

那些近乎哀求的心聲慢慢從他們的神色中流淌過來。

因爲他看得懂，從一開始就能明白，所以想喊出來的那兩個字硬生生地吞嚥回去，梗塞在胸口中。然後收回手，掉轉腳步，遠離並走回這個房間中。

所有景象漸漸褪去顏色，回到黑暗之中。

時間的流逝聲響再度響起。

輕輕嘆了口氣，他朝著黑暗邁開腳步。

無論會不會踩到下一顆海膽——

人總是，必須踏出那一步。

# 1

嚴司從開著冷氣的涼涼車內，萬般不願意地踏出第一步時，周遭空氣不但有點熱，氣氛還有點怪異。

打個比方來說，就像是所有人選在今天集體便祕——

好啦，其實應該說最近大家都有點壓抑，自從機器貓閉關之後，身邊每個人都一副家裡小孩不吃飯、青少年叛逆期，鬧脾氣摔房門的臉。

就算最近剷了幾個組織的大型據點，減輕了負擔，同時控制不少可能發生的危險，好像也沒看見他們爲此慶祝。

話說回來，如果以程度來分，今天的臭臉的確比較嚴重，大概有九十三點五分左右。

「怎麼了？你們好像都踩到大便的臉。」搭住提早到來的小精靈助手，嚴司邊問邊跟著跨進封鎖線。

他原本和幾名同事討論手上的一起案件，差不多告個段落後，正想趁休息時間偷偷補個眠，就被他家主任踹了出來。

傍晚臨時接到的案子，起於有點滑稽的鬥毆事件。兩個好友下班後在河堤附近的社區餐廳喝了酒之後，爭論起其實與他們不相關的國外小新聞；估計是酒精催化之故，加上兩人都有些年紀、脾氣頑固，說著說著彼此不相讓，出餐廳後越想越不甘心，就在河堤上大打出手，還波及到勸架民眾，附近的人便急忙報警。

警方到達時，兩人酒已經醒得差不多了，而雙方趕來的老婆一聽見打架原因，各自狠狠地數落丈夫們一番，兩人正尷尬地向員警和附近住戶們道歉時，蹲在旁邊看戲的路人發現河川上漂來了一小包一小包的黃色塑膠袋，大概兩、三包，每個都是棒球般的大小。

有人以爲是垃圾，吆喝著鄰里一起幫忙撈上來，順勢解開袋子打算分類丟棄。此時，袋子裡掉出許多細小的東西，眼尖的員警立即發現是牙齒，打開後，是許多疑似人類的牙齒。再打開第二包，更不得了了，是好幾根腳趾，另外一包也是腳趾。

到這時候，已經不是單純白目喝酒打架這麼單純的事。

員警驅散越聚越多的好事民眾，回報中心，找來里長開始循線向上游找尋。兩個小時後，他們找到一座廢棄橋墩，撥開層層雜草，在橋下空曠處發現一具沉在水裡、已面目全非的光頭男屍，屍體被破壞得很嚴重，不但腳趾全被切除，身上也被割走不少肉片，臉到軀體血肉模糊，周圍還漂浮著那些黃色小塑膠包。

因爲岸邊有大量水草和垃圾，所以屍體和那些塑膠包才一直滯留在原處。

「你等等就知道了。」也是千百個不願意跟著一起被低氣壓籠罩，小精靈默默看向封鎖中心處，然後視線再轉回來，「你手到底怎麼了？」他看著正要戴手套的某人，手指上有幾塊ＯＫ繃。

如果沒記錯，總覺得最近老是看見嚴司手上有這些東西，位置會變，已經持續有段時間了。

「如果說我想當新好男人，正在向大廚師的修行之道邁進你信不信。」嚴司張開左手，秀一下手指上的卡通ＯＫ繃，然後才把手套拉上去。

小精靈翻翻白眼，轉頭去做自己的事。

嚴司聳聳肩，提著工具箱，直接朝屍體所在處前進，老早就在那邊的虞夏和黎子泓兩人一看見他，便停下了討論和手上的記錄動作。

「呦，我親愛的過勞死好友們。」嚴司笑笑地打了招呼，「眞高興在這邊和你們巧遇。」

看了對方一眼，黎子泓皺了下眉，倒也沒說什麼，「正要打撈。不過……你先來這邊看看。」

稍微瞄了地上已被打開的那幾個塑膠袋，裡面幾乎都是已經腐爛的人體一部分，有頭髮、有手指，還有被割下來的鼻子、嘴唇等等。大致上心裡有點底，嚴司就跟著黎子泓兩人往橋墩下的水泥壁方向走去。

牆面上，有些年代較遠的塗鴉，以及比較新的幾段文字。

「欠債還命？」唸著發黑的文字，嚴司看過去，旁邊寫了一排，倒有點像小學生被罰寫的感覺，從發抖的字跡這點來看，估計還是水裡的可憐蛋被迫寫的，「最近討債會討成這樣啊？這仁兄是借幾億啊？」他資訊眞是太慢了！還以爲基本款應該是潑漆外加撒冥紙。

「看上面。」虞夏將手電筒光向上照射，讓晚來的人看清楚上方的痕跡。像是傷痕般的黑色圖案大刺刺地出現在所有塗鴉頂端，畫得極大，隱約有點挑釁的意味。

「……難怪，我就想討債討成這樣沒啥意義啊。」通常討債的很少會致人於死地，因爲借款人要活著，他們才能夠將錢給榨出來。不過也不能證明這些和死者有關就是，搞不好只是故弄玄虛要擺他們一道。

「不管有沒有關係，他們只是要確認我們看見。」剛才檢視過水中屍體，黎子泓和虞夏大致能判斷屍體並沒有被沉下很久；而橋墩下的最新塗鴉就是那些文字與上面的痕跡，且黑色的不明顏料也一路延續到屍體所在位置，很難讓人不聯想在一起。

也或許，是「他們」要讓警方聯想在一起。

總之，還未確定之前有許多可能性。

「屍體上來了。」

男屍上岸後，附近較資深的員警再度補上香枝。

到場時因爲天色昏暗，所以嚴司沒將屍體看得很清楚，上岸後，燈都架好了才發現屍體的臉毀損得比他原以爲的還嚴重，別說五官都沒了，臉部甚至還有些下凹，像是被人用某種鈍器狠狠敲過，顯然內部也有一定受損程度。

「這位老兄毀容還毀得眞徹底……嗯？」

「怎麼了？」虞夏在一旁蹲下，看著才剛碰到屍體就立即收回手的友人。

「你們別碰了，這老兄不太乾淨，待會打包的要提醒他們多包幾層。」示意虞夏和黎子泓往後退些，嚴司指指地上，「公寓大搬家中。」

仔細一看，虞夏才發現屍體流出來的各種不明液體與水中，有許多灰白色小東西正在蠕動，沒仔細看還眞的沒發現，很快地，就連屍體上也攤出不少幾近透明的微小幼蟲。

「人生就是～生前被人討厭，死後卻變得很熱鬧啊，看這些家族舉家遷入……」

話還沒說完，嚴司突然被身旁友人一扯；轉過頭，看見黎子泓的臉色不太好看，後者和虞夏低聲講了幾句，避開附近好奇的視線直接將他拽到一旁較偏僻無人的位置。

等到對方鬆手後，嚴司才挑起眉問道：「怎麼了？一臉比那仁兄還慘，我應該最近沒有欠你錢……」

「別開玩笑了。」黎子泓揉揉正在發痛的額際，今天實在是沒心情聽友人瞎扯，「認識的記者應該私下有告訴你，最近有人看你在現場的態度不太順眼，已經盯上你了，要你少講兩句吧？」他和虞夏大概知道對方越來越多嘴的原因，基本上處理方式就是無視，等他自己度過，不過有心人士估計不會就這麼算了。

尤其是最近這陣子。

熟識的媒體打過招呼後能明白他們的苦衷，相當有默契地協助配合，但是想搶話題與嗅到血腥味不願放手的人，已經對他們相當不滿，緊盯著想要找出點什麼好讓他們大肆批判。

「好像有。」是有幾名比較友善的記者聽到風聲後私下偷偷提醒他，嚴司聳聳肩。

「大家的壓力都很大，不過有外人時適可而止。」最近也備受各種壓力的黎子泓不太希望身邊的人又多生什麼枝節。

「輕鬆點嘛……」

「你到底在擔心什麼？」打斷對方不正經的調笑語氣，認識嚴司很久的黎子泓當然曉得友人態度的轉變代表什麼，「已經有段時間了，本來想等你自己處理完再問，但是這麼久，你該不會處理不了？」

記得學生時代開始，這傢伙態度越來越不正經、惡劣，通常是另外有事情，例如以前賴長安事件，當時他自強活動回來，也只覺得對方特煩，後來回想才隱約覺得不對勁，不過什麼也沒問出來。

套句楊德丞以前開玩笑的說法：這傢伙拚命發神經時要特別小心。

在學時多少有過幾次，但沒有一次像現在這麼久。

黎子泓算算時間，總覺得好像已經持續大半年左右了。

嚴司環著手，歪頭想想，接著露出無奈的表情回答：「可能是在擔心今年聖誕節又要被問啥時要找女友結婚……」

「你是不是不想做了？」並沒有聽完那些瞎掰的廢話，黎子泓搖搖頭打斷對方，乾脆主動問出自己比較擔心的事情。

「人生路還長得很，別自動幫我退休啊兄弟。」有點好笑地看著對方的苦瓜臉，嚴司拍拍友人的肩膀，「安啦，我一定會做到底，不然你們哪裡找得到像我這種一通電話就任勞任怨滾過來的好朋友。」

「那你到底……」

正想再問時，不遠處傳來員警的喊聲，黎子泓只好先放棄詢問，以處理現場事務爲優先。他邊在心底盤算要找個時間逮住這傢伙詳談，邊往外頭繞了出去。

嚴司見黎子泓離去，並沒有立即跟出去，他稍微思考了半晌，猛一抬頭突然看見虞夏出現在剛才他家好友的位置，正想先揶揄對方是否要來接力說教時，虞夏就先開口了。

「都不是小孩子了，自己知道在做什麼就好。」

虞夏並沒有打算扯談其他事情，扔下話，就回到工作崗位上了。

嚴司聳聳肩，尾隨著出去，就看見打撈的人手正往水中撈出更多東西；再走近一看，是很多的塑膠袋包，原本每包都吃了水有點鼓鼓的，撈上岸後，那些水和小蟲子從隙縫流出，開始扁掉。

「剛才屍體上岸後，我們想說看看還有沒有東西，結果攪了幾下突然勾上來很多。」打撈人員這樣解釋。

黎子泓蹲下身，解開那些新的塑膠包。

和前一批不同，這些的包法比較粗糙，就是隨便打個結，打開後，裡面除了水與鑽進去的小蟲以外，出現了一團團像是頭髮般的物體。

虞夏瞇起眼睛，也快速檢視這些東西。

「不同人喔。」撥弄著髮絲，然後從其中一包拉起沾黏了一點泡爛物質的部分，嚴司看著心中有底的其他人，「擴大撈看看吧，說不定還有其他人欠很多錢。」

這些疑似頭髮的東西有粗有細，顏色也不全然相同，如果真是人類毛髮，那就事情大條了。

黎子泓站起身，很快便向現場人員下達新指示。

才剛踏出幾步，突然聽見某種聲響打上附近的橋墩。

接著虞夏立即將他撲倒在地，對所有人發出喊叫。

「快找掩護！」

□

活該。

站在頂樓的女性回過頭冷笑著，帶著絲毫不憐憫的惡意嘲諷表情。

你活該。

看著，他就很想反駁一下。

好歹人也死了，何必如此記恨。再怎麼說，也是有幫她找出凶手的嘛。

「學妹，太執著不好喔，趁現在還年輕貌美快去投胎吧，要不然聽說變惡靈會一坨坨的。及時入場搞不好下輩子妳會過得逍遙自在，學長祝妳十八年後又是一朵美美的花。」雖然他不知道究竟有沒有下輩子這種存在，不過也好過在這邊糾纏別人。

某方面來說，人都死了，還可以鑽牛角尖到這種程度也不簡單。

女性不知罵了句什麼之後，轉身消失在黑暗之中。

從一片強烈的頭痛與熟悉的消毒水氣味中恢復些許意識時，聽見的是綜藝節目那種千篇一律的搞笑聲音。

抬起手，正想按按腦袋舒緩跳動的暈痛時，嚴司才發現手上插了點滴，順著管子看上去，他沒好氣地白眼，就把點滴拔掉。

「嚴大哥，剛剛醫生交代不要亂拔……」虞因聽見動靜轉過頭，無奈地苦笑。

「等等進來看是哪個，我會把剩下的打包送他，打這心酸的東西。」看了下醫院名稱，嚴司想想應該不是他學長、學弟們要整他，估計是哪個年輕值班醫生吧。

「嚴大哥你再躺——」虞因要制止病床上的人爬起時，注意到對方好像有點不自然地頓了下，動作硬生生停滯半晌，「怎麼了？有哪裡不舒服嗎？」

坐在一邊的聿按掉電視，靠了過來。

「沒事。」嚴司喬好姿勢繼續坐起身，看看時鐘，已是深夜。他現在躺在醫院的單人病房裡，旁邊有虞因兩兄弟看護。某方面來說好像是很不錯的待遇，但如果可以挑人的話，他比較想挑年輕漂亮養眼的。

記得最後的確在現場找到很多頭髮，接著他操勞的好朋友們正在忙時，他突然有點暈，再醒來時已橫躺在醫院裡了啊……這心情怎麼有點像被外星人抓走？

「二爸他們還在現場，嚴大哥你知道自己被槍擊嗎？」虞因接到電話，趕緊和聿搭外面員警的便車趕過來幫忙。

「……其實我掛了，被圍毆的同學你正在觀落陰對吧？」地府長得還真人性啊。嚴司決定把握機會趕快把要說的說一說，以免之後還要花工夫浮上去人間作祟：「記得回去告訴我前室友，千萬不要開我電腦裡鎖住的檔案，不然我怕他馬上來跟我當鄰居。」而且爆血管的死法好像不太美觀。

「……」虞因無言了幾秒，「你自己去告訴黎大哥吧，你沒被打中啦。」

根據他家二爸電話裡告訴他的，嚴司的確被開了一槍，不過他在被槍打到前就先倒了，所以子彈險險擦過，嵌在後頭的水泥上。

嚴司聽著敘述，抓抓下巴，「看來人還是會有福報的。」

虞因已經不想去吐槽對方的福報，假裝沒聽見那句，繼續說：「可是醫生說你身體很虛耶，嚴大哥你最近沒什麼休息嗎？」剛才巡房時，年輕醫生還好心地告訴他們要讓病人多休息，別太操勞。

「大哥哥偶爾還是會黛玉一下的，沒休息總比被打死好吧。」笑笑地接過聿遞來的茶水，喝了幾口後，嚴司躺回病床上，「我家那隻……」

「我大爸會過去你家，順便帶點吃的給東風，他說先不告訴東風槍擊的事情，只說你今天加班——因為開槍的人好像是針對你，聽說已經被抓到了，當時葉大哥也在場，他馬上就對槍手開槍的樣子。」這部分是虞因後續接到虞夏電話，對方讓他轉述給嚴司的，「那把槍有痕跡。」

「喔，瞭。」嚴司聽到這邊，心裡有底了。估計是對方來警告他把機器貓給安置在家裡的事情。

房東家因爲有大批保全和鐵板般的背景，所以他們動不了手，那隻小的又把自己關禁閉不短時間，可能有人眞的越來越不爽了吧。不然依照慣例，應該會連同他那些過勞好夥伴系列通通來一槍才對。

不過也有可能是純屬人帥比較容易當靶子。

「你身體在痛嗎？」

思緒被旁邊傳來的低問聲給打斷，嚴司看向聿，挑起眉。

聿拿出手機按幾下，交給虞因。

「……嚴大哥你背在痛嗎？小聿說你剛剛是不是拉到背？」虞因也覺得剛才那個停頓有點怪，「有摔到嗎？」

「沒，就是暈了兩秒。」嚴司打了個哈欠，「其實現在還在暈。」外加頭痛，總覺得醒來之後頭還是在痛，好像該問問是不是學妹又跑來掐他腦殼了。

聿盯著人半晌，把手背貼到對方額頭上，「發燒了。」

「請護理師來看看好了。」其實醫生有說人醒要叫他，不過虞因覺得剛才如果立刻按鈴，眼前這傢伙搞不好會很吵鬧，所以現在才按下，「對了，有位主任說等等會過來，他要你最少得在這裡睡到早上，嚴大哥你如果不安分休息，他會用約束帶把你固定在床上。」

「人生當眞損友多。」嚴司只好老實地把被子蓋回去。

「放心，沒你這麼損的。」虞因這次不客氣噴回去了。

「唉，我爲人正直……」

「他說不要逼他用膠帶。」附帶一下後面另外一句，「他會用一箱膠帶把你黏在牆壁上，你連約束衣的機會都沒有。」

「我睡了，兩位晚安。」

□

虞佟到達嚴司租屋處時，約莫是午夜剛開始。

橋墩槍擊事件後，他收到支援通知前往，正好幫忙將葉桓恩制住的年輕槍手一併扣押回局裡。只是受過訓練的槍手一個字也不說，就像那些高級幹部，完全無法讓他們透露出更重要的訊息。

花了點時間查找到槍手背景，竟然也是未成年，只得先暫時留置。

將手邊事務處理到一個段落，虞佟便帶著些食物來到這邊，先確保東風不會知道晚間的事情——槍擊事件當時立即請在場媒體暫先壓下不提，以免背後指使者逃逸，所以晚上的新聞僅只提到不明男屍的部分。

按了幾次門鈴，沒得到回應，虞佟想想，正打算用黎子泓給他的備份鑰匙時，在附近巡邏、認出他的保全就邊打招呼邊靠過來。

「辛苦了。」保全友善地開口說道：「看新聞，你們也真夠忙，阿司都還沒回來，加班加得夠徹底。」

「是啊，沒辦法，做什麼工作就要有什麼心理準備。」虞佟回以微笑，記得這人好像是夜班的小組長，前陣子照面時，得知這些保全們的來頭都不算小，幾乎都是退役軍人，在公司中受過相當專業精良的訓練，聘雇價格不低。

「像你們這種身手的人，我們也很歡迎，如果哪天不幹了，我可以向公司推薦，保鑣薪水不會比警察低。」這段日子看這些人出出入入，加上那些新聞大小案件頻繁播放，保全大概也能猜得出點事情，「檯面下大家有在猜，業界也注意到了。」

虞佟維持著不變的笑容，回應了對方好心的提議，「謝謝，不過其實你們的工作也滿辛苦的。我弟似乎比較偏向退休過著悠閒和平的生活。」

保全瞭然地點頭，「我懂，我也想過存夠錢去開間小民宿，帶著老婆、孩子在那裡過生活……那就不勉強你們了。」

保全又寒暄了幾句，就繼續巡邏去了。

看著保全沿著外牆遠離的背影，虞佟嘆了口氣。

其實這陣子掃蕩那些大小據點也不是沒有代價的，檯面上雖然看似完全沒關係，可能是任何一種店家，但組織的樁點一被拔除，或是幹部和人員一被捉到，各方壓力與關說隨即而來，聽說凱倫那邊已被勒令休息幾日；唯一慶幸的是，他的上司也夠強硬，帶著與議員民代強碰相互拍桌的氣勢，把對方趕走。

只是更上頭不想惹事的官員們還是要他們表態反省，最後主任便意思意思地讓凱倫先休息，之後再回來。

這點，他們這邊也一樣，局長已氣到臉黑掉，前幾天聽說胃炎去掛門診，可能還得持續好一段時間。

進入住屋後，虞佟謹慎地鎖好門，踏進玄關之後開啓燈，點亮黑暗的屋內。

似乎聽見細小聲音從房間裡傳來，他隨手將東西放在桌面上，看見完全沒動過的保溫瓶放在旁側，上面為了避免隔夜誤食貼有時間標籤，是前一天楊德丞做的。「阿司今天加班，我正好有事到這附近，順便幫你帶點吃的，別勉強自己，想吃再吃。」

房內沒傳來任何回應，不過有點動靜，大概是在整理什麼，有聽見紙張收入聲。

過了一會兒，一個公文封從房間拉門處被推出來。

拾起公文封看了看，裡面是一些組織相關的破譯資料，是嚴司拿走的其中一批。約略看了幾眼後，虞佟再度收回。

「希望你別讓大家等太久。」

每個人都知道這些事情總有必須結束的一天。

虞佟很希望那天到來時，不要有太多傷害，並且那些傷痛能夠隨著時間緩緩癒合。

離開嚴司的租屋，大約是在距離踏入這裡半小時後。

巡夜的兩名保全路過，彼此打了招呼，保全便繼續向前離開。

一前一後、短時間內遇到兩次保全巡邏，頻率有點密集，似乎真的是因為嚴司工作上的事情，讓房東好心加派了巡守，虞佟有些疑惑對方怎會如此友善，友善得讓他的職業本能發出警訊。先前沒有細問關於房東和租屋的事，僅只知道對方是大公司老闆，現在看來似乎有必要深入了解一下背景，預防這些關心背後有其他成分。

雖然不想懷疑別人的好意，不過虞佟向來認爲能謹愼就謹愼，尤其眼下這關頭，他想盡量避免友人們受到傷害。嘆了口氣，他重新將思緒拉回事件上。

由那些破解資料來看，組織的隱密據點已被清除了大半，其他有幾個較爲棘手，就如同先前遇到的，不只凱倫，所有人中估計黎子泓受到的壓力最大，接著就是虞夏這邊，不過局長和主任雖然平常罵歸罵，還是頗罩他們……也有可能是怕虞夏眞的甩手不幹，卸職前衝去把那些人暴打一頓引起軒然大波，到時候就眞的不是去看胃炎可以了事。

爲了減少這些壓力，虞佟和主任暗地傳放風聲給認識的記者，讓新聞去炒某些太過分跑來關說或暴罵的，還有些官商勾結、藝人染黑的。一開始報出獨家後，其餘媒體就會跟進，有些可能同樣會遭到施壓無法報導，不過仍會以各種形式流傳在網路上，引起不少討論，這些多少可以給那些太過明目張膽的組織合作者壓力。

雖然，社會很快就會忘掉這些事情。

對於不影響自己生活的，人們很快就會忘記，直到下一波到來。

查到現在，他們多少對組織有了概念。

這是一個以吸收青少年為基礎主體的組織。

從先前數起案件來看，組織幾乎都是吸收那些家庭有問題，或是性格上有問題、脫離家庭的青少年，然後再藉由這些人去吸引更多同齡孩子，擴展並深紮到學校與各種行業中。

他們不僅有販毒、車隊的組合，先前也查扣到買房子預計要作為補習班使用的事，加上之前的婦產科……組成相當多元，並非普通打架鬧事，是眞的有在經營的組織，而且藏得很深，組織的人口風也極緊，一直以來都不曾引起警方、甚至是其他黑白兩道的注意。

從找上東風的那名男子的年紀判斷，這個組織恐怕存在已久，最少也有十年以上。

有這十年以上的時間來成熟與運作，難怪組織與其資產、合作者會比他們想像的大。

如果不是近期剛好連續碰上了幾件有關聯的案子，說不定他們眞的會以為全都是不相關的單一案件，也不會察覺這些背後都有所聯繫。

讓虞佟比較介意的是，這些案件裡，有一部分與蘇彰有關聯，如同巧合再加上更多的巧合，從蘇彰出現開始，組織也跟著被拉扯著曝光，似乎有什麼看不見的操作正在運行。

「為什麼呢……」

虞佟支著下頷，邊思考著，邊要打開停在路旁的車子，突然覺得好像有視線直盯著自己。於是他不動聲色地緩緩轉過頭，看見小巷中被黑影覆蓋的騎士，以及那輛火焰般焚紅的重型機車。

「如果你們願意談談，我們兩邊可以就站在原地不動。」虞佟抬起手，讓暗處的同僚暫時先緩下瞄準。

黑暗中，重機騎士拋出一張照片，上面印著虞佟的側臉。看了眼畫面，虞佟知道那是前兩天被拍下的，當時他正好要回警局，在附近停留購買些零食，打算帶回給辦公室裡的同僚們吃。

虞佟知道對方的意思，他們依舊持續在監視所有人，因爲接下來騎士拋出更多人的相片，一張一張地從黑暗中被射飛到柏油地面上，就連傍晚河岸邊的照片也都在其中。

最後一張疊上來的，是嚴司的照片。

「能讓你們停手的目標是什麼？」

騎士伸出手，指向了嚴司的住處。

「開始、結束。」

低沉的聲音從同樣火紅的安全帽裡傳來。

□

咳咳……

虞因在一片冰冷的空氣中睜開眼睛，猛地抬起頭。

病房裡的溫度比剛才低很多，他才在椅子上打了個盹，卻整個被冷到清醒。

窩在家屬床的聿睡得很熟，似乎沒有被降低的室溫影響。

本來應該躺著某個傢伙的病床上空無一人，細小的聲音從開了條縫的門外傳來，虞因搓著手臂走出去。一拉開門，就看見嚴司在門外講電話，原本在外頭的兩名員警已走到另端的走廊巡視。

看見虞因出現，嚴司又朝手機講了幾句話後便結束。

「嚴大哥，你怎麼叫人家快滾去爆肝渣啊。」覺得最後聽到的話好像很不正常，虞因有點無言。

「我還怕他連肝渣都沒。」嚴司冷笑了下，「家裡的人，長期夜班奴隸。」

以前好像曾聽過嚴司他們家幾乎都是從醫，虞因想想，大概是相關的夜班職業吧？

「對了，好像很少看到嚴大哥你家其他人耶。」而且不常聽到，黎子泓的父母倒是因為之前失蹤那件案子曾見過一面，黎家的父母從國外趕回來後，禮貌地來拜訪他們這些周圍的友人群。當時虞因對他們的印象就眞的和黎子泓很像，也是少言、但很有氣質，且相當注重禮節的父母，所以之後虞因就更肯定黎子泓偶爾會和嚴司槓上，一定就是某人的不良影響。

「一個院長一個顧問，兩個每天都在醫院走來走去當吉祥物。」嚴司聳聳肩，說道：「不覺得這樣其他職員壓力超大嗎，有年紀就該快點退休去環遊世界，晃來晃去很礙路。」

「明明就是盡職。」虞因看著眼前還敢抱怨的不肖子女，「所以剛剛是你兄弟？」聽那通電話的語氣不太像是和長輩講話，比較像平輩。

「堂的，這家醫院的抓耙子多事通知他，肝渣打電話威脅要通知那兩個吉祥物。」睡到一半時嚴司被電話給吵醒，一接起來就是啥哼哼收到消息，被開槍尋仇的事已經傳到對方那邊了，「害我只好也揭他的瘡疤，反威脅要通知他父母，他以前急診也有被人家用西瓜刀砍過，大家彼此彼此。」

不知道爲什麼，虞因覺得自己好像有錯覺看見什麼很煩的嚴司系列，那個堂的親戚應該不會像眼前這個人一樣白目吧！爲什麼會被人用西瓜刀砍！

話說回來，該不會這家人就是一直處在一個很像養蠱的環境裡，每個人都在整對方，所以才造成嚴司這種煩人的友善表達吧……

看某法醫好像還沒打算回去睡，而是滑著手機不知道還在幹嘛，虞因想想還有員警在外面看守，應該不至於真的被人給偷跑，所以打算先回病房裡做自己的事。

雖然這樣打算，不過一推開房門，一團縮在門邊渾身是血的東西讓毫無心理準備的虞因嚇一大跳，還沒看清楚是什麼，留下詭異血腥氣息的東西嗖地聲立刻消失不見，但是消失的方向好像是病床底下，感覺就這樣縮了進去。

「有靈異照片可以拍嗎？」注意到隔壁好青年那張「鬼出現」的標準表情，嚴司很敬業地立刻把手機調到拍照模式。

虞因把渾蛋推開，正想去看看是不是真的縮到床底、順便把聿喊醒時，突然聽見走廊另一邊傳來悶哼及肢體碰撞上地板的沉重聲。

同樣聽見聲音的嚴司收起手機。

「趙大哥……」虞因正要開口喊員警，猛地發現不太對勁，同時響起的腳步聲還伴隨著上膛的聲響。

「進去，不然我就槍掉這兩個警察。」

走廊轉角傳來的是年輕女孩的聲音，接著走出的的確是穿著護理師服的女性，如同聲音給人的感覺，對方外表看起來非常年輕；但是名牌上的名字並不屬於她，更讓人感到不妙的是，女孩的臉看起來和玖深提供的白安全帽少女素描幾乎一樣。

「進去。」女孩重複了一次。

和嚴司慢慢退回病房，虞因沒看見那團東西，也沒看見應該還在睡覺的聿。

持槍少女跟著踏進房間後，彈出幾張照片，印著嚴司、虞因和聿的照片輕輕飛落在地面上。

「先從你們開始。」

「等等！」

往後退了幾步，虞因看著進房後鎖上門的少女，「外面兩位大哥沒事吧？」

「你們這票人有病嗎？上次那個鑑識這樣，現在你也是這樣，誰管雜魚有沒有事。」少女罵了幾句，接著瞇起眼睛，「擔心別人，不如先把遺言交代清楚，我會好好幫你們送到那個叫東風的人手上。」

「這可就不行了，我個人的遺言有點多，妳可能要錄兩天才能錄完。」嚴司很認眞地覺得自己要「交代清楚」得花很多時間。

當然他本人完全不擔心交代不清楚，只是應該會有不少人憤而鞭他屍就是。

虞因皺起眉，在少女眞的開槍打他們之前先開口：「你們那個老大到底和東風有什麼仇，爲什麼要這樣對他？」

那天青年出現的事情，虞因後來透過虞佟等人了解清楚，但他就是不解到底有什麼深仇大恨，才會把東風逼成這樣，連日子都不能好好讓他過。

少女勾起冷笑，「他是叛徒啊。」

「叛徒？」虞因疑惑地看向嚴司，後者對他聳聳肩，表示不知道，「東風待過組織？」不對啊，如果待過，他之前怎麼表現得好像還滿陌生的樣子，而且幫忙警方破解密碼時也沒什麼熟悉感……對於這點，虞因相信友人並沒有作假說謊，他一開始時的確對組織不解，並不像是組織出來的人。

「他是Laceration喔。」少女邊這樣說著，邊抬起左手上的槍對準目標，「其餘的等你掛了再去想……」

少女的話還沒說完，躲在櫃子邊的聿猛然衝出，用力地連人帶槍一起撞翻，接著極快翻起身，正要按住少女時，對方也跟著跳起，還一拳揮了上來。

擋住攻擊的同時，動作同樣很快的嚴司已撿起槍，對準少女。

少女收回手，嘖了聲：「別裝了，你們這種人才不會眞的開槍。」

「抱歉，大哥哥眞的會開槍。」嚴司毫不遲疑直接朝旁邊床鋪射擊了一發。

聿走到虞因旁邊，冷冷地開口：「我也會。」爲了要保護現在身邊的所有事物，他並沒有那些其他的顧慮。

「……」少女瞇起眼睛，盯著三人看了半晌，然後聳聳肩，「ＯＫ，今天就先這樣，不過你們就隨時注意小命吧。」

「你們要怎樣才會住手？」虞因攔住對方的去路，並不打算這麼快讓人離開。

「Laceration死掉或是BOSS喊停吧，誰在乎。」少女勾起冷笑，也不在意自己的路被擋住，反而開始解開身上的白衣，露出藏在其下的便服，接著往窗邊走，「而且，原本就是你們那些大人的錯，不要多事來挖的話，誰想管你們。就集體乖乖地收好處，閉上嘴巴，大家都好過，不是一直都這樣的嘛。」

「並不是這樣。」虞因想起了之前虞夏的同事，立即反駁，「這是不對的事情。」

「喔？那你們所謂的『對』又是怎樣？比如說你們認爲是正確的，然後強行來改變我們的生活，就是因爲你們覺得這樣才是『對』的？或者遊戲規則對你們不利，所以就『錯』呢？」少女瞇起眼，一一掃視眼前幾人，「不過就是狡猾的大人們自己的說詞。」

話一說完，也沒給虞因阻止的機會，少女突然打開窗往後翻下去。

嚴司快速追上，十樓的高度，也沒聽到墜樓聲，少女就這樣平空消失了。似乎老早就規劃好這一切，對離開醫院的方式相當熟悉。

她還花這麼多工夫勘查醫院，只爲了來這裡堵他們嗎？

不知爲何，嚴司總覺得沒那麼簡單。

「嘖。」

「誰教你開槍！」

直接往嚴司頭上揮一拳，收到通報趕過來的虞夏盯著被打穿的床鋪，思考該怎麼寫報告，看來果然還是寫個槍走火隨便應付一下好了。

「就～有來有往？禮多人不怪。」好像前一天也差點吃子彈，嚴司想想覺得應該是傳說中的因果循環，才讓他有這機會也給別人來一發。

虞夏眞的想再揍人，還沒動手就被虞因緊張地拉開。

再一個小時天就亮了。

虞因瞄了眼站在角落不發一語、臉色非常黑的黎子泓，連忙拽了拽聿，「我們去買點早餐回來。」這裡的殺氣好重啊，他們要趕快避開屠宰場比較安全。

讓外頭員警陪著兩人出去，虞夏關上病房門，開口：「我哥稍早前也遇到了。」

嚴司原本還在想站在角落的前室友會不會眞的衝過來揍自己，一聽到這些話、欸了聲，直覺看向了虞夏，他還預設對方現在是衝著自己來。

「葉警官當時也在那邊，所以沒事。」虞佟去找東風時，葉桓恩跟在後頭，那名紅車騎士出現的當下，葉桓恩便瞄準他了，所以對方無法做出什麼實質傷害，簡短講了幾句話後就快速離開。只不過對方傳遞的內容，讓虞夏無法太樂觀，而這邊遇上的少女講得更坦白了，他們確實想要動手，或者說已經開始動手了。

「喲，大檢察官，小東仔以前待過組織嗎？」嚴司歪頭想想，那個小女孩的確說了叛徒兩個字，聽起來也不像在唬他們。

黎子泓搖搖頭。

「是沒有還是不知道？」嚴司很有求知慾地繼續問。

「沒有。」黎子泓冷淡回答。這案子從一開始調查時，承辦員警就已經排除安天晴與周遭的人、包括第一發現者涉入什麼黑道組織的可能性，更別說往後幾年東風都在協助老師的母親與到處遷移，之後更拚了命地想要斷絕人和人的聯繫。

「那就不曉得怎麼回事了。」嚴司攤攤手，參不透密語。

黎子泓同樣對女孩說的話有疑慮，在心中反覆推敲著各種可能性，但是都被自己一一駁回。

「如果是這個問題的話，我可以告訴你們關聯性。」虞夏這陣子差不多將該調查的事都處理好了，正打算把詳細報告發過去給他們，「那名盯上東風的幹部——也就是安天晴的學生，我們要查的那個高中生。」

在東風遇上幹部後，根據對話與照片指認，虞夏等人立刻就發現這些關係，所以重新追查起青年的身分背景。

從高中著手並沒有遇上任何問題，可以調出學生的資料，查出青年的家庭是政商界都相當有分量的知名建設公司。雖說是建設公司，但手上還擁有許多不同性質的產業，在餐飲業中也有幾家知名連鎖餐廳。

按照慣例，直接調查當然查不下去，對方父母那邊的人立即擋住了相關訊息；接著從同學那邊進行調查，虞夏很快就發現同學與當年的師長不是調轉到外縣市，就是很多都避談這件事，幾名與青年交好的同學不是聯繫不上，就是立刻掛了電話。

不過大半個月下來，鍥而不捨的各種電訪、拜訪，多多少少還是找到些證詞了。

「東風和那個高中生在當時是相當好的朋友。」從一些不願意出面的人口中收集來的隻字片語，虞夏拼湊了部分當時的情形，「而且好的程度很可能超乎我們想像。」

根據那些學生所說，雖然班級不同，年紀也有差距，但經常有人看見他們兩個在學校裡聊天，或是接受安天晴的課外指導。

當時安天晴相當有熱誠，不只指導自己班上的學生，有授課的其他班級也不少學生來向她尋求幫助，所以經常會看見安天晴利用課餘時間在導師辦公室或是圖書館閱覽室為不同學生補習，假日或放學後則是會到她的租屋去上課。

東風與那名高中生經常結伴過去，也有不同年級的人見過他們在那邊聊得很愉快。

虞夏順著這種說法又擴大了電訪其他年級的畢業生，有些案子不相關的人似乎沒受到外來壓力，相當爽快地證實了這些事，可惜再多的他們也就都不知道了。

如果當時是這種交情，再後來不知道為何交情破裂讓東風咬死對方是凶手，那麼少女口中所指的「叛徒」與青年口中的「背叛」，就不一定是指東風待過組織，而是另一種意思。

身為朋友的背叛。

「聽起來好像有點合理。」嚴司抓抓下巴，那個小女生的確沒說過東風待過組織，被圍毆的同學一講，他們就先入為主了，「會不會當年你家學弟也有一份啊……」那個幹部好像就是要整死東風的樣子，反過來思考，會說叛徒又用這種手段，該不會走的是那種合謀出賣的路線吧？

黎子泓搖搖頭，「不可能。」他或許並不完全了解東風，但東風的為人他很清楚，即使沒說，他也相信自己的學弟絕對不會和那些傷害人的組織在一起。

「別太相信人啊，說不定小東仔還眞誤入歧途過。」嚴司涼涼地看著他家前室友，「你不是說他跟我有像嗎……雖然是不知道哪裡像啦，不過我就是會走那種劇情的人啊。」

黎子泓冷看了還在耍白目的傢伙一眼，嘖了聲：「你也不可能。」

「呦，如此有信心。」嚴司覺得有點好笑。

「別鬧了。」虞夏再度往某傢伙頭上揮過去，「別欺負黎檢。」

嚴司摸摸頭，看著他家友人嚴肅的神色，於是閉上嘴巴。

黎子泓沒在這件事上打轉，轉向虞夏，「一開始的發現者們已經做過記錄了嗎？」

知道對方指的是最初打架引起騷動與之後打撈發現屍塊的民眾們，虞夏點點頭，「沒什麼異常，幾乎都是附近居民，經常在社區內出入，打架的兩人各自有正常工作，分別是模具和機車行老闆；帶頭清理垃圾的是補習班老師，約兩年前在學區一帶開了補教班，社區裡有不少國中、小學生在那邊補習，風評算不錯。其餘協助的鄰里也都是當地住民，確實經常在河堤散步、清除垃圾。」

聽起來應該與案子不相干，黎子泓點點頭表示了解。

「那麼就專注在受害者身上了……」

「不知道昨晚嚴大哥他家的人說什麼。」

在等早餐店煎蛋餅時，虞因閒著便單方面和旁邊正在看三明治的聿聊起來。雖然半夜他沒看清楚，但是推開房門那瞬間，他總覺得嚴司講電話的表情很冷漠，連聲音都欠缺溫度，和平常相處時那種煩人的感覺不一樣，不過只有短短一、兩秒，一注意到門打開就變回跟平常沒兩樣。

聿轉頭看了他一眼，沒有表示任何意見便又轉回去看三明治。

虞因有點無言，覺得這傢伙現在好像對三明治比較有興趣，正糾結要漢堡肉口味還是要香雞堡口味；他乾脆走過去兩種都各拿一個放到櫃台，等著和煎台上的東西一起結帳。果然聿的注意力一下子就被拉回來了，巴巴看著他。

「兩個都你的。」因為人多，虞因買了不少東西，才不會去搶那一、兩個三明治。不得不說，這小子對食物的執著越來越糟糕了，雖然不像布丁、果凍那麼嚴重，但是最近拿走他想吃的東西，好像就會遭到怨恨的目光。

明明就是天才，竟然偷吃他個水煎包這種小事也會被恨。

虞因不自覺想起前陣子的慘事……聿看美食介紹不知道自己搭公車跑到哪裡去買了一盒水煎包回來，隔天打工完他看冰箱還有一、兩個放在保鮮盒裡，就熱了吃掉，沒想到那個是聿想留下來當範本的，因此當晚的晚餐貧瘠到可怕，逼得他只好騰空去買新的來賠。

過了幾天，聿就做出相近口味的水煎包了；接著又看到他提了蔥油餅回來……近期大致都是這種模式，而布丁、果凍仍然持續源源不絕地在做。

不過話說回來，熱衷於食物也算是好事，比起東風那邊……

虞因抹了把臉，嘆口氣。

清晨時間，店裡還沒有客人，估計他們可能是第一組來買的，老闆娘開始打包時才從醫院那邊徒步走來零散客，有的買了現成的就走，有一、兩個則是等待現做熱食。

守在店外的員警看他們出來便過來幫忙提東西。昨天晚上那兩名被少女擊昏的值夜，沒多久就清醒；少女似乎沒打算下殺手，只用某種藥物搞昏他們，醫生檢查沒事後採完樣就先交班回去休息了。

虞因思考著等等上去要怎樣發問，稍微落後了幾步，想得出神時，突然聽見了小孩子嬉笑的聲音。

聲音有點飄忽，與身後早餐煎台上滋滋的爆油聲幾乎混在一起。

淡淡的火腿香從後方飄來。

虞因下意識回過頭，看見兩、三名面色蒼白的小孩正在店外打轉，看起來不帶任何惡意，有點瘦弱，大致是六、七歲的樣子。

……他記得這家醫院確實有兒童病房。

小孩子又轉了幾圈，嘻嘻哈哈往醫院方向跑開，然後在路上燈光倒影的同時消失在即將明亮的晨曦暗色之中。

隱隱約約，他好像看見有個模糊人影站在不遠處，身形看起來應該是男性，跑過去的孩子們就消失在「他」的身邊。虞因正想再往前踏出一步看清楚時，那道人影轉動了頭部，視線停在醫院側門口處。

跟著看過去，虞因看見一名單薄的女性站在那邊，穿著護理師的制服，看起來神色相當萎靡疲倦，似乎沒什麼休息，手上還握著手機，表情有些緊張、煩惱，好像還在擔心四周。

回過頭，不管是孩子或是男人的影子都消失了。虞因有點疑惑，聽到員警的叫喚聲正打算快步跟上時，那名護理師突然嘆了口氣，將手機收回口袋，蹣跚地往他這個位置、應該說往他身後的早餐店走去。

「等我一下。」虞因連忙和員警打聲招呼，跑回早餐店拜託老闆娘後付了錢，才快速往正在等他的其他人跑去。與護理師擦身而過時，看見對方名牌上寫著「季承瑋」，是稍微有點男性化的名字。

低著頭走過去的女性稍微頓了頓，往他這邊看了眼。

「加油。」

虞因也不知道該說什麼，就是有點尷尬地說完，正想快步逃離現場時，反而是對方開口叫住他。

「請等等。」

臉色有點蒼白的護理師有雙漂亮的大眼睛，帶著與臉上一樣有些煩惱的情緒看著虞因，喊完人之後立即浮上點不自在，「抱歉，這麼突然……」

見對方好像眞有什麼困擾，虞因就站在原地，「妳是……兒童病房的護理師嗎？」

「嗯。」女性點點頭。

虞因看見那幾個小孩子就站在女性身後，小小的白色面孔上都是擔心的模樣，沒有什麼死亡的遺憾或怨懟，只是率直眞心地在擔憂著。

「如果有很重要的人需要幫忙，但……現在似乎怎樣都無所謂，他也不會知道了……你還會去嗎？」護理師一說完，憔悴的臉上立刻浮起一抹紅，「呃……這麼突兀亂問你……」

「很重要的人，不管怎樣我都會去。」想起還在壁櫥裡的東風，虞因很認眞地回答這個問題：「不管他知不知道都無所謂，只是因爲我想幫上他。雖然結果不一定是好的……」

雖然他在很多事裡面都多管閒事，結果也不全然是好的。

但是想幫忙的這份心情到現在還是不曾改變。

「這樣啊……」女性交握住雙手，低下頭。過了半晌，她再度抬起頭，「果然還是這樣比較好，謝謝你喔！」

「不客氣，保重喔！」

兩人再度往各自的方向邁開步伐後，虞因回到了聿和員警們身邊。

「怎麼了？」員警好奇詢問。

「沒事，快回去吧。」

虞因回過頭，看見護理師聽到老闆娘的話後浮起驚訝神色，然後帶著微笑向他揮手道謝。

有瞬間，他好像也感染了對方那份微小的驚喜，心情跟著大好起來。

「回去吧，回去吃早餐。」

□

回到病房時，裡面三人的討論好像也差不多到了一個段落，正各自不知道在想什麼。

幾大袋早餐很快就被分發一空。

「對了，被圍毆的同學，你昨晚不是看到啥神奇的東西嗎？扣掉那個神奇女殺手不算。」嚴司咬著草莓厚片，完全無視「清淡飲食」的交代，「該不會是這裡的原住民吧？」

虞因知道對方指的是昨晚縮進床底的那團，實在不太想在吃早餐時討論這件事，「不知道，就不見了。」開門那瞬間只看到血淋淋的一團東西，但是實際面容卻沒看清楚，後來被組織少女打斷，就更沒後續了，「你們最近有死得很慘的案子嗎？」

嚴司露出個悲慘表情，「不是常常都死得很慘嗎，過勞死有多慘就不用大哥哥解釋了，最近流行過勞死啊。」

站在一旁的虞夏和黎子泓交換了視線。

「你才天天過勞死，有沒有那種……嗯……死得面目全非？全身都血？」雖然沒看清楚，不過虞因感覺那團東西好像有少肉，一整團受到什麼非人道的創傷，所以一開門他才整個嚇到，那種程度和之前看見的葉桓恩的朋友有得比，想著就覺得有點難受。

如果可以，他還是比較想看見外表完好的死者，至少死前肯定不那麼痛苦。

「可能還在排預約吧。」嚴司拍拍手上的漢堡，雖然有點想吃，不過他還是高空拋給站在虞因後面的虞夏，以免自己撐死了。

「那我就不知道了，只看到那樣。」虞因摺好紙袋，站起身往廁所走，「下次有看到再通知你。」

才剛說完，一打開廁所門他馬上就看見那團血淋淋的東西出現在門後，再次把他活生生嚇到。

這次那東西並沒有立即縮走，似乎發現到虞因目光的物體緩緩轉回過頭，黑暗廁所中一雙血紅色的眼睛跳動著陰沉不善的光芒。

「阿因。」

猛然有人拍上他的肩膀，虞因嚇了一大跳，瞬間反射回頭，站在身後的虞夏看他動作這麼大也皺起眉。

「裡面是什麼？」虞夏打開廁所燈，什麼都沒看見。

「……剛剛在講的那個。」虞因揉揉眼睛，裡面的東西已經消失了，他疑惑地回過頭：「你們眞的沒這件案子嗎？」怎麼會這麼剛好，一講完馬上又出現？讓他想說服自己那個是原住戶都很難。

而且不知道爲什麼，那團東西好像對他不太友善？

虞夏沒立即回答。昨晚那具屍體的死狀還未完全在新聞上公開，一般民眾接收到的訊息大致上只是發現浮屍這樣的消息。

「有這件案子。」

打破沉默的是黎子泓，接下來也沒有被其他人阻止，他緩緩開口：「昨天傍晚發現的屍體，很可能是組織的挑釁，之後就發生槍擊事件。」如果僅僅出現一次，那麼他們可以不用說明。但依照經驗，重複出現後，就算他們想瞞，看得見另外一種存在的虞因也不一定會被瞞過去，更可能會自己胡亂摸索。

「這樣啊……」虞因想想，也沒怎樣生氣嚴司剛才的否認，「看來他們可能很需要二爸你們幫忙吧。」他盯著窗戶，微微嘆息。

「他們？」虞夏跟著視線看過去，看見了理當空無一物的病房窗戶上出現黑紅色的血，正緩緩從窗戶上緣流下來。

「那裡有第二個。」

看著窗戶外那團同樣血肉模糊的身影，虞因這次準確無誤地對上那雙怨懟的視線。

四周在同時安靜了下來。

隔著一層玻璃的眼睛瞬也不瞬地注視著他，眼白部分已被鮮血染紅，一張略長的面孔早已被割爛得什麼都看不出來，不僅鼻子被割了，就連嘴唇與眼瞼都被割下，只能看得出應該是男人的輪廓。

二……乙……二十三……

貼在窗上的紅色牙齒上下摩擦刮動著玻璃，沒有舌頭的嘴巴蠕動著，發出令人不舒服的怪異聲響。

……二十三……號……

虞因模糊間只覺得臉上有點熱熱的，但自己好像不太在意，一直盯著那雙眼睛、下意識地開口：「他下手的嗎？」

血紅色的臉依舊蹭著玻璃，喀喀作響。

正想走到窗邊，一團布突然往自己臉上蓋來。中斷對視的瞬間，身邊所有吵鬧聲響突然全部出現。

只留下幾條血痕的窗戶外什麼都沒有了。

虞夏拿著毛巾按住虞因的臉，讓一旁的聿快點拉上窗簾。

剛才虞因講完窗外有第二個時突然就愣住不動，整張臉變得毫無表情，似乎被什麼吸引；接著沒幾秒，鼻子突然開始流血，眼睛也泛出些微血絲。

虞夏騰出手往對方口袋掏出護身符掛到脖子上，接過黎子泓遞來的濕毛巾，更換後重新壓在虞因臉上。

幾秒後，虞因猛然回過神，「欸？怎麼了？」

嚴司拉過椅子來幫忙，檢查了下，沒發現什麼問題，只能先問出自己的疑惑，「被圍毆的同學，你看到的該不會是裸體飄吧？」居然看到飆鼻血，這豪放程度還真不一般。

「才沒那種東西。」虞因白了嚴司一眼，也還沒搞懂發生什麼事，不過可以確定絕對沒這傢伙嘴裡講的那種東西。

過了好一會兒血才止住，虞因在一群人的注目下默默先去把臉給洗乾淨。

出來時，就看見三個大人各自在思考什麼事，坐在一邊的聿居然還在慢慢地吃三明治。

一看見他出來，黎子泓最先開口：「昨天的屍體只有一具。」

虞因愣了下，把剛才聽到的怪異聲告訴其他人，包括自己不知道為什麼會接「他下手的嗎」這句。

「不管如何，好像是往我們擔心的方向發展。」發現不同頭髮時，黎子泓和虞夏等人就很擔心會找到其他相同的屍體，現在從虞因口中講出，恐怕接下來真的還會再發現，只是不知道還有多少。

「昨天那個看起來不像流浪漢，如果突然失蹤，應該會有登記。」虞夏打了聲招呼，掏著手機走出病房，先去吩咐進一步擴大過濾近期失蹤人口。

嚴司用力拉拉筋骨，按按脖子，「我也差不多可以滾了，還是自己家比較好睡。」見友人臉色比昨天好很多，如果繼續讓他留著可能也是禍害這裡的醫生朋友，黎子泓想想便點點頭，「等等離開時一起走，阿因你們也搭我的車吧。」

昨晚接到消息後，虞因兩人是搭員警們的車過來的，所以正好可以同車離開。

接著一行人開始整理隨身物品。

辦理完手續，虞夏那邊的聯絡也差不多初步告一段落。他並沒有打算當場討論這些事，他拍了下黎子泓肩膀說晚點見，接著威脅虞因兩句不准亂跑後便先行離開。

□

被黎子泓載回家約莫是上午九點多的事情。

揮別婉拒進去休息的另外兩人，虞因和聿老老實實地鎖好鐵門回到家中。

「不知道那些話是什麼意思。」脫掉身上沾血的衣服，他在浴室中開了水簡單沖洗，邊向往客廳走的聿說道：「感覺那位飄很生氣。」

被注視時，的確感覺到一抹怒氣與怨恨……不過死得那麼痛，會生氣也是正常的，不知道是怎樣程度的仇恨才要把人弄成那樣子。

當時，東風的老師也是類似那種匪夷所思的死相，向振榮的傷也是。下手的人就像是要發洩什麼深藏的憤怒，混合了最惡劣的取樂，不斷折磨著受害者。那些傷痕不帶絲毫猶豫，只感受到冷血。

被這樣殺死的亡者估計同樣會懷抱怨恨再次回來。

只是，安天晴究竟爲什麼沒有出現呢？

不管是恨也好、想交代點什麼也好，那種死亡方式應該會讓她留一點什麼下來才對，這讓虞因覺得很奇怪，更別說這幾年來一直疑惑的東風了。

經常莫名其妙一直要他去通靈附身的東風是用什麼心情在說那些話的，虞因現在也很明白；察覺對方所懷抱的那點希望，突然覺得當時嘗試配合一點也好，說不定可以讓他稍微釋懷、或是在心境上能好過些。怎麼那時候就完全沒發現，想想眞覺得有點遺憾。

……不知道東風現在如何。

虞因邊套著衣服走出浴室，看見聿已經窩在沙發上睡著了，電視上還播放著他借回來的電影，正好演到經典歌舞的橋段。昨天大家折騰了一整晚，他現在其實也很睏，看著熱鬧的劇情，也無心接著看下去，於是退出片子，打算收拾一下去補眠。

拿出光碟後，虞因看著空白的電視螢幕，慢慢地將光碟槽推回，接著按下播放鍵。

畫面瞬間跳爲黑暗，幾點雪花雜訊出現在上頭。

幾次雜訊晃動後，畫面上深黑的底開始慢慢褪淡顏色，接著空白無物的螢幕中慢慢浮現一層類似某種建築物的影像。

那是種很像建到一半的建築物內部，可能未來將會作爲客廳或是房間，隱約可見旁邊還有預計裝門的預留門口。建築物的基本鋼筋管線結構應該都已經弄好了，進度似乎還在灌水泥部分，但不知道爲什麼做到一半就停止，從門口看出去可以知道這裡並沒人使用或繼續修繕，有些地方甚至還沒鋪好，就這樣放著乾裂。

房屋周圍相當暗，不是畫面的暗，是那裡本身就很黑暗，看來是晚上時間，窗口看出去也都是黑的，這位置看見的唯一一盞路燈有相當遠一段距離，豆般大小的亮度，還隱隱能聽見風灌進空曠房屋的聲響。

虞因猛然站起身，發現自己就踏在凹凸不平的水泥地上。

帶著輕微血味與腐敗惡臭的冷風吹了進來，一片黑暗中只聽見從隔壁房間傳來男性的呻吟聲，並不具有某些情感意義，只是還活著所發出的聲音。

他循著聲音，往隔壁方向走去，正要踏出門口時，腳下突然一個懸空，差點往黑暗的洞口摔進去。

勉強站好身體，虞因才發現門外竟然是個很深的洞穴，直通到下面幾層，但是看不見通到哪裡，延伸下去整個都是黑暗的，隱隱有滴水聲，似乎底部有水的樣子；呻吟聲就是從下方傳來，在他發現洞穴的同時，這個聲音突然變得帶點回音感。

虞因微微傾下身，瞇起眼睛，努力地想看看裡頭有什麼。剎那間，他突然發覺到自己的動作不太對，還沒回神，後頭突然刷地一下冒出某種形體，接著用力把他往洞穴推下去。

大量帶著惡臭的冰冷液體從四面八方包圍過來，冷到刺骨的溫度緊緊包裹住他，掙扎了幾下也離不開。

伸手不見五指的水中開始有不明形體往他這邊靠過來——

虞因猛然驚醒。

有那麼幾秒他完全無法確定自己身在何處，只覺得好像有什麼光影在眼前跳動，弄得他眼睛有點眩花。

過了好幾秒，他才意識到是電視畫面，正好演到兩名主角激動地辯論著，但是被關了靜音，所以完全沒任何聲響，只有畫面的光影閃動。

他的身上被蓋了薄被，客廳的空調不知道什麼時候打開了，退出的光碟還壓在他手邊，空氣中有一股奶油醬的香氣，細小拿取碗盤的聲音從廚房方向傳來，掛在牆上的鐘顯示現在是下午兩點多。

虞因抹抹臉，發現滿頭冷汗，難怪冷氣吹下來會覺得冷。

幾分鐘後，聿端著兩盤焗烤和一些水果沙拉出來，看他爬起來也不意外，放好午餐後就把電視調出聲。

虞因拍拍臉讓自己更清醒點後，就湊過去先吃飯，等到節目進廣告，他才把夢到的莫名其妙畫面告訴對方，「二爸他們案子的人該不會是在那邊死的吧？」畢竟和河邊不一樣，不過如果是什麼建築物的洞先淹死再拖過去棄屍，也滿有可能的。

停下正在戳筆管麵的叉子，聿抬起頭，看了虞因半晌，「電梯井。」

「欸，搞不好眞的是。」那個時候屋子裡太黑什麼都看不到，虞因只覺得那裡有個門口，沒看見後面是什麼，反正都一片黑他就踏過去，「所以那不是大樓，可能是什麼電梯別墅。」

聿點點頭，繼續吃麵。

邊思考該怎樣告訴他家大人，虞因邊咬著會爆漿的筆管麵。他突然想到聿眞的長高了不少，來到家裡後營養好、運動足，一口氣整個向上抽，好像把以前沒長夠的地方一次補長回來，從認識他到現在，身高眞的差很多，看著也是有點高高酷酷的小帥哥一隻了，「下次要不要也去染個頭毛換造型？」

「不要。」直截了當地回答，聿冷眼過去。

「你再鄙視我就沒新的甜點吃，不幫你買了。」這傢伙最近越來越會鄙視他的喜好了，虞因再度覺得小鬼隨著時間流逝，果然只會開始變得不可愛。

聿的冷眼瞬間變成某種很恭維的眼神。

「拍馬屁沒用。」

虞因冷笑幾聲，收拾好吃乾淨的盤子站起身，正要釣這傢伙胃口時，毫無預警地整個人突然暈眩了下，腦袋瞬間空白，身體像失去重力般沒有任何輕重感，頭重腳輕虛浮著，不過只有短暫兩、三秒。

重新站穩身子，才發現盤子摔在地毯上，還好沒破，只是剩餘的醬汁灑在上面，可能要整塊拿去洗。

「沒事沒事。」揮揮手讓整個跳起來的聿不用擔心，虞因覺得八成是剛才阿飄殘留的影響。

聿不太放心，還是走過去看看有沒其他問題，擺在背包裡的手機這時突然傳來訊息聲。

同一時間，虞因丟在一邊的手機也發出相同聲響。

虞因有點狐疑地拿起手機，看見有人寄了條影音網址給他，意外的是，聿也收到一模一樣的訊息，傳送者的號碼很陌生，從未見過。

他們對看了一眼，打開影音。

出現在畫面中的，是最熟悉不過的房屋。

□

「查到了。」

虞夏聽見聲音回過頭，看見同僚從走廊另一端走來，他壓扁手上已喝空的鋁罐拋進回收桶，正好對方同時到達。

「這陣子不同縣市的確有幾個人失蹤，其中一個體型和你們那具浮屍有點像，住彰化。」員警將手上的文件夾交給虞夏，說道：「不過像的那件是留書離家出走，家屬報案時是說他最近丟了工作，心情不太好，所以留言要出去走走，手機什麼的也沒帶在身上，似乎只有帶幾千塊現金人就不見了。」

看著手上的照片，虞夏看見的是個很普通的中年男性，約莫四十多近五十歲，育有一男一女，皆已上高中，原本是在家電工廠當業務，但是被發現瞞著公司牽線賺外快，所以被開除了。

那家公司是他老婆娘家所開，但公司賞罰分明，並沒有因爲是親屬就縱容，反而還更加嚴格。

資料上提供的體型等等資料，的確與那具浮屍相像，如果把臉部輪廓拿出來比對，就更能確定了。

「有其他類似的失蹤案件嗎？」不曉得爲什麼，虞夏總覺得還有，畢竟那時候虞因看見的不只一個。

「有，另外有一個不同縣市的，是老師，半年前辭職，隨後留書出走，也是什麼都沒帶，只帶現金，不過對方有定時寄明信片到老家。」員警指指下方的另一份資料。

看著與前一名男性差不多離家模式的教師，虞夏突然有個想法，他也說不上來，就是靈光乍現般一閃而逝，「他有教過二年乙班嗎？」

「呃……這個……」員警被這樣一問也傻了。

「你再查看看，麻煩了。」虞夏想想，又補上一句：「工廠那邊可以的話，也順便問問有沒有二乙這種班別單位。」

「喔，我明白了。」大概了解虞夏那邊可能有什麼情報，員警心中打個底，「其他我也會打聽看看。」

「謝了。」虞夏拍拍同僚的肩膀，翻著資料往走廊離開，正打算去找葉桓恩問事情時，突然有人擋在他路前，一抬頭，看見是又跑來混水摸魚的小伍，「你工作呢？」

「做完了，還是一樣被罵做太快。」小伍依舊回答與之前同樣的話，然後聳聳肩，接著湊過去將手上帶著的筆記本遞給虞夏，「所以我閒暇時間幫忙做點事……」

「你是嫌太涼嗎？」虞夏眯起眼睛，開始考慮要不要把這傢伙扔去指揮交通算了。

「呃、沒涼。」突然覺得自己背脊有點冷颼颼，小伍連忙搖頭，很害怕自己會被踹去更遠的單位，如果去指揮交通吃廢氣就糟了，「總之老大你先看看吧，這是我微薄的心意。」這樣講好像不對？應該講誠意的貢品好像比較好一點？

虞夏冷瞪了眼小伍，抽過筆記本翻了幾頁，「這是……」

「嘿嘿，我查的，厲害吧！」小伍看見虞夏的確有點訝異，不由得樂了，他就知道肯定有用，這幾個月他可是用盡心思在查，好不容易才給他撈出這點蛛絲馬跡。

虞夏撕下那幾頁，很快地將紙張給撕成紙片，在小伍目瞪口呆下揉一揉塞進口袋，然後壓低聲音開口：「你不准告訴其他人這件事情，誰都不准，包括你同期。」

「咦……咦？」沒想到對方神色會變得這麼嚴肅，小伍愣了幾秒，回過神後有點支吾地說，「可是有些是我同期幫忙……」因爲虞夏的關係，他不敢在局裡問太多資深前輩，怕被發現之後五馬分屍，只能靠自己的方法用各種理由請認識的人私下協助，才讓他找到的。

「有誰？」虞夏皺起眉，逼問姓名和單位。

拿到名單後，虞夏撥了幾通電話，找上單位內熟識的人詢問，接著把手機遞給小伍——

「你找那個學弟喔？聽說他前幾天上班時出車禍，現在在家裡休養喔，好像要躺一、兩個月。」

接下來其他幾個的回應也差不多如此，不是出車禍、擦撞，就是休假時發生小意外，還有人和老婆、小孩在公園突然被不知道哪來的瘋狗狠狠咬了一口，小腿都被咬掉一塊肉，還差點引起嚴重感染。

一輪電話打下來，小伍不是目瞪口呆，而是整個人都毛骨悚然了。

「你不要再碰這些事情了，別讓我再說第二次。」幸好都沒危及生命，虞夏知道這應該是那些人只觸碰到一小部分，埋在暗處的組織給他們的警告性教訓。小伍的請託方式學習他的模式，所以組織目前應該認爲這些人是無意間接觸到，才只小小出手。但如果讓組織的人循線找到小伍身上就麻煩了，因爲小伍之前還在他們的名單上；但昨晚虞佟看見的照片中已經沒有小伍，他還正慶幸，沒想到這小子就給他捅這婁子。

「可、可是……」雖然意識到狀況比自己想的還嚴重，但小伍仍想幫忙，在各種思緒衝擊下有點不知所措。

虞夏用力拽住小伍領子，冷下聲音：「你還不夠分量，這裡不需要你，滾回去做你的事。」說完，他拋下呆住的小伍，繼續往自己前進的方向離開。

走了一段，經過樓梯間時有人轉出來跟上他。

「你態度也太凶，幸好走廊沒其他人。」

瞄了眼不知道在附近聽多久的葉桓恩，虞夏嘖了聲，把口袋的碎紙片團塞進對方手裡，「等等銷毀。」

離開偏僻走廊位置便開始有其他同僚經過，虞夏左右看看，正要提出去辦公室討論事項時，兩人手機不約而同接到訊息，好像有什麼人傳了東西給他們。

互相看了眼，虞夏和葉桓恩各自拿出手機，打開一看，兩人收到的是一模一樣的訊息，是一條線上實況網址，來自於陌生的號碼。

沒多加考慮，虞夏直接按下播放鍵。

出現在他們眼前的畫面，是最熟悉不過的小屋子，和式的小屋。

拍攝時間，就是現在。

# 3

他們的記憶不像那種浪漫的形容：如老舊照片般泛黃褪色。

伴隨著清晰影像，浮現的一直都是緩慢的咿啞聲。

缺乏油潤保養的生鏽鐵環彼此相扣摩擦，在靜默的小公園中規律地作響，配合同樣老舊的支架，搖晃出些微吃力聲。可能是不再冀望會有兒童在這裡玩鬧、抑或是公設經費不足，小公園裡的兩三樣器材同樣污舊，連沙坑都已快要見底，石製的大象溜滑梯裡布滿垃圾，冰冷堅硬的身體早就被噴漆噴上各種圖案。

附近的老舊小社區平時出入人員並不多，而且也不太會干涉別人的事情，發現這裡時他就調查過了，才會刻意轉幾班車來到這裡，避開學校附近的生活圈，以免被認識的人撞上，又或者被在校外巡視的輔導人員抓個正著……總之，這個沒有生氣的小社區對不想被任何人打擾的他來說，是極佳地點。

早上被載到學校後，他便從後門溜出去，換下制服，像便服日的小學生一樣搭上公車，混進更多大大小小的學生之中，一班班轉離敲著鐘的圍牆內，然後逃進這個隱蔽無人之處。整個上午可以做自己想做的事，拿出筆具圖紙畫圖，或是將書包裡唯一一本厚重書籍放在石磚上閱讀——這裡不會有其他吵鬧的同學，也不會有在他發問時、露出困擾表情的老師。

看不懂的，沒關係，畫上記號後下次拿去圖書館問其他的人……有時候能在圖書館遇到可以解答的人，雖然他們也會露出訝異神色，但是比較不會有那種困擾的神情；或是請大人們幫他查答案，一些阿姨叔叔很樂意幫他找，還會幫他借館藏書。

所以其實在這裡也無所謂，不用被同學們指著說想要出風頭，那些聰明的小圈圈裡沒有他的位置；即使已經將教材加深、努力進行菁英教學的老師那邊也沒有他的位置。那些以大多數人爲主的教學裡，他找不到屬於自己的地方。

要怎麼告訴其他人這件事呢？

他們聽不懂，自己想說的很難表達出去，而且也不想從更多人臉上看見困擾的神色。因爲年紀的差異，他很難告訴別人那種感覺，他可以在瞬間看出來面對著他的人說的是眞話或假話，那些臉上細微的改變透露出眞實的心聲，大多數人都無法理解他的這種感受。

同學說他奇怪，老師的表情也在說他奇怪，這麼多天才中怎麼就他與別人不同。

他試圖想說，別人卻聽不懂。

還有……

「算了。」

從鞦韆上跳下來，他努力地將周圍又多出來的小垃圾撿到快滿出來的垃圾桶裡。

褪色的垃圾桶其實之前更滿，還有附近住戶丟的一包包廢棄物發出的惡臭，不過其他人自從發現小公園有人在撿垃圾後，便開始好心地會定時清理垃圾桶，現在看起來好很多了。

也有可能是因爲他在垃圾桶上用彩色筆寫字的關係。爲了讓人反思，他特意讓字體看起來特別歪七扭八，更像幼小年齡孩子的字。

——教人不要亂丟垃圾的大人垃圾丟太多，撿不完。

垃圾就開始變得比較少一點了。

將砂土踩得較平整點後，他一邊咬著小餅乾填肚子，一邊趴在地上畫圖畫紙。畫累了，就爬到鞦韆上輕輕搖晃，然後看著腳底躍然紙上的風景圖來回晃動。

「現在是上課時間，你在這裡幹嘛？」

坐在鞦韆上，他緩緩抬頭看向陌生的訪客。

那是個穿著高中制服的男學生，根據校名與他之前記下來的地圖，這名學生不應該會出現在這裡，那所學校離這個小社區有一段距離，必須轉兩班車。

高中生露出有點玩味又疑惑的神情，沒在對方書包上看見校名，便再度開口：「你應該是附近小學的學生吧？」

他搖搖頭。

「你該不會裝病蹺課吧？」

他繼續搖頭，說了幾個字。

高中生愣了下，視線落到了鞦韆下的幾張圖畫紙，「欸？學校教得太簡單……等等，這些是你畫的嗎？真厲害……嗯？可以送我？」

他點點頭，這些圖畫紙畫完後，他會摺起來拿去回收，從來不曾帶回家，就算對方要也無所謂。

高中生有些驚艷地從他鞦韆下抽走那些畫，直接坐上旁邊的空鞦韆，跟著擺動身體，「你說學校太簡單是你不喜歡學校的老師？」

他搖頭。

「教材？」

點頭。

高中生咧開笑，「爽，我也不喜歡教材，連看都不想看，學校只是想把那些東西塞到我們腦子裡而已，教得有夠死，還不如自己看喜歡的。」

他勾起微笑。

小學課堂爲了吸引孩子的注意，上課方式還比較生動活潑些，他旁聽過幾次高中課程，的確不少滿死硬的，大人似乎只要求學生將這些東西刻進去腦袋，而不在乎是否人人適用。

但是，老師也不可能全時間一對一教導，專心致力於準備更有趣的教材已經耗費他們很多心血，課餘指導有時成效也有限。

高中生好像很喜歡那些圖畫紙，拿著看了好半晌，才再度把視線轉過來，「對了，你叫什麼名字？我叫尤信翔。」

他回答了自己的名字，在地上寫了同音的異字。

「怎麼會怪呢，還不算難聽啊。」

高中生看著文字，挑起眉，「還滿ＯＫ的啊，看起來很有氣質，感覺就是長大會變美少女的名字，我喜歡胸部大一點的。」

……也不是第一個把他當成小女生的人了。

高中生捲起圖紙，笑笑地繼續說道：「如果你不喜歡在現在的學校上課，那麼我教你如何？雖然我是高中……沒關係嗎？好啊，那約好，放學之後來找我，我教你。」

高中生抬起手，彎出小指。

「說好了。」

□

東風是被突然響起的音樂驚醒。

那是不屬於這間屋子裡任何一樣物品的聲音，而且就近在壁櫥的拉門之外，從隙縫可看見閃爍的小光與不斷傳來的連串音樂——不屬於他也不屬於嚴司的陌生手機不知道什麼時候出現在房間裡，他竟然睡得完全沒發現有人曾進來過這屋子，而且還開了冷氣，現在室溫極低，讓他有點發抖。

下午兩點，手機不停作響。

看著高價的新款手機，東風伸出手，將東西拿進來，以自己也認爲平靜得過頭的反應在面板上滑開密碼鎖，接通電話。

那端，傳來熟悉的聲音。

「看著遊戲開始，我又想起當初的事了……」

他聽見廚房傳來細微的聲音，有人正在使用廚房。

他輕輕地深呼吸，握著手機靠在壁櫥牆邊，聽著那端傳來的話語，低沉的聲音讓人感到些許懷念和冰冷。

「如果那時候那女人不要管你的事，現在就沒必要鬧成這樣。」

「原本只要時間一到，就可以永遠擺脫大人那些自以爲是的操控，不用再聽那些假惺惺的話，不用再看那些做作的臉色，就我們……然後去幫一樣的人，不是一直期待這樣嗎？」

確實。

東風閉了閉眼睛，想起了很多當時對於未來的憧憬。

最初的開始，都意外地單純，沒有任何雜質，純粹且眞誠。

「……那現在你可以收手嗎？離開那裡，我們還是可以……」

「叛徒。」

無溫的兩個字打斷東風的話。

「別再說謊了，你知道現在已經不可能了，從你背叛所有事情的那一天開始，就沒有所謂收手、也沒資格談收手。」

淡漠的聲音停頓時，廚房的人轉開瓦斯，似乎在爐上放置平底鍋，有細微熱油傳來的滋滋聲響。直到敲破蛋殼的聲音傳來，熱油吃上蛋白後開始煎煮，彼端的人才又重新開口——

「我試圖救過你，讓你從那女人的謊言裡面清醒，結果你卻反過來對付我……我做過，只是失敗了，然後你背叛一切，就只剩下這個事實。」

東風無聲地嘆了口氣，緩緩推開壁櫥門，看見房間拉門外的人影忙碌地經過，「你要我的命，隨時都可以給你，只要你開口，就照你想要的方式結束。」

「你知道你一死，其他人就會陪葬，遊戲規則是這樣的，現在才剛開始，不能沒有玩家。」手機那端同樣傳來平靜的回應：「還有，不只你現在周邊的那些假好人，你親口告訴過我所有事情，我知道要去哪裡找出來你想藏起來的那些。」

「如果你再繼續殺害我身邊其他人，我只能盡快讓自己先消失，然後你會在以前的祕密基地找到我的屍體，這是我最後能還給你的。」用著和對方一樣的語調，他靜靜說道：「我累了。」

「……給你時間考慮，只有這種結論嗎？」

「嗯。」

手機那端沉默了幾分鐘。

東風低著頭，聽著另一端思考猶豫的呼吸聲，然後，聽見對方開口。

「我無法保證，不過給你個機會去查，越快查到，你們那邊死傷的人就會越少；相反地，如果再拖拖拉拉，我就不知道他們會怎樣下手了。」

聽著這話的同時，東風收到手機傳來的圖片，打開後是幾張照片，他立即了解對方要他查是什麼意思。邊看著照片，他邊傳到自己的手機上，同時向玖深和虞佟寄出檔案，「最開始時，我們說的核心幹部並不是爲了做這些事情。」

「呵，你心裡還有幹部啊？」通話的男性笑了幾聲，再度開口：「但你現在沒資格講，因爲很早以前你就背叛往後加入的所有人，你選擇『她』，拋棄夢想，把這些都忘記了……你逃走整整十年，這些幹部也和你完全沒關係。」

東風並不想在這時候激怒對方，沉默了半晌，然後回應：「那就這樣吧，你針對的只有我。」

「好啊，那就開始吧，你已經慢了兩回。」

手機通話掛斷後，廚房的忙碌似乎也告一段落。

東風推開房間拉門，看見戴著紅色安全帽的人端出做好的三明治盤走進客廳，然後將餐食放置在已經鋪好餐墊的桌面上，自在得就像來拜訪的朋友般，做完這些事情便往玄關處離開。

「等等。」喊住正在套鞋子的人，東風看著入侵者的背影：「下一個是爲什麼？」

紅色騎士停頓了幾秒，然後傳來回應：「自大。」

「那上一個是爲什麼？」東風抓緊時間，問出第二個問題。

「謊言。」騎士淡淡說道：「一個自私的謊言。」

入侵者離開、並在外頭引起一些騷動後，東風便看見自己的手機亮了起來。

顯示號碼是虞佟，可能知道自己不一定會接電話，來電提示亮了幾秒後便轉回黯淡，接著是簡訊傳來，大致內容是要他待在原地、不要離開，馬上會有人在附近清場之類。

接著，出現許多人的來電，全被他一一按掉。

正想關機時，玖深便來電了。

「……玖深哥。」這通好像沒有停下的意思，東風在奪命連環來電後只能乖乖接起，然後走進客廳看著那盤不知道該說異常豐盛還是詭異豐盛的綜合三明治拼盤。他記得這裡好像沒吐司、沙拉醬什麼的，剛剛那個人還自備？

嗯，確實有聽到入侵者整理冰箱的聲音，大概是想把剩餘的食材冰進去吧。

「我馬上過去。」

聽起來好像才剛睡醒的聲音從電話那端傳來，加上一些乒乒乓乓撞到物品的背景音，不難想像有人從床上跳起之後，以最快的速度奔去換衣整理東西的各種倉促動作。

很可能是入侵者被發現的事情已經從現場員警傳遞給很多人，玖深沒問什麼，只確定他有好好接電話後，就開始做各種準備，連讓東風拒絕的時間都沒有，立刻掛掉通話。

坐在矮桌邊，東風看著再度暗下的手機。

細微的咳嗽聲從房屋某處傳來，既熟悉、又讓人覺得陌生。

他什麼也看不見。

「您的想法，我了解，我也知道您最後承受的痛苦有多強烈……」過去，婦人在瀕死前，那張喪失生機的灰色面孔上的怨懟與悲憤、絕望他都記得，當時他的執著把她推入痛苦。蓋棺之前，死者的面孔依舊糾結悲傷，連最後的上妝都覆蓋不掉。婦人有多恨凶手，估計就有多恨一直在刨挖傷口的他，那些遠方趕來的親屬也是，害得婦人鬱鬱而終的耳語流傳在靈堂前，也不在意讓他聽到。

插手管別人的事情，就會有這種下場。

全部都是他害的，一切都是他害的，如果在公園那時候不要回應任何事情就好了。

但是，這些事情已經全部發生了。

「我有責任結束它。」

就算還沒做好準備，所有的事情總是必須有結束的時候。

□

趕至嚴司租屋處時，差不多是收到那段影片十幾分鐘後。

一路上玖深超速好幾次，故而所花時間比平常還要少，而且差點在轉進巷子前把某個傢伙給撞飛。

緊急煞車的刺耳聲音過後，玖深才發現從巷子裡冒出來的居然是理應要在醫院睡覺休養的某法醫……至少他清晨回家睡覺前所知的消息是這樣。

「阿司你找死啊！」玖深還眞的被嚇得不輕，按下車窗，「爲什麼你會在這裡！」

差點變成流星的嚴司笑笑地繞過車頭，逕自打開副駕駛座車門坐進去，「當然是蹺班回來吃午餐啊。」上午他直接回工作室繼續工作，順便和友好的同事們查驗浮屍，收到家裡唯美的影片當然要立刻趕回來。

「……」玖深覺得剛剛應該要把這傢伙撞飛才對，撞殘不死的話說不定就能老實點。

「開玩笑的，我收到這種東西。」嚴司將手機拋過去，眞的覺得自己有點可憐。他的車在他送醫後好像被他前室友不知以什麼名義扣押了不還給他，還說他今天只能待在辦公室，只好自己悲苦地招計程車奔回。

玖深接住手機，看見上面有條網址，就和他收到的一樣。那是段嚴司租屋的實況影片，時間只有一分鐘，拍攝內容是一連串動作——從圍牆偏僻處翻入，輕輕撬開了後門卻沒引起警鈴，一路暢行無阻地進到屋內，最後在拉門外放下手機，整個過程極爲迅速。

這段影片擺明就是對所有人的挑釁，讓他們知道一切防護都是無效的，再怎樣藏人，組織都有辦法滲入。一想到這些，玖深就覺得害怕。他收到東風的訊息後整個人超緊張，就怕會有什麼意外……他擔心身邊的同僚、朋友出意外，不僅僅是東風一人，就連在外頭的員警他都很擔心，而且這些事情還不知道要持續多久，每天都戰戰兢兢，很怕接到不好的消息。

「那些人眞的人格扭曲啊，讓人超不爽。」讓機器貓住到家裡這段時間以來，嚴司多少可以感覺到有人在對他施壓，不管是外部或內部，不過他爲人正直、交友狀況佳，基本上還頂得住，就是能確定盯著東風的那個傢伙有點想修理他。

嗯，說不定很大點。

好吧，昨晚所有事就證明很大點了。

「你不要和他們硬碰硬。」玖深歸還手機後，再度行駛車輛，往租屋接近。根據隔壁渾蛋要命的個性，住家再次被入侵，還不知道會怎樣發神經病。

「好感動喔，玖深小弟居然如此關愛我～」嚴司很深情地看著駕駛以表自己心情，「只好先不告訴你醫院傳說了，待我精心將它整理得文情並茂、加插圖之後再回報。」

「……」玖深再次覺得剛剛應該把這傢伙撞飛才對。

順利到達租屋外後，附近已有些員警和保全加強巡視，一看見玖深的車就將他們攔下來，降下車窗確認身分後，才將車子停到一邊，步行走回租屋。

「你們房東手筆眞大耶。」看著那些保全，玖深有點狐疑，「正常房東會做到這種地步嗎？」一開始入住時是幫忙架設監視器，讓保全一併巡邏，但東風的事發後，這裡保全巡邏的班次也增加了，而且他們看起來非常專業，有些人的動作判斷還有軍警背景；這世界上應該沒幾個房東會這麼做吧？大部分都只保護自己的住處啊，就以保護一個房客便砸進這麼多資源來說，眞的很奇怪。

嚴司誠懇地回應了友人的疑惑：「其實我賣身了，租屋那天他覺得我冰雪可愛，問我要不要當小三，我就點頭，接著過著錦衣玉食的美好生活。」

「……到站了，給我滾下車。」自己爲什麼要這麼認眞地發問呢！玖深覺得乾脆把這可惡的渾蛋從擔心名單剔除掉算了，這種眞的就是典型好心被雷親。

看著湛藍放晴的天空，玖深鎖好車，跟著走進租屋。依舊整理得乾淨整齊的日式房舍在極好的天氣下顯得沉靜溫雅，似乎並沒有受到任何入侵者帶來的不好影響，也不受外圍吵鬧聲的干擾，讓人一通過圍牆便感覺到那種心靈立刻沉澱下來的寧靜。

如果是平常，玖深會好好享受這種心靈的舒適，但現在他只擔心屋裡的人還有各種事，那些焦急立即驅散了寧靜，讓他不管之前那不打擾的約定，急忙跟著嚴司走進屋內。

一踏入室內就覺得冷氣開太強了，整間屋子冷到讓人瞬間發寒，客廳的燈是亮的，房間的燈也是亮的，不過房間拉門已經被拉上，隱約可以感覺裡面的壁櫥可能是半開著吧……稍微能聽見一點細小的聲響。

瞄了眼桌上的三明治拼盤，嚴司沒打開房門，「沒事吧？小東仔。」

「嗯。」

應答的聲音並不是從房裡傳來，而是從廚房旁側、浴室的方向。

玖深連忙轉過頭，正好看見東風穿著單薄的衣服，一身剛洗完澡、濕淋淋的模樣走出來——最後一次見到小孩時還沒這麼瘦，現在只剩骨頭了，幾乎與一開始看到的一樣，看著有點心酸。他連忙走上去接過毛巾幫男孩擦頭髮，「沒弄乾會感冒。」接觸到對方時，只剩骨頭的小孩明顯縮了下，玖深趕緊放輕動作。

嚴司沒有立刻靠過去，思考了兩秒，打開房間拉門，裡面沒有任何人。

花了一番工夫，找到吹風機的玖深才把東風給弄乾，三個人在客廳坐下。

「你做好準備了？」很自然地直接拿了三明治咬了口，午餐沒吃的嚴司現在很餓，才不管東西有沒有毒。

東風搖搖頭。

不管如何，他還是覺得很痛。

「沒關係，我們可以處理……」玖深不太想把男孩推出去，覺得這些事情應該是他們大人要找到突破口，好好保護受害者才對。

「我沒有做好準備。」東風緩緩低下頭，打斷了玖深的話，慢慢說道：「但是他已經開始了……既然不論如何都會碎，那就一口氣全摔吧。」

再怎樣，他都無法完全做好準備，不管如何閃躲都是會受傷，想藏起來的心即使避開還是會摔痛，那些裂痕不會消失。

那麼就全部摔得粉碎吧。

他只做好了一個準備，就是親手全數砸毀的準備。

玖深很想開口反對，不過一旁的嚴司拍拍他的肩膀，他也只能閉上嘴巴，不知道還能說什麼。

稍微填飽肚子的嚴司推開盤子，隨手打開和式桌的桌面，露出底下的夾層，從裡邊抽出幾張資料與記憶卡；無視玖深目瞪口呆的表情，他順勢把記憶卡接到筆電、解鎖。

「那麼，我和玖深小弟現在就分別告訴你，我們在重新檢視當年所有報告、樣本之後的結論。」

如果他的決定是這樣，那他們就不用保留了。

□

安天晴死亡那瞬間，他永遠都記得。

不管是人，或是一景一物，未曾遺忘過。

看著嚴司的電腦上開始秀出相關檔案，東風察覺自己的手指有些發顫。周圍事物似乎又回到了那一日，屋內的擺設逐漸替換成另外一種，地面染出血泊，坐在那裡被割斷喉嚨的女性正顛倒著頭部，無言地看著他。

東風閉上眼睛，按了按眉心，讓身邊的幻影退去，才再度看向重新清晰起來的兩人。

嚴司抵著下巴想了想，還是決定把他前室友不想講的事情先告訴對方，畢竟這件事在解釋屍體狀況時也會說到，先打個預防針比較好，「待會兒你可能要有點心理準備，你老師她死的時候恐怕是……」

「還活著，我知道。」東風苦澀地開口，微點了頭，「死後和死前的傷口我分得出來，既然當年我有查，當然知道……你們不用遮掩。」

從現場各種資訊來看，安天晴當時正招待著客人，很可能是轉身時突然遭到重擊，讓她瞬間喪失所有行動能力，就這樣被架到椅子上，之後所有的一切都是僞裝。

「她甚至死前還意識清楚……」那麼扭曲的面孔表明了她眼睜睜看著自己死去，看著自己被割斷喉嚨。東風緊握手掌到能感受到疼痛的地步，藉此盡量冷靜下來，「該知道的我都知道。」

坐在一旁的玖深看著有些不忍，但沒出聲打斷。

「嗯，那就好說明了。」嚴司翻翻手上的東西，既然對方已經從手上現有的資訊了解到這種地步，那就不用太擔心其他的，「從後頸攻擊傷的方向與高度來看，我和玖深小弟判斷當時襲擊她的人大約一百七十上下，男性、右撇子，比照你說的那個同學當時的身高，與學校健康檢查的記錄，算是符合。」

從屍體遭到重擊的位置來看，他們可以推算出安天晴當時是站著被擊打的，攻擊她的人比她略高一些，安天晴本人才一百六十出頭，遭襲擊時正低著頭拿東西。

「接著她被打暈架到椅子上，那些你們都知道就不多說了。」

之後等到安天晴醒來，她就被割斷脖子，成爲東風所看見的狀態；而主要割斷喉嚨的刀傷也是右撇子造成的傷勢，與擊打後頸的使用手一致。

「綁在椅後的尼龍繩是死後才綁上，手上並沒有生前造成的瘀傷，估計是裝飾用或有什麼含意，這點還沒釐清。」嚴司拍拍自己的手腕，「玖深小弟確定了繩球是事後才放到血泊上，所以沒沾黏到太多血跡。」

爲求謹慎，他們也重新檢查過當時取下的樣本和記錄，但並沒有找到新的發現來證明這個舉動的原因。而尼龍繩球上採集到的指紋，大多都是未賣出去之前，在商店中被觸碰的殘留，無從追蹤。

「但是問題來了。」手指輕輕敲著桌面，當時嚴司收到老法醫的資料時，就覺得有些奇怪，「從創傷程度和死亡時間來看，安天晴被襲擊到死亡這中間間隔了一段時間，判斷約有兩、三個小時左右，也就是說死亡時間按照你們課表是在下午第三節、三點半到四點左右，回推她被襲擊的時間是在中午；攻擊她的人在那邊等了很久、直到她清醒才動手。」

「按照記錄，你當時指控的學生——尤信翔是不可能在那裡待這麼久的，因爲他下午蹺課後和其他學生在一起，第三節上課沒多久就因抽菸與蹺課被訓導主任追趕。」玖深連忙接著補充，「後來提出學校裡的監視記錄，有拍到兩秒這些人追逐的身影，從角落閃過。我檢查過了，影像沒問題，其他人的口供沒有出入，現場蒐集帶回的菸蒂也確實符合。」

有這麼鐵一般的完美證明，那名高三學生才會被排除在凶手之外，他確實不可能在死亡時間回去動手，更別提從安天晴的公寓到學校最少也有十到二十分鐘的徒步路程。

「不，事情發生時，他絕對在。」東風低下頭，咬牙說道：「他在前一天買了尼龍繩球，五金行有記錄，警察也有查到。」

「繩球的話，他家裡也有一綑一樣的，當時尤信翔的供述是要打包不用的書籍，公寓中那綑不一定是他的，那種繩球太普遍了，附近隨便一查，相關時間範圍內有進繩球的店家起碼賣出去數十綑。」雖然很遺憾，玖深也只能按著舊有的記錄告知。當年員警同樣檢查過這件事，帶走尤信翔家中的繩球，還留著的包裝和發票確實表明這就是購自五金行，判斷購買無法成爲證明，只能是個巧合。

東風其實也曉得這件事，有點不甘心地開口：「還有老師擺出的那套杯盤，是他自己帶去的東西，經常去的人會有自己的餐具……」

「唔……我們也要告訴你這件事情。」玖深與嚴司對望了眼，緩緩開口：「杯盤上完全沒有那名學生的指紋和使用痕跡。」

「不可能！」東風立即喊道。

「別激動，小東仔，玖深小弟說的你應該要聽得懂啊。」嚴司摳摳手上幾個已有點翹起來的OK繃，乾脆站起身去拿醫藥箱，換個新的。「完～全～沒有喔，既然是他的東西，怎麼會完全沒有，連你老師的都沒。」簡士瑋藏起來的那份資料中，的確指明了杯子與盤子上面一點痕跡都沒有，甚至連安天晴準備食物時該有的指紋都沒有。

東風愣了下，「他們說上面只有老師的……」

「還有菸蒂，不知道是誰把菸蒂與從學校帶回來的全混在一起，證物出現瑕疵，無法使用。不過在被混在一起前，當時的鑑識人員已經先剪走兩段，因爲感覺到有看不見的奇怪事情在發生，其中一段便暗暗收下來。被藏起的樣本中，那段菸蒂上有餅乾的糖粉。」這些樣品目前都已經從檯面下轉交到玖深手上，這陣子他都重新檢驗過了。

「……吃餅乾，把菸戒掉。」東風按著額頭，覺得有些頭暈眼花，稍微吸了口氣，有點痛苦地說道：「以前他菸癮犯了，要去外面抽菸，老師都拿餅乾給他……然後他把餅乾吃掉，還是走去抽菸。」

「還有一個……」玖深開始後悔自己沒把資料帶來了，雖然他記得很熟，但果然還是有詳細資料現場看比較好，「簡士瑋的檔案裡，垃圾桶裡面的茶包，是紅茶包。」這件事在後來的檔案中也被消除了，資料上只剩下馬克杯裡的記錄。

東風猛地抬起頭，完全愣住。

「馬克杯裡是水果茶，垃圾桶卻沒有水果茶的茶包，屋子裡也沒其他水果茶包……」不知道爲什麼對方的臉瞬間整個刷白，玖深有點怕怕的。

「因爲他不喝水果茶。」發現自己的身體顫抖了起來，東風連忙想站起身，但試了幾次都爬不起來，整個人摔回原位，「我以爲……我以爲……」

「冷靜點。」嚴司走過去，蹲在東風面前，用力按住對方的肩膀。「水果茶有什麼問題？」

「水果茶……水果茶是……」發抖怎樣都停不下來，東風只能死死抓住嚴司的手臂，「我以爲他是故意要的……那個東西……我們前兩天吵得很厲害……我以爲是故意要老師泡……老師給全部人都是泡紅茶……水果茶是……」

「她特地買給你的？」聽著斷斷續續的顫抖話語，嚴司突然知道問題在哪了。如果水果茶只有東風喝，而安天晴當天其實還是爲凶手泡了紅茶，凶手當時喝掉或倒掉紅茶、殺了安天晴後才悠悠哉哉泡了水果茶，還把茶包給帶走。

但是看起來也沒什麼問題，畢竟凶手那麼針對東風，重新泡一杯水果茶來嘲諷他也很有可能。

把自己的想法告訴對方後，嚴司發現東風的臉色還是白得不行。

「不是那個意思……」東風過了很久，才慢慢鬆開自己的手，「不是……」

「那是什麼意思？」嚴司問了幾次，對方卻再也沒回答了，就這樣沉默下來。

嚴司和玖深對看一眼，也沒辦法，他按著東風坐在原位，確認對方眞的冷靜了些後，才把最後一件事情告訴他，「安天晴解剖後，胃部並沒有餅乾。」

學生盤子中的蛋糕是完好的，老師盤子中的餅乾被吃了一半，但死者胃部卻沒有餅乾。

東風閉上眼睛，感覺到有什麼東西從眼角滑落。

「我知道了。」

室內的氣氛變得很有壓迫感。

玖深坐在一邊，完全不知道現在應該怎麼辦。

其實他應該還要告訴東風，他和嚴司兩個人最後出來的結論，以及一些零散的檢查，但對方現在看起來完全不想再聽他們說話，臉色蒼白，就像坐在那裡死了，一點血色都沒有。

「那個……我去弄點吃的。」玖深實在覺得很尷尬，突然想到東風肯定什麼都沒吃，連忙站起身打算先煮點粥。看到嚴司對他點頭，便趕緊溜進廚房去洗米。

離開客廳後，玖深才敢放鬆地吐口氣。

事情實在有點突然，他原本沒打算今天把事情都告訴東風的，還想說要等對方做好心理準備，大家都在的時候可以提供支撐，再一點一點慢慢地說。可是不知道爲什麼，嚴司就抓著自己一起講，整個趕鴨子上架，光看東風的臉色就知道有多受到衝擊……

「唉。」抹抹臉，還是先煮粥好了。

玖深看了下手機，虞夏等人有傳訊息給他，大致內容是相關人員幾乎都收到這條影像連結，不過嚴司有回報他們屋裡沒事……嚴司什麼時候回報的？啊，該不會是幫東風吹頭髮那時吧？

玖深思考半晌，決定跳過這問題，總之就是外面的員警也確認了安全後，他們就先不趕過來，而是繼續手上的事務，盡快縮短調查時間，要他們兩個多加小心。

想想他也回覆訊息，告知這邊的狀況，接著開始洗米煮粥。

打開瓦斯爐擺好鍋子後，玖深決定趁空檔順便看看能不能弄點配菜，轉身打開冰箱，就看見冰箱的隔板全部被拆掉了放在側邊，有一團很大球、大概比籃球還大一點的東西，用報紙包著，外面用塑膠袋層層封裝，就這樣塞在冷藏室裡。

當時反射性只想到嚴司幹嘛塞個大西瓜在冰箱裡，玖深向外邊喊了聲「順便幫你切西瓜喔」，接著便直接拆開封袋。

因爲是在認識的人家中，他幾乎完全放鬆，根本沒有預料到撥開好幾層報紙後，會看見一顆凍在有點融化的冰塊裡，超級新鮮、血淋淋的人頭，那張模糊猙獰的臉正對著他，扭曲大張的嘴巴裡沒有舌頭——已經被割掉了。

嚴司在外頭喊他家沒西瓜時，玖深根本沒聽見，腦袋嗡的一聲瞬間空白。

接著一股劇痛從腳上傳來，他才整個人回過神。

脫手的人頭冰塊直接砸在他腳上，痛得玖深眼淚都飆出來，整個人驚嚇到不行。顧不得痛腳，全身雞皮疙瘩都爆炸的玖深，想也沒想就直接衝出廚房，才跑兩步就和什麼東西撞個正著，力道大得整個人往旁邊摔，「嗚啊啊啊啊啊——」

「玖深小弟，我家廚房燒了嗎？」不知道爲什麼對方叫得這麼大聲，被撞得差點飛出去的嚴司吃痛地揉著肩膀。

「我我我我我——」

驚恐地看著入口處的人，玖深一時愣住了。

他沒想到嚴司會把人頭放在家裡啊！

怎麼辦？

嚴司會這樣做肯定有他的苦衷，雖然他平常很缺德又很白目，而且常常以虐自己爲樂，但相識一場，眞的要把他捅出去，玖深不覺得自己做得到。

但是人頭、人頭！他家有人頭啊！

「要、要先處理才行……」玖深焦急到不知道自己在講什麼了，總之不能讓嚴司有人頭這件事曝光，不然他可能會吃上殺人罪！

不不，果然還是勸他自首比較好吧！

自首可以不用被老大屠殺啊！

……搞不好還是會。

「處理啥？」有點莫名其妙對方撞了他之後臉色瞬間千變萬化，嚴司疑惑地歪著頭，馬上就發現打開的冰箱前好像有一大袋東西。

繞過還在唸唸有詞的玖深，他走向前，直到看見袋子裡的東西後才停下腳步。

「怎麼了？」發現騷動沒平息，較晚出現的東風扶著牆壁走過來問。

「你先通知老大吧。」嚴司回過頭，聳聳肩，「有禮物。」他就知道那個安全帽做午餐沒這麼好心。

東風立即轉回客廳打電話。

嚴司退出廚房，順便把還縮在一邊的玖深拉出來。

玖深被一拉，整個人觸電般跳起，突然抓住他的手，滿臉眞誠地開口。

「阿司，雖然你是個渾蛋，但、但是……但是我不會害你……」

看著玖深豁出去的表情，嚴司看看人頭，又看看打算把職業生涯也豁出去的好青年，他也只好不辜負對方期待地勾起唇，然後騰出手，拍拍好青年的肩膀。

「被你看見了，我只好滅口。」

最後附贈殺人魔的友善微笑。

4

「教你玩玖深！」

接到通報後，趕到現場的虞夏直接往嚴司頭上揍。

那個被嚇個半死的玖深後來衝出廚房，結果自己絆倒自己，一腦袋撞在牆壁上，當場磕得頭破血流，還有點輕微腦震盪。

虞夏以最快速度到場後，不但看到廚房有顆人頭，走廊上還有一灘血，以為是組織在這裡動手，結果一回頭就看見救護人員把抖到不行的玖深推上救護車。

「我的錯。」嚴司誠懇地懺悔，他是眞的沒想到玖深會自滅，本來以為對方只會尖叫衝出去而已，看樣子有實體物果然威力會更強。

虞夏沒好氣地指著旁邊的車子，「去那邊等。」

到場時，他們很訝異東風在壁櫥外，但對方一個字都沒說，也沒有和任何人視線接觸，逕自鑽進虞夏的車後座閉眼睡覺。

嚴司聳聳肩，只好接住虞夏拋過來的鑰匙，往友人車子駕駛座坐進去，順勢開了冷氣吹涼。

見車子附近都是員警，應該暫時沒危險，虞夏才重新走回屋裡。

蹲在廚房裡的阿柳進行完蒐證流程後，已經把人頭放進小冰箱裡，盡量減少損壞，一旁的黎子泓站起身，若有所思地開口：「可能是阿因看見的第二個。」

「頭是死後才切下來的，看來是刻意冰好才送過來，冰上沒有連著身體的切割痕跡。」阿柳跟著站起身說道。他們到達後，頭顱外圍的冰雖然融了一小圈，但仍有一定厚度，在冰中的腦袋目前十分堅硬，整顆凍得硬邦邦的，可能送去法醫那邊還要再解凍很久才能切。目前所知的是這顆頭與上一個人一樣，從外觀看來傷得很嚴重，眼皮、嘴唇、舌頭都被割掉了，臉上有許多凹陷傷，眼珠已完全不見。光是看著，阿柳就很清楚明白爲什麼可以把玖深嚇成那樣子，那小子的抗嚇能力一直很低。

黎子泓點點頭表示了解。

封鎖廚房讓其他人去檢查，黎子泓和虞夏兩人一起踏出房屋，看見虞因和聿不知道什麼時候到了，正在和開了一半車窗的嚴司講話。

因爲封閉街道，加上房東不知道動了什麼手腳淨空這一帶，居然連個路人都沒有，保全還在外圍按照平常的班次巡邏，偶爾停下來和員警講幾句話。

事發前後的監視畫面已全都整理好送到這邊，負責員警正在登記，讓虞夏不禁多看了那間豪華大別墅幾眼。

他哥說得沒錯，這房東的確要留意。

「先都回去。」虞夏斜瞪了虞因一眼，直接朝嚴司開口：「小心點。」

虞因把摩托車鑰匙交給虞夏，不敢多說什麼，連忙縮進副駕駛座……他原本只是來確定東風這邊安不安全，才剛到和嚴司講兩句話而已，都還沒搞清楚狀況就被轟了。

虞夏敲敲車頂，朝其他員警打了個招呼，就讓開路讓嚴司等人先離開。

從後照鏡看著車已自動自發繫好安全帶，虞因把車上冷氣吹風口方向推開，「要不要路上買個什麼……」

「不要回去。」

虞因轉頭，已經坐起來的東風面無表情地開口：「等等我告訴你們地址。」說著，往前遞了兩張紙片給虞因。

「什麼鬼？」因爲在開車，所以嚴司只能遺憾地瞄一眼。

「廚房門口撿到的，你們發現第一具屍體的地方可能也有類似的東西。」打開那支新手機的檔案，東風開始一一細看收到的圖片。

虞因看著紙片，一張是大象的小圖，大象旁邊還有三炷香；另外一張就有點奇怪了，是個白底、銀色邊框的倒三角形，三角形中有個黑藍色的圓……邊緣是刺刺的圓，藍圓外還有一圈一樣刺刺的金色邊框。

不知道爲什麼，他看著這個謎樣的圖案覺得有點眼熟，但一時想不起來在哪看過。

兩張圖片都沒有任何字樣，看不出個所以然。

聿也歪著頭打量圖案，露出狐疑的表情。

「興大。」後座的東風丟來兩個字。

「欸……啊！對！我去過幾次。」對方一講，虞因馬上知道爲什麼眼熟了，看起來就像人家的校徽，但是上面的字全部不見了，「顏色好像不太對……」中間那抹藍他記得不是這種黑藍色。

「那裡有大象嗎？」東風問道。

「這就沒印象……」虞因不記得有什麼大象，倒是看過有點帥氣的涼亭。

在紅燈前停下，嚴司終於可以騰空從虞因手上接過紙張，「先不管大象，學弟，這兩張紙是什麼意思？」從東風的意思來看，圖案是組織的人留下的，而且第一具屍體附近可能也有，那就表示這是什麼一系列的活動。

「……遊戲。」東風淡淡地開口，抽回紙張，瞄了眼轉回綠色的燈號，「他們已經開始兩回了，這次是第三回。」

「什麼遊戲？」虞因連忙追問。

「不是很明顯嗎，他們在殺人啊。」有點想白眼對方，東風將手機往前座拋，「還有三個小時。」

虞因連忙接住手機，仔細一看，手機裡有一組照片，是男人臉部的特寫，頭髮已經被剃光了，神色看起來很糟糕，臉上有不少挨揍的青腫痕跡。畫面上顯示的是第三張，右下角有一個時間，是晚上九點整，其他幾張各自顯示不同時間，像第四張就是九點五分，但是並沒有日期，不知道什麼時候會輪到。

看了下手錶，已經過六點了。

「這是我們以前在玩的基本遊戲。」看著車窗外不斷向後跑的景色，東風頓了頓，說道：「現在還很簡單，之後會越來越難。」

虞因快速看完那組相片，一共有十張，有男有女，都是類似的狀況，同樣被剃掉頭髮、眉毛，臉上有各種傷勢。正想說點什麼，他赫然想起這是這段時間以來第一次見到東風，突然想問問對方狀況如何，可是都已經交談半天了，殺出這句又不太對勁，而且東風的表現和先前……似乎比先前冷漠很多，沒什麼表情，像是拉起一道屏障。

車內氣氛就在這瞬間整個死寂下來。

無聲地嘆口氣，虞因看向窗外，看見一名上半身被輾壓過的半透明男人拖著腳，茫然地在馬路上走，這畫面很快就被甩到大後方。

還是，再找點時間好好談一下吧。

□

「東風收到的那組相片，前兩張就是這兩名死者。」

虞夏趕回局裡，遠遠就看見虞佟已經把相片都列印出來了，前兩張上面還貼著他去調來的失蹤人口檔案，與那兩個離家出走的業務與教師符合，現在也與傳來的十人相片一致。

「我已經申請調閱那兩人的就醫記錄，家屬正在趕來，應該很快就可以核實身分。」看著隨後進來的黎子泓，虞佟點了下頭，「小聿發了訊息過來，他們正在趕去興大，那邊的員警已經前往協助。」

「去興大幹嘛！」虞夏皺起眉，就想追回去揍開車的嚴司。

虞佟告訴對方紙張與遊戲的事情，「看來他們以前常常進行這種遊戲——和那位臉上有傷痕刺青的尤信翔。」

虞夏點點頭表示知道，不過有點不太高興，在嚴司租屋那邊，東風大可以把圖案的事情告訴他們，但卻沒有，選擇的是自行前往。玖深死……玖深被送醫前，有把屋內的事情大致告訴他，所以他們知道東風已經差不多清楚重新檢驗的事情了。

當下那種狀況，一般人的情緒理應會是很激動的，即使表面上再怎樣強作無事，內心也不會在短時間內平復，但是虞夏見到東風時，他卻冷靜得異常，連眼神都很鎮定，這其實相當不對勁。顧慮到這一點，他才要嚴司先把小孩們都送回家，不想再多生事端。

「夏。」拍上兄弟的肩膀，虞佟開口：「我們能做的，就是把遊戲後半段都破壞掉，讓組織玩不起來，他們現在的人已經不多了。」這幾次下來都是那兩名紅白色騎士親自出手，不再是亂七八糟的小孩子們，他相信警方這段時間的剷除動作，已經將人數降到核心幹部不得不自己出面的地步了。

「盡快找到這些人的下落。」虞夏當然知道這是當務之急。

「你們放手去做。」黎子泓邊說邊撥打電話離開室內。

過了半晌，葉桓恩與幾名小隊同僚走進來幫忙調查剩下的照片，除了一般往家庭方向與最後出現的地方尋找外，所有人也運用自己的管道放出搜索消息，儘可能查找到遺落的蛛絲馬跡。

虞夏也聯繫了幾名友人協助，剛結束通話，一轉頭就看見他哥站在窗戶邊，不知道手機另一端是誰，讓虞佟露出一種似笑非笑的有趣表情。

「你打給誰？」等虞佟掛斷手機，虞夏才狐疑地發問。

虞佟笑了笑，「既然是搶時間，那當然是我們道上的朋友啊。」這種時候，就讓人特別覺得有這一方面的結識特別可靠。

「啊？」

接著，虞夏立刻知道是誰了。

□

「阿兄！」

甫回家正在喝水的阿方被玄關的踹門巨響給嚇了一大跳，一口水差點沒噴出來，回過頭就看見自家妹妹撞開門火速衝進來。

「妳不是去上班……」

「上班甲賽！」小海直接搶奪兄長手上的茶杯，把剩下的水灌完，「請假了！我，有人生大事！」

「……妳要殺誰？會不會被關？」阿方很冷靜地看著整個人在發光的妹妹。這妹妹前陣子很消沉，他到現在還不知道爲什麼，但是現在卻又一臉好像中樂透，整個人異常興奮。上次出現這種表情時……扣掉和警察混在一起的時間不說，好像是她把什麼敵對的地盤頭頭給幹下來，對方還連關了三家店，逃得老遠。因此他妹才聲名遠播，現在很少人敢輕易惹她。

有時候當哥哥的都不知道妹妹是怎麼長才可以長成這樣，年紀輕輕的不是普通凶殘。

「老娘，是好公民。」小海將杯子放回阿方手上，拍拍哥哥的肩膀，「阿兄你也是好公民，要跟警察合作。」

「什麼東西啊！」總覺得眼皮好像跳兩下，阿方感覺莫名其妙。

然後，旁邊傳來了友人的輕笑聲。

「欸，一太哥你也在啊。」衝進來的小海還眞沒發現一太站在洗手間門邊，似乎剛從裡面出來。

「我跟阿方待會要去吃晚餐。」一太莞爾地勾起唇，說道：「晚一點或許有其他事情要做，我猜的。」

「那剛好，老娘這裡就是事情。」完全沒想到虞佟會打電話給她，還是有事主動拜託她，小海在一陣扭捏的驚喜中結束通話，二話不說把工作全丟給其他人，自己就衝回來做準備，「條杯杯要找人，老娘已經叫小弟們全部出動，阿兄你們也來幫忙吧！」

阿方與一太互看了眼，由阿方開口：「找什麼人？」

「好像是那個屁孩集團抓了十個人，有兩個翹了，要找剩下八個。」小海將收到的相片傳給她哥，「綁這麼多人不可能沒動靜，一定會有人看到什麼。」所以她讓小弟群開始問出去，說不定會有消息。

當然，是檯面下，不能引起任何人注意地探問，條杯杯特地交代。

「阿方，打電話給宋鷗他們。」

一太的話才剛說完，阿方手機就響起來，拿起來一看，居然是大溫的號碼，他乾脆把通話設成擴音。

「你們認識的其他車隊，幫忙打個招呼。」大溫接通電話後，劈頭就說：「我們這邊要找人，有點麻煩。」

「……八個人？」阿方默默回問。

「欸，你們也知道喔，剛收到玖深的拜託，條子不知道在幹嘛。」大溫嘖了聲：「不過和那個組織有關，宋鷗就點頭要幫。」

「其他車隊問起，你就說是我要找的。」輕輕地開了口，一太想想，補充說道：「你們小心點。」

「知道。」大溫很快掛掉電話。

阿方收起手機，開始覺得事態不太對，「不知道又在搞什麼，希望阿因他們不要又被扯進去。」總覺得最近事情很多，他還真希望友人可以順利平安畢業，畢竟現在大家也就只剩張證書沒領而已。

「嗯……我想現在可能是我們自己要擔心點。」看著窗外閃過的黑影，一太思考著晚餐可能不能準時好好吃了，幸好他隱約有這種感覺，所以剛才和阿方先隨便吃過點心墳點肚子才回來。

下一秒，客廳落地窗突然遭受巨大衝擊力道，完全被擊碎。

大約七、八名面色不善的男人揮舞著手上的鐵棒，從破碎的落地窗外闖進來。

「幹！敢貢恁鄒媽的波雷！」

立刻衝上去的小海按住沙發跳高身，一膝蓋直接撞在最先衝進來的男人臉上，對方搖晃了兩下，她順勢再往入侵的陌生人胯下出腳，快狠準，完全不留情。還來不及摀臉，胯下遭到致命攻擊的男人嗷的一聲悲號跪下去了。

見自家妹妹幾乎瞬間秒殺一人，阿方有種其實可以去拿桶爆米花來吃的錯覺。

「他們有槍。」一太撿起掉落在地的鐵棒，踏過滿地玻璃，毫不猶豫往旁邊撲來的人揮去，一棒子將人撂倒在地。

「小海，小心點！」阿方看著暴龍般的妹妹直接輾掉第二個人，越過摀著胯下打滾的衰人跳出庭院。

小海朝身後比了記拇指，沒回頭，視線定在站在庭院的白安全帽女人上。一堆垃圾裡比較不一樣的那個，十之八九是頭頭。

小海沒多加停留，一腿往對方正面踢去；白安全帽同時動作，側身也是一腿擋下她的攻擊。

小海用力甩開對方的小腿，瞬間上半身往後仰倒，一手撐在後方的草地上，正好看見掠過她上方的子彈打在屋外牆壁。

「要比誰的槍多是嗎。」小海咧出冷笑，翻身站起，拍拍手上的灰塵，吹了記口哨。

白安全帽聽見好幾個上膛聲響起時愣了下，回過頭，看見牆頭上出現好幾名黑衣人，其中一些手上的槍口正對著他們。

「老娘哪有可能被圍幾次，還啥小都不準備。」

小海環起手，完全不擔心身後的家人，自家兄長和一太哥的實力用不著她回頭，「還在想最近不好意思找條杯杯，這下子伴手禮都有了。」這個白安全帽看起來就是一臉很好打蝴蝶結和插花的樣子。

「妳想得美。」

「小海！小心！」

遠方槍聲響起，阿方撲倒小海。

白安全帽同時朝牆頭的黑衣人開了幾槍，在黑衣人們回擊時衝出大門，跳上一台疾駛來的機車後快速離去。

很快地，小海那些小弟們立即反應追上。

「沒事吧。」一太綁起最後一人，正好看見阿方把小海從地上拉起。

「沒，阿兄你流血了。」小海皺起眉，盯著阿方肩膀正在出血的傷口。

「擦一下而已。」偷襲的一槍險險擦過，只拉出條血痕，子彈打在其他地方。比起這個，阿方比較苦惱被砸的落地窗和院子，不知道要怎樣和晚些回來的父母交代，媽媽之前才私下要他和小海溝通不要常常輾蟑螂，女孩子這麼經常輾蟑螂不好。

「幹！」小海滿肚子怒火地看著白安全帽消失的方向，「這梁子結下了，老娘要把她灌成消波塊！」

「那麼就盡快找人吧。」一太拿著急救箱走出來，勾起淡淡的微笑，「她還有其他同伴，一次灌可以省時間。」

阿方有點無言地看著友人，不知道他是在講眞的還是在胡扯，這時候和小海開這種玩笑，她是會當眞的……絕對會把白安全帽一行人灌成一批消波塊啊！

「也是。」

小海眯起眼睛。

有種來，就有種別走。

□

「學校裡面應該沒大象喔。」

到達興大後，虞因向幾名學生詢問了被點香的大象圖，稍微聊了下後很快就熟悉起來，那幾名學生好心地幫他們指路，「不過有香的話，應該是排水溝邊那座廟，廟後方有尊石大象，就是步道那邊。」

虞因道過謝後，跳回車上。

很快地，他們果然找到了學生口中的廟與大象。

晚間時分，在這裡跑步和騎腳踏車的人不算少，陸陸續續有路人經過，看到他們的動作還好奇地投來視線。

「保全在學校湖中小島發現有個盒子，裡面是張卡片，警察正在幫我們拿過來。」嚴司收起手機，走下車，看著廟宇後方的大象；似乎有些年代了，感覺相當老舊。

「香爐下找到這個。」虞因快步跑來，將手上的紙條遞給正在摸索大象的東風。那只是隨便一張便條紙，上面寫了一組數字。

「這裡也有東西。」從大象後腿找出把鑰匙，東風喘了口氣，站起身。

「你們的遊戲這麼簡單啊？」嚴司看著很快就找到的物品，有點疑惑，還以爲要發生什麼世紀大決戰，沒想到只是這種到當地問一下就能了解的事情，根本連謎題都不算。

「說了一開始會很簡單。」東風冷冷地回答道，正想說點什麼便看見警車靠近，巡邏員警把一張黑色的卡片送過來給他們。

仔細一看，是被用黑色顏料覆蓋的卡片，在洗手台邊用力沖水摳抹幾下，很快就弄掉了廉價的廣告顏料，是張迷你倉庫的門禁卡，離這裡有點距離。

「已經有員警趕過去了。」把門禁卡的店名和地址發過去給虞夏，嚴司說道。

「我們也快過去。」

給他們紙條和卡片肯定是那邊有什麼，虞因催促著。

他總覺得事情不太對勁，有哪裡怪怪的，但說不上來。猛一抬頭，突然看見他們車子旁邊縮了兩團血肉模糊的人，而且還擋在車門口，看起來想要阻止他們前往。

這種時候虞因並不想被拖延，捏緊口袋裡的護身符，帶著抱歉直接越過似乎想說什麼的亡者。

因爲已用掉了不少時間，所以一路上嚴司車速不慢，幾次險險闖過黃燈，還被一路跟著的警車按了兩聲喇叭警告。

到達迷你倉庫的所在地時，已有不少員警到達，直接在外面拉起封鎖線，倉庫裡的櫃台收到店長讓他們配合的指令，快速找出那張門禁卡的擁有者。

「是一位林先生承租的，他租了兩個大型的，之前說是搬家想放家具，前幾天來來回回寄出、收進不少家具。」說著，服務人員爲他們領路，來到相鄰的兩間倉庫前，「今天還有來放過東西。」

讓服務人員先離開去調監視畫面後，員警試了紙片上的密碼，打開了左邊的倉庫，右邊的則依舊鎖得死緊。

倉庫門一打開，立即傳來一股濃厚家具蠟和說不上來的怪異味道，偌大空間裡只直立擺放一張顯然有收納底層的厚實床鋪，位置就靠著右邊倉庫的那片牆，靠近門口的地板上則是相當多的地球儀碎片，開門時員警還差點踩到。

碎片碎得很統一，每個不規則殘片大概都是兩、三公分大小，像是刻意被這樣製作。

拿下覆蓋床鋪的防塵罩和塑膠布，虞因看見床板上有個鑰匙孔，用得到的鑰匙打開床板，還沒看清楚裡面是什麼，兩旁員警臉色立時劇變，直把他往後扯。

站穩後，虞因才看見裡面果然是第三個人，全身都是傷，有幾根腳趾還被剪斷，被好幾根手指粗的鐵棍穿透手腳插在床板上。鐵棍全敲歪了無法拔出，一身血淋淋的看起來非常嚇人，但更詭異的是他身上的各種電線，大約七、八條、不知道作用，末段都插在皮膚裡，最可怕的是，有一條伸進了嘴裡，嘴唇則是被縫衣線縫住、扳不開，那些電線連接到第三人腳邊的筆電上。

光是看著一個人被弄成這模樣，虞因就覺得噁心想吐，尤其這人竟然還活著，吊著一口極度虛弱的氣息，隨時斷氣都不奇怪。

轉開頭，他看見床板後有層奇怪的塗料和一些塑膠板，可能是因為這些東西與剛才覆蓋的塑膠布才擋住了血腥異味，現在一揭開，整間倉庫全是血味和傷口糜爛傳出的惡臭。

員警翻開筆電，有點崩潰地發現鍵盤是韓文，連正在運作的系統也全都顯示韓文字。

「我來。」聿靠近床鋪，輕輕開口。

「等等，萬一是炸彈怎麼辦！」直接想到各種大場面電影，虞因立刻抓住聿。

「沒事。」聿拍拍虞因的手，走過去看那台筆電，操控了兩下，回過頭看向其他人，「鎖住了。」

「提示八成在這些碎片上，你等等。」東風吸了口氣，蹲下身集中碎片，接著把碎片分類，準備將地球儀復原，同時讓員警快點去弄黏膠過來。

趁這時間，嚴司無視員警們的阻攔，逕自撥弄起那些埋入皮膚下的電線，「這群死小鬼，都縫進去了。」挑開傷口，可以看見電線接著某種東西，被很粗糙的手法亂七八糟縫了起來，「應該不是炸彈。」

「那人可以先弄下來嗎？」雖說可能不是炸彈，但虞因還是很擔心所有人的安全。

嚴司歪過身體去檢查鐵棍，發現後頭整個被焊上，穿過床底板的鐵棍直接被焊在倉庫牆上，「等破壞器材來吧。」

確認了第三人的狀況，雖然血淋淋的看起來很嚇人，不過嚴司意外發現這倒楣鬼的傷勢並沒有一開始想像那麼嚴重，把對方弄成這樣的人似乎有目的性地讓他保有一口氣撐到自己這些人來，手臂上有使用消炎藥物暫時治療的痕跡，失血也不算多，每個傷口都在大出血前被止血，還被補充輸血過。

「渾蛋！」

聽見東風的罵聲，他們回過頭，看見分類完畢的碎片居然有三堆，那些大量碎片是三顆長得一樣的地球儀。

「你拼一半，剩下的我們接手。」雖然沒辦法快速從頭拼起來，但虞因倒是可以從接手後盡快拼完，節省完成時間。

不知道該不該感謝一太先前帶來的拼圖地獄，虞因那時稍微抓到點訣竅，現在想起來他不由自主地苦笑了下。

東風點點頭，接過黏膠，快速拼起完成後可能比十七吋還大一些的碎片。因爲急著完成，中途有幾次不慎讓尖銳的邊緣割破手套，不過他也顧不了那麼多了。

等到地球儀被拼出三分之二左右，東風立刻換掉沾黏在一起的手套轉身進行下一個，接手的虞因和聿難免也被割了幾下，但總算能快速完成。

站在一邊的員警們目瞪口呆地看著，因為幫不上什麼忙，只好將這邊的狀況同時傳遞給虞夏那方。雖然擴音那邊傳來叫現場人不要亂動、等他們趕到的指令，但不管是小孩們或是嚴司，似乎都無視那些聲音。

就在這種狀況下，虞夏等人趕到時，第一顆地球儀被復原成功。

「別妨礙我們。」

在虞夏開口制止前，東風看了眼時間，冷冷說道：「除非你的人有辦法在九點之前拼完。」

看著地上的碎片，虞夏還真不覺得自己這邊有辦法在九點前完成，與一同到達的阿柳只好盡快布置人手，開始嘗試將人救下來。

過沒多久，支援的警消帶著破壞工具到場。

不受周邊人員們干擾，東風和聿仔細看了第一顆地球儀，上面的英文地名明顯被修改過，他們以旁邊保護員警們咋舌的方式急速挑出了修改過或缺漏的文字，按順序很快地拼出一組有點奇怪的字句——oktapbangwangseja。

「什麼意思？」虞因雖然英文很破，但自認應該多少還可以看懂簡單的詞句，可是拼出來的根本不像是單字。

「這是羅馬拼音。」東風抬起頭，看向聿，「行嗎？」

聿點點頭，拉掉已經被黏膠黏死的手套，接過新的套好就去按筆電。輸入像是開玩笑般的某部韓劇片名後，筆電換了畫面，先跳出一個倒數計時的視窗，接著跳出第二個要求密碼的框框。

核對了下，倒數計時的最終時間就是九點，還有一個半小時。

第一根鐵棍被剪下來。

判斷身上那些被縫進去的電線可能不能隨便扯出來，嚴司開始先清除傷者嘴上的線。這個人臉上沒有更大或更深的傷，那些組織應該不會神通廣大到沒洞還可以縫住裡頭；花了好一番工夫把縫死的線清乾淨後，果然可以輕輕拉動深入喉嚨的電線。

不過稍一扯動，嚴司就發現有其他東西掛在末端，在看不出什麼的狀況下，勉強拉出來可能會造成傷害，他便停手了。

「找到身分了。」等待過程中，虞夏收到第三人的身分，雖然沒在失蹤名單上，但相片發出去後立刻有人認出來，是隔壁縣市某里的前任里長。聯繫家屬後，說是上星期和朋友約好出國玩，他們一直以為傷者不在台灣，社群網頁也持續有更新風景照片，所以才沒發現異常。

目前為止，三名被組織襲擊的人都沒有任何共通點。

第二顆地球儀即將完成前，稍晚出發的黎子泓和相關處理小組也趕到。

「怎麼這麼慢？」虞夏皺起眉，他記得自己接到通知時就已經通報需要處理小組了，居然現在才到。

黎子泓把虞夏拉到旁邊，才低聲告訴對方：「剛剛發生假警報。」

虞夏嘖了聲，估計大概又是那些人玩的拖時間手段。

判斷電線都沒立即危險後，處理小組很快便開始截斷線路，讓那些鑲嵌在肉體裡的小東西盡快失去功能。

差不多同時間，聿輸入了第二組密碼，畫面跳動了下，突然出現一段影片。

影片上只有一個人，就是傷者本人。

這時候他還沒傷得很嚴重，頭髮還在頭上，但神色看來很驚恐，不知道看見什麼，被綁在椅子上的身體與面孔顫抖不停，臉色也白得嚇人。

大約過了幾秒，傷者才緩緩開口，但視線盯著拍攝方向，可能是在看什麼照著唸——

「我、我……我是……罪有應得……自以為是所以我該死……」

影片就停在這邊了。

「自大。」

幾個人轉過頭看向突然發出聲音的東風。

「上一個是謊言，這一個是自大。」當時，火虎的確這樣告訴他。東風聽著影片傳來的聲音，立即明白意思。

「第一個該不會是欠債吧。」嚴司歪著頭想，發現搞不好還眞的是。

「一系列的復仇嗎？」黎子泓皺起眉。這麼說來，挑這些人就不是隨機了，而是以原本就是要殺死他們爲基礎，改變計畫來設計現在這些事情。

「遊戲到底是怎麼回事？」虞夏看著已經把最後一顆地球儀復原大半的東風，問道。

「出去之後告訴你們，現在別煩我。」總覺得視線已經開始有點模糊，東風甩甩頭，重新把精神集中在地球儀上。

傷者身上的鐵棍和線路全解除後，最後一顆地球儀也復原完畢。

沒發現傷者體內有爆裂物，處理小組便讓醫護人員先把奄奄一息的人緊急送出去就醫。

看著剩下不到幾分鐘的時間，虞因終於鬆了口氣，正想招呼聿和東風先退出迷你倉時，發現他們臉色不太對勁。

「上面寫什麼？」嚴司幾個人看向最後一顆地球儀，從上面抄寫下來的拼音比前兩次多了不少字。

「傷痕只會越挖越深，人命多則賤。」

一唸完，聿立刻轉頭將最後的密碼輸入。上面立即跳出廉價的中獎小動畫，接著是另外一段影片。

出現在畫面上的，竟然不是第三個人，而是另外一名中年婦人。

婦人同樣全身發抖，驚魂未定的臉上掛著無法揮去的恐懼，接著如上一個人般唸出了話語：「……我……我是罪有應得……不干我的事……我管太多……我多嘴……」

影片戛然而止。

一片靜默中，筆電光碟機發出幾個聲響，突然退出來。

光碟槽上，被貼了一張寫著數字的紙張，還有一張密碼鎖的圖片。

「她是第四個人。」聿拿起紙張，馬上交給虞夏。

密碼鎖正是迷你倉所用的鎖。

虞夏立刻轉身解開隔壁那同一人承租的迷你倉庫；門一開，所有人跟著傻眼。

出現在他們面前的是很多保險箱小門，幾十個堆疊起來的小保險箱直接被黏成一堵牆擋在他們面前，每扇小門上都黏貼著一包碎片。

隨便拆下一包，東風快速拼起這次數量很少的碎塑膠片，很快便拼回一組密碼。

打開相應的小保險箱時，裡頭裝著的是個開關，保險箱後方箱面已被切開，所以可以清楚看見迷你倉內部——

一名渾身是傷的婦人躺在沙發上，沙發下面放著瓦斯桶，接頭上安裝的機關在打開保險箱的瞬間解開，噴出氣體。

「九點五分了。」

東風回過頭，看見虞因站在他後面。

「你很過分欸。」

看著站在面前洋洋得意的尤信翔，他發出抱怨，抬起不斷冒出血液的手臂，責怪地瞪著對方。

「還好吧，遊戲失敗沒有處罰就太奇怪了，而且你本來可以解開啊，是你自己分心、動作太慢。」少年聳聳肩，不以爲然地說道：「反正又不是什麼大傷，之前也這樣，有什麼好介意的，這種傷過兩天就好了。」

雖然這樣說，但在解謎過程中盒子突然爆開，實在讓人不覺得這是平常的遊戲。更別說前一次他還在垃圾場旁踩到陷阱滑倒扭傷……換他出題目時，可沒使用上這些令人不愉快的手段。

「以後，不玩了。」

「等等，有什麼好生氣的，你幹嘛不高興？本來就是要這樣才刺激好不好，學校裡誰可以這樣陪你玩。還是，你現在寧願和那些普通人混在一起？你哪來這麼喜歡交朋友了？」尤信翔抓住他的手臂，有點發怒，「別忘記一開始對你好的就只有我，知道你在想啥的也只有我，他們根本搞不懂。」

「……」

一開始的確是如此。

離開小公園後，他眞的覺得自己終於有個可容身的地方。

眞的覺得是這樣，到現在他還讓自己覺得應該得是這樣，因爲他們都是同一種人，能夠相互理解。

可是……

□

模模糊糊恢復意識時，四周傳來悶悶的吵雜聲。

那種聲音好像隔了層什麼發出來般，伴隨著耳朵傳來的鈍痛，過了好一會才清晰起來，是很多人的叫喊聲，以及警鈴和消防系統運作的聲響。

「沒事吧？」

有名員警吃力地從他身上爬起，他才看見員警身上很多傷口，以及自己左手腕傳來一陣劇痛。是一小塊輕微燒傷，動了下，以手腕爲起點的疼痛立即蔓延全身，霎時無法動彈，連個字都說不出來。

人還有點暈沉沉的，一時無法理解發生什麼事。

趴在地上，他看見附近的虞因在一片狼藉中爬起身，跌跌撞撞地好不容易穩住身體，吃力地將聿拉起來；附近的虞夏推開壓在身上的小保險箱，接著和員警一起拉起黎子泓；阿柳按著正在流血的肩膀讓開身體，讓嚴司可以爬起，其他被彈飛的員警們也各自……

對了，九點五分那時，倉庫裡的瓦斯炸開了。

時間點一到，東風瞬間只感覺到有人將他撲到一旁，避開隨著衝力被彈出來的小保險箱。那些保險箱吃了後面爆炸的力道，全部射出來，撞擊在對面的倉庫門板上。

不知道是倉庫的鋼板隔間夠硬，或是桶內殘留的瓦斯其實沒有他們想像的多，總之遭到破壞的部分不算嚴重，隔壁的隔間只被爆炸力道炸得變形，比較嚴重的是那些沒有黏死的小保險箱，有部分被炸出來，幾名員警閃避不及被砸個正著，其中還有混合了小機關的噴炸火焰；幸好消防系統同時啓動，立即便灑水滅掉火勢。

唯一慶幸的是，雖然不少人受到波及，但並沒有人因此死亡。

……不，或許是有人死亡的。

東風吃力地從地上爬起，想去看那間倉庫，馬上就有人攔住他們，殘餘的瓦斯氣味中混合著濃濃的血腥味。

「我們先出去。」讓聿扶著，虞因自覺不能在裡面佔空間，拍拍東風的肩膀便聽從員警指示先退離走道。

東風拖著腳步，其實身上各處正在傳來不一的劇痛，只好放棄去查看倉庫裡的狀況，讓人把他架出去。而且就他所知，到這一步時，這一輪「遊戲」算是暫時結束，理應不會再有第三櫃爆開，有短暫的安全時間。

一路走出去，外頭已喧鬧成一片，不僅圍觀民眾很多，大批媒體也出現在封鎖線外，倉庫裡的爆炸聲響引起了所有人注意，正不斷向警消們探問消息。

東風和虞因走到不起眼的偏僻位置，先暫時停下來休息，三人身上的傷勢都不須緊急送醫，聿簡單檢查過一遍後沒發現什麼嚴重的內傷，所以就不浪費救護車名額，乾脆直接去借緊急處理的藥物過來。

「你還好吧？」虞因揉著扭到的手，彎下身，看著磨掉一塊皮、正在出血的左腳。保險箱炸出來那瞬間他就覺得好像被擦了一下，果然不是錯覺。還好沒整個砸上來，不然他就眞的得不知道第幾次去掛急診了。

「嗯。」東風點點頭，接過對方遞來的礦泉水，開始沖手上的傷口。他比較在意保護自己的員警，爆炸當下，對方反應很快，立刻把自己往旁邊撲，擋掉大半衝擊，不知道嚴不嚴重。

虞因盯著對方的動作看，接著轉開視線，就看見站在封鎖線裡、那些完全沒人看見的東西——一名全身是傷的婦人注視著門口，很快就消失了。

過了一會兒聿走回來，開始幫他們兩個簡單包紮。

「你要不要考慮順便去考個急救類的證照啊。」虞因有點感慨地看著他家小孩熟練的動作。

聿看了他一眼，沒說什麼。

大致又過了幾分鐘，有人走過來要他們先回虞夏車上等，因爲一些打聽消息的媒體已經把目光往他們這邊放，怕跑過來。

等縮回車子裡、隔絕外界吵鬧後，虞因才看向副駕駛座的東風，「這到底是……」他有點難想像這到底和遊戲有什麼關係，明明就是在用一種很可怕的手段殺人。

東風轉開頭，「等等。」駕駛座有人打開門，接著黎子泓坐了進來。

「全部的事情。」黎子泓沒有多說什麼，非常直接地開口。

對方好像真的很生氣，虞因第一次看到黎子泓臉色這麼難看，而且連手臂上的傷口都還沒處理就跑來，襯衫袖子上全是血。他和聿對看一眼，不敢插話。

「你……」

「所有發生過的一切。」黎子泓打斷東風的話，冷冷道：「你說，下場會如何由我們自己決定。我們都是成年人，不需要你保護；如果想要中止現在這樣的事，就讓我們幫忙。」

東風沉默了下，沒開口。

「那名婦人已經死了，不過嚴司說她不是被炸死的，她在瓦斯爆炸之前就已經死了。屍體胸口有利器穿透的痕跡，一刀正對心臟，而且屍體還是半結凍狀態，所以才沒溢出味道。」黎子泓按按手臂，停頓半晌，才又出聲：「很顯然他們也針對我們……錯的並不是你，但你應該明白，讓他們繼續利用你的沉默才是真的錯誤。還有，我也不會讓你去和那些人同歸於盡，不值得。」

東風看著黎子泓，低下頭，輕聲地說：「沒什麼值不值得，只是覺得很辛苦而已。」

虞因正想說點什麼，突然被旁邊的聿一擠；聿塞過來抓住東風的肩膀，低聲地對著前座的人問道：「你想死嗎？」

「……」東風沒有回答。

虞因覺得空氣死寂得很壓迫，張張嘴，一時吐不出什麼其他安慰或別死這種比較實際的話，「那個、我畢業典禮的時候，你能來嗎？」

「沒興趣。」東風冷冷地從後照鏡看過去。

「我想也是。」虞因尷尬地笑了兩聲，「小聿應該會來吧，典禮後去吃好料的。」

聿點點頭，「會去。」

聽著後座莫名其妙地聊天，東風靠著椅背，知道那是他們的好意，邊聽著慢慢鬆開了緊握的手。

等到身後短暫的交談停止後，他看向窗外吵鬧的群眾：正被送上救護車的傷患、那些急著將新聞稿發回去的媒體，以及根本不知道發生什麼事，卻很興奮地用手機錄影上傳到各種網路社群、還笑著打卡的人們。

輕輕把頭靠在彷彿螢幕般上演著一切喧鬧戲碼的玻璃上，東風緩緩開口——

「我一直以爲，眞正的容身之處，就是這樣了。」

□

十多年前，他們勾了手指約定。

從那天開始，東風便捨棄其他閒蕩地點，經常和高中生在那座小公園廝混。

當然，尤信翔在第二次見面時就知道他不是小女孩，還吃了一驚，咕噥著說本來想等他長大一點讓他當自己女朋友出去炫耀，不過抱怨完也就算了。

「你的程度很好耶，老師沒有推薦你去接受啥菁英教育嗎？」第二次見面，尤信翔在沙地上寫的幾題高中題目都被破解後，覺得有點好笑，「我以前的老師還跑去找我爸遊說，但是看起來你好像更厲害，程度說不定在我之上，突然覺得其實我也不用那麼累嘛。」

菁英教學當然是有的，東風想了想，抱著膝蓋看著沙地上的題目，然後用樹枝抹掉，換他在上頭寫下新的題目，「我說想知道其他東西時，老師卻要我先完成排定項目……然後同學覺得我愛現……」雖然課程已經遠比一般學校程度還要高，但他還是感覺太簡單。

很想知道其他的事情，可是一發問，發現老師臉上隱約出現了爲難。

他不太理解，因爲他以爲老師應該知道得更多、更深，什麼都能詢問。所以他無法理解爲什麼老師會在他拿出衛星圖發問時感到爲難，有時候得到的回應是要他先完成手上的課業，有時候得到的回應是老師也不太懂，你教老師、老師陪你一起找好不好，這樣帶著有點安撫敷衍的話語暫時遣開他。

無法向他們表達，他在那瞬間察覺到他們眞正的情緒，有訝異、莫名其妙，有爲難也有覺得麻煩或棘手，有些還覺得丟了面子；畢竟也是精挑細選的老師，竟然一時之間回答不出來，隱約浮現了淡淡惱怒……他並不是想要造成別人的困擾或是顯露出自己有多特別才開口問，而是他一直以爲這些都是大人會知道的事情，隨時隨地都能給他答案。

尤其是很多人都說老師懂得很多，很小時候就這樣聽過了，家裡的人也告訴他只要上學就可以得到很多答案。他期待著，什麼都懂的老師可以告訴他所有不理解的事情，讓他的所有疑惑都能得到解答。

後來，他才知道原來他有多爲難別人，還有學校並不是他所想。

雙語幼稚園，太簡單，不知道爲什麼要一直像鸚鵡般重複唸個不停，坐在旁邊不開口被認爲不合群，開口把所有教過的字母背過一遍後，老師卻說得以同學們的進度爲主。

拿其他語言的字典詢問，老師愣住了，有些發音他們唸不出來、或者根本不認得，後來要他自己去按電子辭典；也有直接要他別一天到晚想發問，這年紀應該和其他小孩一起玩才對，說著應該要以培養人際關係為主的話，讓他打消發問的念頭。

這些事情他也懂，他看過那些兒童教育書本，按照大人編寫的概念，這年紀的小孩應該要融入團體，不能埋首在所謂的知識裡，那會讓心智發展不全。

可是那些小孩圈子他打不進去，小孩子無法明白他的想法，他也搞不懂小孩子的想法，然後兩方就像看怪物一樣彼此遠離。

接著，他就被送到了其他學校。

特殊教育的課程雖然好很多，也有趣許多，其中也有很多肯花工夫幫他一起找答案的成人，但是很快地他知道了自己一直在為別人帶來麻煩。

抱著筆記本，興致勃勃地到教職員辦公室時，在外面聽見了老師們抱怨著覺得疲勞。

這類學生的學習程度原本就明顯不同，必須針對那些不同加以個別指導，但發問範圍這麼廣的學生沒幾個，邊協助教導時，也開始感覺到吃力；而且還有一股精神壓迫感，除了質疑自己可能不適任外，隱約覺得被什麼東西追趕，沒找到最好的答案來滿足學生，連睡覺都會驚醒。

接著，慢慢地有同學開始覺得他想展現自己特別資優、和別人不同，才會一直問個沒完，無意識地排擠他。

他不想成爲麻煩，也不想麻煩別人。

當別人臉上出現那種細微的表情時，他就覺得痛苦，而且無法將這種感覺表達出來讓別人知道，所以別人也無法理解，那種感覺就很像困在一間很小的房間裡，看得到其他人卻出不去，雖然呼吸一樣的空氣，卻像活在兩個世界當中。

邊說著，他邊抬頭看尤信翔的反應。

以前同年紀的小孩聽完不是聽不懂，就是覺得他神經病、想太多。

不過尤信翔並沒有說這些話，只突然露出一種壞笑，「我瞭，我老子以前也這副德行，後來還說啥很會讀書就去讀好學校，結果一大堆有的沒的背個沒完，想學的又不一定學得到，老師根本搞不清楚，又在那裡自以爲是說大道理……煩死了，乾脆考試卷就全部都不寫，現在混到這裡來沒人管就清靜多了。」

「都不寫？」東風有點愣住，他經常都是第一個交卷的人。

尤信翔把沙坑上的題目解完後就一屁股坐下來，從口袋裡拿出香菸，點燃哈了口後才冷笑，「塡好名字繳白卷。」

「爲什麼？」東風看著迎面而來的難聞煙氣，皺起眉。

意識到好像不該在小學生前面噴煙，尤信翔立刻把菸給按熄，「爲什麼一定要交寫滿的，有規定嗎？」

「有寫完才有成績啊。」

「沒成績你就不會解嗎？」尤信翔抹掉沙坑上的問題，接過樹枝，換他寫下道題目。

東風沉默下來。

事實上，他的腦袋有點打結，畢竟他和高中生的年齡有所差距，所以理解能力和思考模式跟不上對方。而考卷上必須寫滿答案才會有成績，這是正確的事。只是，如同對方所說，就算繳白卷，他還是知道答案，那麼成績代表著什麼？

代表他知道答案？

不對，不寫上去他也知道答案，老師同樣知道他曉得。

但還是會有人不知道，所以考卷是用來區分程度，讓不知道的人能重新有可以得到答案的機會……

所以成績對他們來說，似乎不具備什麼意義，繳白卷與繳滿分卷沒什麼分別。

東風抓抓腦袋，還是有點搞不懂。

尤信翔抬起頭，還是勾著那抹得意的笑容，「去找答案吧，小弟弟。」

□

有好一陣子，東風都沒有向老師們提出任何問題。

就不斷在思考考卷應該是要塡滿，或是繳白卷。

蹺課去公園時，尤信翔也沒再和他聊相關的事，兩人還是繼續互相出題解題，從太陽黑子問到一九四〇年，範圍很大，也不一定解得出來，但是很有意思。有一次尤信翔乾脆出題問鋼琴指法，讓他愣了很久，因爲他還沒學到那一部分。

「你這樣爲難小孩子是不好的行爲。」東風看著沙地上的鋼琴鍵，直搖頭，「我才國小，知道得沒你多。」

「這麼不可愛，疼不下手，別裝萌了，認輸吧。」尤信翔折斷樹枝，表示今天遊戲到此爲止，然後就往沙地一躺，看著黃昏的天空。

抱著膝蓋，東風從書包裡拿出小麵包，一邊啃一邊在沙地上畫起圖。

直到天色完全變黑、路燈亮起時，尤信翔才翻起身，直接把東風拎起來，「走，請你吃飯，吃飽送你回家。」

「嗯。」

與尤信翔不同，東風知道高中生是有意在外面遊蕩、不想回家也不想進學校，但是他自己對家是沒什麼意見的。家人們都不太會爲難他，甚至在學習上儘可能想滿足他，好幾次都另外找老師來教，因爲覺得麻煩到太多人，所以他拒絕了。知道他有自己的想法，對於蹺課這件事情，家裡也沒人講話，就是叫他多注意安全而已。

所以東風還是會在天黑後回到家中，算是一種不用言明的默契。

後來想想，把考卷塡滿也是對家人提供的包容的一種回饋，因爲他花家人辛苦賺來的錢，拿出成績也是理所當然的事，繳白卷，怎麼想都說不過去。

「吃什麼好？」尤信翔牽著小孩子，看著街道上閃爍的各種招牌。

「那個。」東風指向角落的小招牌。

尤信翔瞇起眼睛，「你只有口味像小孩子。」

「我是小孩子沒錯。」

「怎麼會喜歡吃那種東西……」

這種有趣的生活持續了好一段時間。

直到有一天，他們正在玩升級版的「遊戲」時，被學校的教官堵到，小公園那個祕密基地便到此結束。

當時他們已經不在沙地上做那些題目了，而是嘗試利用更大的範圍，設計一些小關卡讓對方解謎，有時候得耗費一整天、或是更久，但是很有趣。

他把來到這裡的路上所看見的東西作爲提示，被尤信翔一起拎著去解答時，正好外出的教官就這樣看見他們在外遊蕩——事後他才曉得尤信翔在學校是很有名的問題學生，常常打群架，身邊聚集了許多壞學生，幾個人還勒索過學弟妹，因爲尤信翔背景夠硬才沒被退學。

當時教官以爲尤信翔故態復萌，擋在路上一巴掌直接打過去。

接下來事情就亂了，東風一起被帶去那所高中，高中那邊的人聯繫他父母還有國小老師，接著有個很漂亮的女老師被校內廣播找來，頻頻對教官道歉。

一眼就能看出這名女老師似乎很在意尤信翔，東風立即抓住對方，努力解釋他們沒怎樣，尤信翔是在教他高中的課程。當然，一旁的教官和圍觀老師們完全不信，怎麼可能問題學生會跑去教小學生題目呢。

見其他人似乎不太相信，東風便拉著女老師，向對方借了空白紙張，快速在上面寫出各式各樣的方程式，然後默寫課本上根本沒教的歷史……他自己都不太記得寫了多少，因爲他很緊張，想用最快的方式讓那些怒氣騰騰的教官、老師了解尤信翔是眞的在教他。

總之發抖寫了好幾張後，他一抬頭，看見女老師雖然有些訝異，但那是帶著笑意的溫柔眼神。女老師蹲下身，朝他伸出手，開口是輕輕柔柔的聲音——

「老師相信你，別害怕。」

他愣了下，確定對方眞的是在安慰自己，並沒有參雜其他情緒，也不像其他人帶著驚愕的表情，純粹只是擔心他，這讓女老師看起來令人感到安心。

「東風。」

站在一邊的尤信翔拍了下手，引起他的注意，「過來。」

東風有點遲疑地看了看女老師，還是靠到尤信翔身邊去。高中生臉上青腫了一大塊，是剛才被教官揍出來的，看起來很痛。另外，尤信翔此時與平常在小公園裡的模樣非常不同，全身帶著怒火叛逆的氣息，看著那些老師的眼神是極度的厭惡和不屑。

這種表情讓東風非常不安，他從來沒見過尤信翔露出這種神色，感覺對方立刻在這邊殺人都不會讓人意外，因爲他渾身上下就是充滿極度憎恨這些大人的氣息。

「你這什麼眼神！」教官看著又火大了起來，直接拽住尤信翔的領子，接著突然注意到旁邊的陌生小孩緊抓住少年的手腕，瘦小的身體縮了下，小小的臉上充滿畏懼、像看見怪物般，讓他的火氣瞬間下降，只好忿忿地鬆開手。

後來女老師說了很多話安撫教官，東風的紙張也確實起了些作用，雖然半信半疑，但教官和其他老師在看完後算是相信尤信翔沒有在勒索小學生，而是難得地在教小孩。

「如果是這樣，你們可以下課來老師這邊，不用跑那麼遠。」女老師很溫柔和藹地看著他們兩個，聲音暖暖地說道：「去老師的公寓也可以，就不用在公園曬太陽，想看什麼書，帶過來就行了。尤信翔知道怎麼去，他也常常去喔。」

女老師自我介紹，叫作安天晴，是個聽著就讓人覺得心情很好的名字，同時也是尤信翔的級任老師，平常義務替學生們做課後輔導，假日課餘時也讓學生去她租屋問功課。

後來東風的老師到了，兩邊又互相談了一會兒，高中這邊才總算了解東風和其他小孩不太一樣的事情，也就沒繼續追究尤信翔的問題。

不過以後蹺課去玩這樣的事完全被禁止。

□

「從那之後，我們改成在老師家裡做題目，每天放學都去。」

看著車上三人，回想起所有往事的東風淡淡說道：「隔年，就跳級考上尤信翔同學校的附設國中部，當時教官的表情還滿有意思的。」那位教官估計沒想到他眞的程度好到可以進國中，一開始很是訝異。

不過，其實教官對他算是不錯，經常關心他在學校習不習慣，或是拿些小點心給他當零食，當初只是因爲尤信翔態度過於叛逆，才惹得教官暴怒相對。

消化著東風說的過往，虞因其實還是有點訝異，因爲照這樣聽來，東風和那個幹部最初的關係根本好到不是普通朋友的地步，當時東風其實非常相信那個高中生。

東風回過頭，繼續開口：「不過當時我年紀太小，自己又想得太單純，本來想說反正也不是衝著那所學校的教學去的，只是想去找人，不用管其他人也無所謂，結果一進學校立刻就被霸凌。」

原本年紀就比同學級的人小，加上臉的關係，很快就被某些人給盯上，正式起衝突約莫是在第一次考試後，他用完美的分數把那些所謂愛讀書的人給輾了，開始有人抱怨異類應該去讀異類的學校，不應該來這邊給別人壓力……

國、高中生差不多就是這樣，一有圈子與群體形成，很快就會出現被排擠的人。

他不太在意，他原本就不打算來這邊玩家家酒。

尤信翔和他是同一種人，而他們都想要找個能夠理解他們難處的人，所以他想要幫上點忙，這和其他同學毫無關係，也不用特別在意他們輸了後互舔傷口而表現出來的嫉妒報復行為。

有些學生認為自己很聰明，在幼時都第一名，周遭的人誇讚簇擁保護得太好，讓他們以為自己接下來也會這麼得意下去，所以受不了被別人踩過去，也受不了摔一下；遭壓輾過去後，就死命想要找方法把對方再踩下去。

這些他明白，而且覺得很無聊。

而那些原本就很討厭好學生的吊車尾學生，欺負著他比較小，說各種壞話也完全不避開，根本不怕他反擊。

從一般人的角度看，可能會覺得他國中過得很黑暗，不過東風無所謂。

如果不把路人放在心裡，路人永遠就只是路人，完全不在他生命中，壓根不用浪費時間在意。

可能隱約察覺到他的目中無人，有些人火大了，開始撕他課本、割他書包，換教室沒人告訴他，水壺被加料、午餐被丟掉……都是家常便飯。

比較過分的幾次是上廁所被潑水，被反鎖在工具間裡之類的幼稚行為。

啊，被鎖在工具間好像也算還好，反而有更多時間可以思考問題，只是很臭。

因爲他沒主動說，老師們也不想惹事，便裝作不知道，以免被怪物家長糾纏，鬧得太過分時會警告學生，稍作遏止。

原本教官試圖想幫他改善這種狀況，但大概因爲他比較消極、不太主動求助，所以對方也只能喝斥看見的部分，於是大多時間學生都避開老師和教官，選在暗處動手。

到後來，所謂的霸凌變成了常態，一些安天晴教授的學長姊看不過去，有的會來趕學生，有的會幫忙報告老師處理。

有幾次，尤信翔好像直接把那些學生拖出去打，因此被記了好幾支警告，雙方父母還來學校鬧，誰的後台不夠硬，誰就先消聲。

被打的學生不甘心，又記恨到東風身上，開始出現暴力行爲。

「我覺得你這個不是黑暗，已經是地獄了。」虞因很難想像每天遭受霸凌的生活，他自己很愛玩，所以身邊朋友一直很多，上次舒星瑀那種類型雖然有看過，可是沒這麼慘的。撕課本、潑水關工具間什麼的，都超不對啊！

有人敢這樣對他，他就先反抗再說，管他家裡是不是暴發戶還議員。

到底是什麼心態才這麼能忍？

不過話說回來，東風躲人都能躲十年了，搞不好他還眞的是那種很能忍的堅忍個性。

虞因這樣想著，覺得很傻眼。

坐在駕駛座的黎子泓也頗無言。他知道自家學弟學生時期過得不太愉快，原本以爲只是學生之間的小打小鬧，但沒想到這麼嚴重，而且校方還掩蓋事情。以前在調查學弟學校時，這些事完全沒有傳出來，所有記錄幾乎沒什麼詳細資料，頂多只有和同學相處不融洽之類的描述。

「跟幼稚的人計較，會沒完沒了。」東風冷冷地說：「你在乎、感到受傷或委屈，他們會更開心。那種不承認自卑的傢伙，只會用蠻力要別人屈服示弱而已。」

「不不，不是那種問題，是會被打死的問題。」虞因完全想像得到東風打從心裡有多鄙視那些學生，但問題是在青少年群上，越鄙視他們，他們就越想把你弄死，如果獵物不屈服，還有「就讓他消失」的心態。

以前的案子裡，虞因看過這種下場，所以聽東風講起，他就覺得很可怕，這人根本是高風險群。

東風嗯了聲，不特別在意虞因的擔憂。

虞因抓抓頭。現在對方畢業那麼久了，要他再多小心一點似乎遲了，無法再多講什麼。

「這麼說起來，你國一時你們感情還很好，爲什麼會發生安天晴的案子？」黎子泓皺起眉，依照時間點推算，下學期過後沒多久，安天晴就被人發現慘死在家中，是什麼原因讓他們的狀況急速惡化？

「早在入學前就有問題了，那時候我沒有、也不想注意到而已。」

「老大，你還好吧？」

蹲在一邊，全身還有點濕答答的嚴司看著一樣狼狽、正在揉後肩的傳人。

如果剛才爆炸那瞬間自己沒看錯，很靠近門口的虞夏其實沒有在第一時間完全躲過爆射開的小保險箱，察覺危險當下，他先踢開旁邊的員警，轉身就去保護最靠近的人。

不知道爲什麼，虞夏的小隊伍採取的是完全相同的模式，所以有幾名員警反而傷得比他們嚴重，頭破血流都不算什麼。

「囉嗦。」虞夏嘖了聲。

嚴司決定多事點進行友善檢查，結果還沒靠近，虞夏就把他踹開，完全無視他好歹也是個傷患這件事。

「老大，你們看這個。」帶著臨時趕來協助的小組稍微處理現場，一隻手用三角巾固定著的阿柳拿著手上的東西走過來。

虞夏接過裝袋的小小碎片，看見那是傷痕刻印的下半部分，是印在名片般的卡片上，上半部已經燒沒了，整張卡片呈半濕狀態。

翻過來，沒任何圖案，也沒提示。

還在思考會不會和下一個人有關時，外面已走進來新一批人手。

虞佟匆匆結束手邊所有工作趕來，看著一片混亂，皺起眉頭，「你們也快去醫院吧……」

「沒事。」虞夏揮揮手。

虞佟頓了下，瞇起眼睛，不太高興地往雙生兄弟掃了一眼，接著才開口說道：「剛才小海傳來訊息，他們找到其中一人，被關在貨運公司的倉庫，據說今天清晨時有人聽到怪聲，沒特別留意，剛剛打開倉庫成功救出，但是傷重昏迷，是第六個人，已經送醫正在等我們過去接收。倉庫附近沒有任何布置也沒有物品，顯然小海快了一步。」

如果是警察過去搜查，可能還得等流程，且貨運公司不一定會配合，反而是小海那種有背景關係的人，很快就能處理了。

「眞怪。」虞夏有點意外短時間裡就找到其中一人，感覺比他們想的還要輕鬆，而且聽起來似乎完全沒有遇到什麼阻攔，那個組織貌似沒安排人手看顧人質，有點不對勁。

如果不是另有圖謀，就是這個人質他們覺得被救走也無所謂。但若是無所謂，何必大費周章抓來？

虞夏搞不太懂那些小鬼在想什麼。

應該說，這些事情一開始他就搞不懂。

一般殺人僞裝是不想被發現眞凶，但他們知道警察盯著他們，且毫不介意地表示他們就是凶手……整件事根本就是場遊戲，對他們來說只是在玩，但玩的卻是活生生的人，他們一點都不認爲弄死人是很不可原諒的事情。

到底曾經歷過怎樣的事，才會讓這些小孩有這種心態？

正想深入思考，背後突然傳來一陣刺痛，虞夏反射性地直接旋身把身後人的手給扭住，下秒就聽見嚴司哀哀叫的聲音。

「痛痛痛——老大你肩膀都腫了還可以這樣攻擊人不科學啊！」本來想趁對方人出神時摸過去診斷的嚴司，連忙抽回自己的手，用力甩了幾下，「看樣子應該沒傷到筋骨……」

「就說沒事。」虞夏瞪了眼多事的傢伙，將碎片還給阿柳，「我有避開，頂多擦了一下。」

「……這樣你都避得開，老大其實你果然還是得到龍的眞傳——」

虞夏直接一拳頭把還想胡說八道的傢伙搥開，然後轉向自家兄弟，「這邊先交給你了，我等等去黎檢那邊看看。」剛才黎子泓一臉鐵青地說要去把事情經過問個清楚，現在應該多少已經有些頭緒了。

「阿司你們也先去休息吧，剩下的換手回去做。」虞佟拍拍嚴司的肩膀，說道：「身上的傷快點去處理，別再拖了。」和虞夏一樣，留在這裡的許多人其實只做了初步包紮，將時間花在盡量保存證據上，現在才開始交替退出去治療。

「我聯絡一下玖深。」正好將手邊事務與同僚交接完畢，阿柳皺眉看著仍然無人接聽的手機，「這小子不知道怎麼回事，一直沒回我電話，好心想問一下他有沒有乖乖回家待著，眞是。」

不知道該不該說那小子幸運，自己把自己撞殘之後反而避開這次爆炸。

「這麼說起來，玖深小弟也都沒回我訊息耶。」嚴司拿出手機，他人很好地實況給不在場的小可憐，但是對方貌似都沒有讀取，還在想該不會是下載什麼東西故意隱藏，好不被發現已讀不回之類的。

虞佟兩人對看了一眼，虞夏直接走去一旁打電話。

幾乎同時，虞佟再次接到小海傳來的訊息與照片。

她的手下與聯合車隊差不多時間，在不同地區各自發現了另外兩人，是第七與第八人，與前一個發現者的狀況一樣，身上傷得很嚴重，沒有任何提示布置，也沒有看守，其中一人更被隨意棄置在垃圾場裡，找到時，衣服上爬滿了螞蟻和蛆蟲。

翻看著第一時間傳來的現場照片，虞佟認爲那個組織似乎沒打算再針對後續這兩人做什麼「加工」處理，而是眞的就被丟棄在那邊。但如果是這樣，除非他們有派人看守，或有什麼絕對把握兩人在被棄置期間完全不斷氣、也不被發現，不然在毫無布置下，要按照獵物的八張照片時間精準死亡，是不太可能的事。

更別提組織肯定知道他們會進行大規模搜索。

……難道後面的人並不重要，只是以數量來對他們進行心理上的恫嚇？

虞佟越想，越覺得有可能是這樣，那些人編列了十名人選，很可能並不全然都用來殺掉這麼簡單，應該有其他的意思與用處。

「玖深失蹤了。」

一旁的虞夏收起手機、結束通話，臉色變得很難看，「我的人送他回去，確實有看見他進屋子，但是剛剛進去，發現他人已經不見了，手機就留在桌上，屋裡沒任何痕跡。」

「他們也在轉移我們的注意力。」虞佟愣了愣，下意識開口說道。

遊戲，說不定還未結束。

□

「入學前發生了什麼事？」

看著副駕駛座上再度沉默下來的人，黎子泓等待片刻後詢問：「你們發生爭執嗎？」

在東風講述的這段時間裡，外頭媒體記者已大肆現場連線報導這起疑似氣爆的事件，於是陸續出現聞風而來的承租戶，急著想弄清楚自己存放的物品有沒有受到波及。其中有些人距離他們的車子很近，讓黎子泓不得不分心注意外頭的各種狀況。

東風按了按包紮過的手腕，呼了口氣。

「……我和其他人走得太近了。」

發現安天晴是真心地對待每一個學生、甚至是自己時，東風有些訝異。他在女老師臉上找不到一絲不耐與反感，對方並不特別聰明，也不見得能說出他想知道的答案，但總是在他抱著書本拜訪時，露出很真誠的微笑，然後端出好吃的小點心。

對他、對任何學生都一樣，並沒有會讀書的比較特別，不會讀書的比較不上心的差異。

**讀書也是種特長，有的人擅長的就是讀書、記憶、考滿分，有的人怎樣也記不起內容，**

但卻可以短跑破紀錄，或是在繪畫比賽拿到金牌。

我們該做的不是一味要每個學生死背那些課本上的重點、必須人人都在期中期末拿一百分，而是將學生放在正確的位置上，讓喜歡讀書的人可以盡情讀書，擅長其他事物的人，努力挑戰並提升自己。

這樣不是很好嗎？

安天晴對於自己的教學，一直都是持著這樣的想法，所以在她身邊學習的學生很多，即使不是她擅長的領域，她也很樂意帶著學生去拜訪一個個老師，或是尋找校外相關課程、資訊，輔導不少人在課外活動中獲得各種成果。

這種毫無壓力的感覺，讓東風不知不覺鬆懈下來，也不再急著想將所有東西都往自己腦裡塞，更多時候，他就待在那間小小的租屋裡發呆、畫圖，做無關解謎和讀書的事。

開始玩黏土和雕刻也是那時候養出的習慣——某次的偶然下，一名學生帶著陶土過來說要做比賽的作品，想借用空間，他就在旁邊跟著玩了起來，後來玩出興趣，開始參考其他人帶來的書本、漫畫等等做出各種物品。

因爲如此，他開始接觸更多的人，各自擁有不同專長的學生在這個地方進進出出，有時候會彼此切磋、交流訊息。東風從一開始的漠不關心，到加入他們的討論之中，突然發現原來「普通人」並沒有他想像的那麼普通，而是他從未察覺他們的「不普通」。

有人可以在短時間裡，用立裁做出一套洋裝，他不行。

有人可以像是表演一樣，用獨家配方做出滿桌好菜，他不行。

有人可以綁上溜冰鞋或冰刀，滑出雙人花式，他不行。

有人可以跳出曼妙的舞蹈，他不行。

……還有很多他不行的，他無法做到，其他人卻輕而易舉。

在那些「擅長各自領域」的人眼中，就像一開始的他無法理解爲什麼這些人不懂一樣，現在的那些人大概也不明白爲什麼他不行吧，明明由他們來做，是相當容易的事情。

所以，他並不特別，他只是在做他擅長的事而已。

他開始和這些人打成一片，雖然有時候是亂七八糟地聊天，但總是很愉快，那些年長他很多的學生就像照顧小弟弟一樣疼愛他。

而尤信翔的「解謎」，也是從這個時期開始變得有攻擊性。

「初期只是開玩笑般的小陷阱，頂多就是跌一下、撞一下，沒什麼實質傷害，而他總是會在事後道歉，我就沒特別放在心上。」

東風當時只認爲對方玩得過火了點，加上年紀小、待人處事的經驗不多，沒有特別覺得哪裡不對勁，往往友人一道歉就會原諒，然後兩人就像平常一樣繼續玩耍、吃飯，做其他想做的事，完全沒將這些放在心上。

直到入學前某一次他因爲「遊戲陷阱」從二樓摔下樓梯，撞得頭破血流被送醫院，才隱隱察覺尤信翔在針對他。

但是當下他並沒有覺得自己做了什麼會被針對的事，想了想依然很不解，隨後尤信翔又一臉愧疚地道歉，表示錯估陷阱的殺傷力，於是他抹去不安的想法，如同以往不去計較。

沒多久，尤信翔便再度提出「祕密基地」的計畫。

「祕密基地？」黎子泓皺起眉。

「簡單地說，就是打造我們自己的理想國度……說起來很可笑，他想逃離家庭，我也不想繼續麻煩家裡。遇到老師之前，我們經常說等到適合的那一天，要開創自己的新天地。」

想起當初的情景，東風不自覺勾起唇。

那個時候，很多事情都沒有所謂的心機，也沒有任何外力介入，他們眞的只是很單純想要找到一個沒有人打擾的安靜地方，做自己想做的事。

從公園那時開始，他們兩個就一直想找能不被成人約束的地方，特別是尤信翔，想要逃離父母、教官，還有那些他其實也不喜歡的狐群狗黨，他想剪開的是綁縛在他身上的現實生活。

「那個計畫是這樣的。」東風輕輕地吸了口氣，緩緩開口——

「祕密基地，由幹部組成，然後去尋找更多和我們一樣的人……」

□

聽完整個最初祕密基地的計畫後，車內安靜了很長一段時間。

坐在後座的虞因深深再次肯定自己果然是一般人，整個國小時期都在混吃等死，根本想不出那種驚人的組織結構。

到底小學生要吃什麼才可以把腦子長成那樣？

虞因花了一番工夫才把訊息給消化完畢，從後照鏡看了看黎子泓仍然鐵青的臉色，覺得車裡氣氛僵冷到讓人很不舒服，他試圖打破沉默，「所以你真的就是他們的幹部？」女孩當時口中說的叛徒難道是真的？

東風搖搖頭，「我從來沒加入，也沒實行過，這些年我並不知道尤信翔真的把計畫應用到組織上去，而且背離我們原本設計的初衷。」所以一開始他並沒有意識到這個組織就是當初他們所想的那些，計畫早就已經隨著時間深深塵封在心底，完全沒想到有實行的一天。

「你是創始者之一。」黎子泓揉揉發痛的太陽穴。以組織立場而言，東風在前幾年幫那名老師的母親獵捕尤信翔的舉動，確實就是叛徒，更別說之後協助警方清查他們各個據點的事情。

「可是你怎麼會沒加入？」既然計畫都周詳到這種地步，虞因反而好奇沒加入的原因。

「因爲我拒絕了。」東風握了握拳頭，冷冷說道：「原因是當時的我年紀太小。且入學之後他明顯變得更焦躁，我隱約察覺不妥，加上我與老師和那邊的學生們處得越來越好，已經不再那麼熱衷討論離開，很快地，他就出現各種暴力行爲，不過大部分是加諸在欺負我的人身上。」

入學後，他和租屋那邊的師生們走得更近，有些人擔心他在學校被霸凌的問題，下課或放學時總會去國中部找他聊天或帶他去吃東西，這大大削減了尤信翔原本帶著他到處亂跑的時間。而在學校中還要顧慮那些狐群狗黨手下與緊盯著不放的教官，所以不能肆意發飆。

在兩人單獨碰面時，尤信翔總會針對這部分不斷抱怨，東風也不以爲意，因爲他正試著想讓尤信翔也融入那個圈子，努力幫師生們說好話，連連拉著尤信翔去租屋，然而這舉動反而加深尤信翔的怒氣。不過少年那時並沒有當著所有人面前發作，隱忍著放在心中，表面上擺出的是對任何事都漠不關心的態度與表情。

看尤信翔老實地跟去租屋，雖然和其他人互動並不頻繁，東風卻很單純地認爲應該會慢慢改善。

只要尤信翔明白他在這裡的感覺，就會認同這裡，爲此他還很認眞地不斷介紹其他學生的特點，以及那些讓人覺得非常厲害與特別的各種擅長之事，想讓尤信翔了解沒有一個人是所謂的「普通人」。

高中生太了解他了，所以知道怎樣僞裝會讓他看不出自己的眞實想法，尤信翔一直將大部分怒氣轉移到那些霸凌的學生身上，好讓他以爲自己的不滿是針對學生們。直到東風發現對方懷抱著滿腔怒火與極度惡意看待一切時，所有的事情已經來不及了。

最後，尤信翔給他一個選擇。

你要跟我走，還是要繼續和那個僞善的女人在一起？

當下他沒有回答。

沉默激怒了尤信翔，因爲那時他已經決定要徹底丟棄這個地方，帶著他自己存下的錢去找所謂的「祕密基地」。

沒得到想要答案的少年很憤怒，憎恨地咆哮詛咒，怒罵背棄他與整個計畫的東風。

他們應該是一樣的人，只有他們才互相了解彼此，而且最早還是尤信翔先發現他的狀況，把他從公園帶出來，並不是其他人，東風不應該無法給答案。

「我立刻知道自己犯的最大錯誤，就是進入那所學校，一再原諒他的陷阱和攻擊。」

他年紀太小，想得太簡單。

他以爲只要自己跟上去，好好陪著一樣痛苦的人就可以和對方成爲所謂的朋友，所以即使受傷或是不滿，只要一句道歉他就可以忍住、讓自己遺忘，接著他們就可以像平常一樣玩耍，一樣各種笑鬧。

因爲他也需要對等的朋友……其他的事情，他眞的沒有考慮那麼多。

再怎樣聰明，國小與高中的思考模式依舊不同。

尤信翔所抱持的希望，從來不像他所希望的那麼簡單，而是塡滿了更多更多的東西；

十六、七歲的少年，想佔有的是自己手上的所有東西，不允許被任何人奪走和毀滅。

極度憤怒的尤信翔在知道他把計畫告訴安天晴、想和老師商量這件事後，幾乎失去理智地把他從廢棄房屋的三樓窗戶推下去，那時算是運氣好，底下堆滿砂土廢棄物，所以東風只受了點輕傷，自行離開後很快被路人發現送到醫院，稍微包紮下就回家了。

當晚尤信翔又來道歉，重新提出選擇。

這次得到了答案，但是並非他想要的那個答案。

他們發生激烈爭執，在尤信翔差點再次動手時，東風的家人注意到爭吵，走到房外詢問狀況，尤信翔才在有人干擾下忿忿地離開。

「隔天我們在學校又吵了一次，安老師發現這狀況，告訴我要找個時間和尤信翔好好談談，說服他放棄，接下來過了幾天……幾天後……的事情你們就知道了……」

東風抓緊手腕上的繃帶，低下頭。

看著前座的人把頭靠在玻璃窗上，虞因其實很想開口安慰，但這時候東風想聽的肯定不是這些。

再怎麼說，他只是個外人，根本沒經歷過這些想都想不到的事情，輕易開口只會繼續刺傷對方。

又安靜了些時間，東風才坐正起來，抹抹臉，「事發之後我曾聽說尤信翔那時一開始並沒離家，但好像跟了什麼人混黑，他在那段期間持續在我身邊設了不少陷阱，很多原本在老師那邊認識的學生因此受傷，還有人受重傷……大部分都遠離了。」

「你是因爲這樣才逃避的嗎？」黎子泓看著身邊的友人，「爲什麼不求救？」

「……警方查不到證據。」東風微微偏著頭，回道：「那些陷阱沒有一次能被證實，不是被吃案就是沒留下跡證；另外很多人曾被黑道私下警告，加上他父親原本就很有勢力，可以讓一些消息連見報都沒辦法，最後大家都不願意再拿自己和家人的生命開玩笑。」

他求過很多人，希望大家幫忙作證。

剛開始，那些和安天晴關係很好的學生們總是表態會幫忙，只是在過了一夜之後，每個人的臉上都出現同樣的驚懼。害怕遭到傷害、害怕家人受到牽連，也害怕隨時可能出現在生活任何一處的威脅。畢竟大家都只是學生，沒有人能眞正承受那種壓力，很快地，所有人都打了退堂鼓，看見他就像看見死神般不斷後退。

最後，有人幾乎是跪下來哭著求他不要再靠近他們了。

他們也很捨不得老師，但是他們不想害死家人朋友，如果必須二選一，原本就是局外人的他們，要保護的是還活著的一切。

東風就這樣站在那些原本他很喜歡的學生家門前，看著緊閉的大門，慢慢將腳步向後退離。

「你可以找……」黎子泓的話還沒說完，立即被旁邊清冷的聲音打斷。

「他給了我新的選擇。慢慢看著那些像老師一樣接近我的人死，就像那名好心的警察一樣。」

東風低下頭，淡淡開口：「所以，你們別再接近我了，就算這次事情能過，總有一天他還是會再出手，接下來對我來說只是折磨而已。」

「你……」

正打算和對方說點什麼，黎子泓再度被打斷，這次打斷他的人來自車外，回過頭看見虞夏站在外頭，對他做了個出來外面說話的手式，而且神色看來有點急。

「你們先待在車內，別亂跑。」

□

黎子泓離開車子後，和虞夏走到一旁轉角處，避開外界各種探查的目光。

先將玖深的事告知對方後，虞夏嘖了聲：「我們太大意了。」

黎子泓思索半晌，開口：「這件事先別讓東風知道，立刻調派人手去找。」他們所有人的住處早已加強警備和監視，不至於沒留下痕跡。刻意在這種敏感時機把玖深抓走而不是當場殺掉，應該有所用處，多少能確定他短時間內沒生命危險。

虞夏點點頭，「你這邊問得如何？」

「大致上弄清楚了。」簡短地將那些舊事重點告訴對方，黎子泓拿出剛才做記錄的小本子，「原始計畫的架構對照現在組織架構，應該能幫助我們更快剪除那些人。」雖然組織改變過，但基礎架構和他們掃除的組織結構很相似。

「這年頭小鬼就不能有點小鬼的樣子嗎。」虞夏也很訝異組織架構居然是那種小孩們玩鬧出來的東西，而且還是十年前的計畫。

「讓我比較疑慮的是，即使計畫在十年前就想好，但尤信翔的發展卻太過迅速，事發時他還是學生，不至於能在警方中埋有臥底，發展時間對不上。」和東風記憶不符合的照片如果是真的，那麼黎子泓覺得他們更該注意的是當時那些干擾的由來，「有人在幫他。」

「父親那邊並沒有太多接觸。」黎子泓開始查高中生後，虞夏也擴大做了多方面調查與過濾比對。尤信翔事發後雖然有不短的時間得到父親的庇護，例如幾次被安老師的母親纏上總是能全身而退；尤家有一支非常昂貴的律師團，很多關係也都打理得很好，以及少年的不在場鐵證。不過大約在隔年，尤信翔就離家了，根據家裡的說辭，他是留書離家出走，之後幾乎沒再聯絡，只有逢年過節時給母親寄個禮金。

「……組織的首領查出來了嗎？」同樣知道這些調查結果，黎子泓思忖著另一件事。

他們雖然已剿滅不少組織相關產業與據點，但至今還不知道首領是誰，那些被攻破的據點與所有情報中都沒有提及首領的名字。尤信翔的也沒有，幹部以上的人全部都是用代號暗碼，有時提到甚至直接空白，技巧性地隱藏起真實姓名，例如那名紅騎士「火虎」。經營資產大部分都登記在人頭上，或者低階組員身上；交易大多都以現金方式、較少銀行記錄，大量盈餘花費不少時間以現金分批送出，難以查找下落。

虞夏搖搖頭，嘖了聲。

正想讓對方去查找另一件事時，黎子泓突然頓了下。

「怎麼了？又頭痛嗎？」虞夏皺起眉。

「不是，總覺得好像有哪裡不太對勁。」黎子泓瞬間覺得似乎漏了什麼，思考半晌卻想不出個所以然。

「這麼說起來，有個地方我也覺得怪。」這兩天重心都放在和組織周旋上，這時被提及虞夏才想到另外一件事，「小伍那傢伙查到點東西，關於阿司說過、消失的黃色粉狀物。」

「嗯？」沒想到這件事會再被提出來，黎子泓瞇起眼。他和嚴司因爲無法確認消失物證上有什麼粉末，加上當初的法醫也只看過一次照片、並沒看見實物，這件事他們只好當作一開始就不存在。

「可能是黃豆粉，或花生粉、黑糖粉。」虞夏頓了頓，說道：「那間租屋附近沒什麼容易沾到花粉的地方，但是在兩條街外曾有個賣手工麻糬的小攤子，是個老人家的攤車。十年前案子發生後沒多久就因爲身體不好，家人勸他收攤就不再賣了。小伍他和女朋友閒聊時，花蔫說到那裡有個傳說中的美食，才曉得有這件事，那時攤車的麻糬和外面一般賣的不太一樣，比較偏日式，有使用黃豆粉和黑糖粉，另外就是花生粉這些較普通的食材。」

「麻糬嗎……」黎子泓還眞有點意外，果然案子時間久了，很多事都時移事遷。

「據說那家攤車用的盒子，就是紙盒。」虞夏比了大小，「沒有印任何顏色，白色的紙盒，你有沒有覺得在哪邊見過。」

「……素描上那個消失的盒子。」黎子泓皺起眉，幾乎是反射性說出答案。

「對，小伍找他朋友幫忙，地毯式地在街坊鄰里間詢問，眞讓他找到攤車的後代——老先生前幾年已經病故，但當年他小兒子下班時常常去幫忙。小伍拿照片給他看時，他認出東風的樣子，說那個小女孩和另外一個高中生常常光顧攤車，是他父親的常客，他們最常買的就是黃豆粉麻糬，案發之後再也沒見過他們。」虞夏知道這事時只覺得疑惑，照理說，如果有這攤車的存在，當年的搜查應該也會有資料，但是完全沒有，這條訊息直接被抹去。轉念一想，估計就和其他消失的事情一樣，幸好小伍那傢伙是用要找傳說中的美食這白痴理由查找，才沒害他朋友們也被盯上。

那年，麻糬攤位的老先生或許知道更多他們尋不到的事情。

只是現在人死了，無法再證明什麼。

只能從組織的反應來判斷，那裡的確是條曾經被抹掉的線索而已。

「等等。」黎子泓突然意識到不對勁，「既然他們常去，那麼東風不可能認不出來他自己畫的盒子。」

他學弟從一開始就知道那是什麼盒子，但是並沒有告訴任何人。

「我也正想找他問這件事。」虞夏從小伍那邊得知後，也有相同的疑惑。東風不可能看不出來那個消失的盒子是什麼，但是他完全沒提出過，沒讓人去找那個攤車，是擔心尤信翔對老先生不利嗎？以什麼為前提而擔心？不過可以猜測，很可能就是發現盒子的存在，加上那些杯盤物品，他才咬死尤信翔是凶手……只是那個房間的其他人就不會去買嗎？

所謂傳說中的小攤車美食，應該是當時不少人、甚至附近的學生都會去購買才對。

黎子泓看了下外頭的吵鬧，轉回過頭，「這件事晚點離開後再問，先把這邊的事處理妥當。」既然東風有心隱瞞，可能得花點工夫才能問出，當下還是先以玖深與那些死者、失蹤者的事為主。

虞夏拍拍黎子泓的肩膀，才剛轉出隱蔽處，就看見個同僚從他面前跑過去，一看見他還很驚訝地停下腳步。

「欸？老大你還在啊，我看你車開走了還以為你跑去追剛才那個受害者。」員警口氣有些訝異。

「什麼受害者？」虞夏有點疑惑。

「早先被送走的那個三號……醫院說沒收到，我們跟去的弟兄在半路突然遇到塞車被甩了。」

「隨車的人呢？」

「聯絡不上。」員警現在也很擔心隨車的同事。

「等等，你剛才說我的車開走是怎麼回事？」虞夏拿出手機，猛然驚覺到另一個重點。

員警指指外頭，虞夏只看見自己剛才停車的地方現在一片空蕩。

……眞心想殺小孩了。

□

「前面左轉。」

虞因看著黑暗的小巷，拍拍前面的駕駛座。

十分鐘前，他們都還乖乖依照他家二爸的話待在車裡，各自消化著東風的事情。

聽完那些簡化版的前半生悲慘經歷，虞因有一小段時間很不能反應過來那種生活模式。認眞說，其實聿也很類似。

虞因知道聿在原本的家庭生活中就已經沒什麼朋友，學校似乎也不多，東風能數得上的友人也沒幾個，不過前者與天生的溝通問題有關，後者卻給人一種格格不入、無所適從的感覺。

他知道東風並不討厭與人相處……應該說遇到契合的人可能還很熱情，溝通上也沒有任何問題，能明確表達自己的意思，卻因爲懂得太多把自己關閉在一個感覺很高、很遙遠的地方。

能馬上察覺別人的情緒和想法的感覺是怎樣，虞因很難理解，因爲他是那種偶爾還會被朋友們嫌不會看臉色的類型，但卻過得很自在。

所以，那樣處處遷就他人臉色的生活不是會很辛苦嗎？

想著他就覺得很累。

「我已經習慣了，不用用那種表情看我。」

坐在前座的東風在虞因糾結時丟去冷冷的話，「我也很討厭像你這種動不動就覺得別人可憐的想法，要怎樣生活是我自己的事。」

「那暑假再一起去澎湖釣小管也可以嗎？」虞因盡量讓自己有點白目地提出風馬牛不相及的問句。

「……沒聽懂剛才的話嗎，別再和我扯上關係了。」東風嘆了口氣：「我累了。」

總覺得東風的語氣有點奇怪，虞因一時也說不上來哪裡怪，就覺得他這次講得很敷衍，不是很眞心地說，像是隨意在打發什麼。正想再說點話活絡沉重的氣氛時，車窗外突然傳來細微的怪異聲響。

虞因反射性轉頭，猛然看見那團血淋淋的人靠在車窗外，視覺驚嚇讓他整個往後彈開。被撞個正著的聿僵了幾秒。

虞因還沒完全反應過來，就發現那團東西很急切地敲著玻璃，沾滿黑紅色濃稠血液的手掌不斷拍在車窗上，感覺沒有先前的敵意，比較像在催促什麼。

「怎麼了？」東風同樣聽見那種平空而來的聲響，回過頭，卻什麼都沒看見。

「呃……好像是想要我們去那裡？」虞因看著血淋淋的手指向某個方位，不是很肯定，只能根據經驗來判斷。

那團東西好像覺得意思傳達到了，突然消失在窗外；虞因往前看去，就看見「它」已經在街口處，似乎是眞的要帶路。

「跟嗎？」聿看著旁邊的人。

「感覺上是想要我們跟，而且有點急的樣子。」虞因有點爲難，畢竟大人們都要他們不可以亂跑，他現在也得照顧兩個小的，實在不是什麼可以離開的時機。

「那就跟。」東風擦擦臉，打起精神，準備移到駕駛座時，突然被後面的人按住。

攔住人的聿看了眼對方，就從後座鑽到前面，穩穩地坐到駕駛座上，「我來。」

「等等，小聿你……」虞因瞬間回憶起東風開車的恐怖事件，正想說他最近有在學讓他來比較好，坐在駕駛座上的聿突然非常自然地踩好煞車發動車輛，接著打檔，動作流暢得好像開過很多次，「……你什麼時候會開車的？」記得前陣子聿才否認自己會開。

聿從調整好的後照鏡看著虞因，「有駕照了。」

「我靠！你什麼時候學的！跟誰學啊！」完全不知道這人竟然偷偷自己跑去學開車，虞因仔細想想，該不會聿平常說去圖書館、一待一整天時，就是跑去偷學吧！

聿懶得回應後面的暴跳，看著倒車雷達和後照鏡，一路讓車子退出馬路，一點失誤也沒有，讓後座的虞因更肯定這小子已經學了有陣子。

「往哪走？」既然有人能開車，東風就打斷後座的怨念問道。

「先右轉出這條路。」虞因把哀傷的心情先丟開，認真看起了等待的血團，「它」確實在指向，立即便出現在下一個路口，「前面直走。」

很快地，他們被引進了偏僻的道路上。

虞因邊看著路，突然覺得這種模式好熟悉啊，三個人偷偷開車跑掉、進入黑暗小路什麼的……自己真的應該好好認真把駕照拿到手了；這方面一直都是小的來，讓他這個最年長的有點汗顏。

不過這次他們走得並不遠。

繞了一小段路後，就在一個偏僻的老舊小社區裡看見轉彎處巷內被打開的救護車屁股。

看見停在黑暗中的車輛，遠遠地，虞因心中警鈴大作，尤其血團還停在那邊，於是他拿起手機傳訊息通報遠方的大人們。

在救護車附近停下車輛，聿左右張望了下，沒看見什麼埋伏，社區裡僅有的幾戶人家沒發現救護車，也沒出現什麼騷動，他便打開車門。

虞因還沒攔阻聿，就看見東風已逕自下車，他連忙收好手機，跟著下去查看狀況。

「是剛才送三號的人。」東風靠近後，立即看見躺在裡面、已經昏厥的員警與救護員，重傷患也還躺在原處。

聿爬上車，稍作檢查，發現人員都沒受到什麼傷害，只是暈過去而已，那名重傷者也沒被殺，還一喘一喘地吊著口氣，並沒有如他想的遭到最後一擊。

「怎麼回事……」比較慢到達的虞因正想看看有什麼能幫忙的，手才剛一撐到後門，突然聽見非常細小的「嗶」一聲，讓他瞬間豎起寒毛的不妙聲音從車底下傳來，「……」

「你們先別亂動。」本來正在檢查前座的東風爬到後車箱，半趴在車上低頭往車底看去，一眼就在黑暗中看見車底出現了小小跳動著的紅色電子光芒。

「……會爆嗎？」虞因現在腦袋裡出現的是傳說中只在電影看過的奇妙炸彈，重量一改變，就可以把他們轟回老家那種。

「不會，這是假的。」東風下了車爬進車底，從底部拆出一個電子小配件，「以前也被騙過。」在社區狹小的巷道中，他曾被尤信翔用一樣的東西騙過，對方還笑他竟然會相信高中生可以拿到炸藥這種事情。現在手上的東西，就和當時一模一樣，連重量都與記憶相仿。

那時，尤信翔讓他玩的是在小巷中逃脫的遊戲。

看著東風若有所思的面孔，虞因鬆了口氣，剛剛對方下車那瞬間，他真的冒出點冷汗，確定沒事後便趕快把手收回來，湊過去看那個小物件。發現沒什麼特別之處，就是個計時器和LED燈，可能已經算好這個時候要啓動，正好把他們嚇了一跳。

「不過放這個有什麼意義嗎？」虞因接過物件，看不出來有什麼東西，遞給聿後，他也翻看了半晌，搖搖頭。

「誰知道，八成又是想看我們笑話。」東風很不以爲然地回答：「我去車頭看看，警察應該也快到了吧，你等等引導他們進來。」

虞因看了眼車頭，看見一面磚牆抵在車前，那面牆還滿高的、牆頭加了鐵絲網，牆邊堆滿了各種廢棄物和垃圾，也沒什麼好偷襲埋伏的地方，「小心點。」

東風揮了揮手，就鑽到車前去。

在原地等了幾分鐘，虞因果然看見有警車往這邊來，接著聿一直在照顧的那幾個人漸漸甦醒，先醒來的員警短暫時間裡整個人很困惑，問了幾句還反應不過來，意識似乎仍有點模糊。

接著警車到了，認識的員警下車後馬上封鎖現場，同時調來另一台救護車，盡快將傷患重新送醫。

「老大叫你們不要再亂跑了，不然他會開殺戒。」有點戰戰兢兢傳口訊的員警看著虞因，拍拍他的肩膀，「眞的，你們要好好珍惜生命。」今天事情太多了，他家老大已經在暴走邊緣，可能接下來靠著憤怒毀滅世界都不意外。

「我懂……」但是他也是千百個不願意。虞因有點哀傷地環顧了下，那坨血團已經不見了，好像從他們發現救護車之後就消失了，可能主要目的是要他們先趕過來救人吧，不然三號剛剛好像眞的差點翹辮子。

看著員警們封鎖布置得差不多了，虞因連忙擠進巷子裡，打算先把東風叫回車上，不然等等會妨礙其他人工作。

走到車前，他整個人愣住了。

幽暗又雜亂的巷子盡頭，除了他，空無一物。

「牆壁的左下角有個小洞，把堆積的垃圾和磚塊拿走，依照東風的體型是爬得出去。」

清晨回到警局中，虞夏看著他家兩個正在罰坐的小渾蛋，說道：「那些垃圾和救護車剛好擋住了，所以第一時間沒被發現。」徹底移除廢棄物後，他們才發現原來磚牆下有個像狗洞一樣的缺口，年代已經很久了，洞口邊緣都已磨平。

越過磚牆的另外一端同爲小巷通道，可接往社區外的大馬路。

詢問了當地里長，才知道這條巷子以前兩邊住戶起過爭執，後來不知道誰先開始的，就堆了磚牆把路封了，老死不相往來，勸也勸不動，就算拆了也很快又被蓋回去；後來老舊社區的住戶不是老死就是搬遷，那面牆就完全被遺忘了，常有野狗在那邊翻垃圾，也沒人覺得有什麼奇怪。

虞因很挫敗地低下頭，覺得自己擋人不利。

「他應該從爆炸之後就有心要擺脫我們。」描述舊事給黎子泓的過程太過順利了，虞夏隱約有這種感覺。估計東風一開始就不想和他們綁在一起行動，所以把該講的講完，正找機會甩掉所有人，沒想到就讓他有這機會。

「怎麼這麼剛好那裡有個洞……」虞因默默思考起那些鬼到底是己方還是敵方。帶他們去救人是事實沒錯，但仔細想想，也太恰巧救護車前有洞、車下有假炸彈，還正好就是被他們發現，有點咬錯餌的不妙感覺。

「也不算是剛好。」虞夏停頓了下，淡淡地說：「那個社區裡有座小公園。」

「……懂了。」虞因立刻知道對方的意思。

那座公園肯定就是東風他們以前玩耍的那座，所以他一看到救護車的位置就知道那裡有個洞。救護車被遺留的意思不是要再追殺運送的傷患，而是有東風「本人」看見後就能曉得的含義，即使他沒去，聽到時也會明白。

虞因抹了把臉，突然意識到東風看到計時器當下就知道有假的肯定態度有問題，那句「以前也這樣騙過」搞不好就是說溜嘴，下意識地告訴他以前在這裡也被這樣騙過。仔細想想，開始「遊戲」後，東風突然就一反先前的被動變得很積極，難道是因爲裡面有很多只有「本人」才會知道的訊息嗎？

虞因正想把自己的疑惑提出來，辦公室的門再度被人推開。

黎子泓有點意外看見兩個小的還在這裡，頓了下，關上門後轉向虞夏，「阿司先回去了，院方那邊來的消息，送過去的『第三人』生命跡象已暫時穩定下來，那些被縫在他身體裡的東西，是很多玻璃小管子，每管裡面都裝著強烈腐蝕性物質，強硬拉扯可能會破壞管子，造成無法彌補的傷害。」

虞夏嘖了聲。當時如果沒在限時內解除，恐怕這個「第三人」，會在他們面前死得很難看。

現在的問題在於，這十個人並不是每個都是必殺目標，但還有多少人必須得死？以及玖深到底有沒有落在組織的手上。

一想到那小子竟然就這樣在保護員警的眼皮子底下失蹤，虞夏實在有股窩火不知該往哪裡發。

在思考期間，幾通電話又打了進來，是小海和車隊那些人傳來的消息，除了第五個人以外，另外兩人、也就是六到十號已經全數找到。

「還有一個嗎……」虞夏看著目前爲止仍下落不明的五號，相片上是個看起來相當普通的中年男人。四十多歲上下，略微消瘦，留著平頭、曬得很黑、粗糙的皮膚上有些大小斑點，臉頰上有一小塊撞傷的舊疤，看來是做勞力類型的工作，因爲只有大頭照，所以沒有太多可供推測的線索。

「那個……四個人了。」

打斷虞夏思考的是站在窗戶邊的虞因，有點遲疑的聲音。

虞因盯著外頭，認爲自己沒有看錯，除了一開始那兩團血肉模糊的人體縮在陰影處，還有在迷你倉外面看見的婦人，以及一個很模糊、不太清楚整體樣貌的人影輪廓。

與另外幾個不同，這個影子相當淡，還給人隨時會消失的感覺。

虞因看著覺得非常不妥，「糟糕，該不會還沒死……」

話都還沒說完，稀薄的影子同時消失。

「有說在哪邊嗎？」虞夏隨口問道。

「沒。」虞因搖搖頭，突然有幫不上忙的挫折感，先前體會到的無力感再度浮現，「那個，我……」

一陣敲門聲打斷他的話。

推開門的是小隊中一名資深隊員，看見虞因兩人還在也愣了下，接著點點頭轉向站在一旁的虞夏，「老大你要我們查的那個二乙查出來了，的確是班級。那名老師以前授課的班級裡面有個國中二年乙班二十三號可能是你要找的人。」將手上剛出爐的報告交給對方，員警繼續說道：「因爲是同一件案子，所以我們與那名里長交互比對，結果發現這名學生多年前曾住在里長家附近，而在那期間，那名老師正好在這個地區的學校任教，二乙就在這所學校裡。」

虞夏翻開手上的報告，頭幾張都是那兩名死者的相關資料，幾頁後出現國中生的學籍資料。從上面的時間推算，這名學生現在差不多十八歲上下。照片上是張很平凡的面孔，乾乾淨淨的、看起來相當單純普通，是那種安靜乖巧的好學生類型；生長在單親家庭，由母親獨力撫養，母親在兩年前交通事故過世。

學生在校成績前期很普通，維持著不高不低的水平，一年級下學期後突然拿下第一名，這狀況維持到三年級，又突然劇烈變化掉到最後一名，原因是他最後幾場考試都繳白卷，後來補考才用剛好及格的分數通過。

但這些分數都是剛剛好及格，沒多一分也沒少一分，讓人覺得相當挑釁。

畢業之後，沒有繼續升學，資料上是無業。

虞夏看向學生的名字，為「詹育倫」。

「正在問他的同學，有問到幾個還記得他的人，但口徑都一致，都說是很安靜的人，沒什麼與同學來往，獨來獨往、不太理人。本人則是完全聯繫不上，他戶籍地址是空屋，母親那邊的親戚不知道他們母子狀況，似乎已經斷絕往來很久了，家人不願意說明原因。」員警頓了頓，「經濟方面還在查，除了母親有在上班以外，似乎有人定時接濟他們母子，這部分還在等回傳。」

虞夏盯著相片，總覺得關鍵點一定在這名學生身上，他思考了下開口：「盡快把這個人找出來。」

員警點點頭，又和虞夏討論些事情後才匆匆離去。

虞夏回過頭，正好對上虞因的視線，「剩下的事我們會處理，你們兩個不要再亂跑了，好好待著……阿因，我最後再強調一次，這是我們的工作。如果有熱心民眾提供訊息，當然能省事；沒有的話，理所當然是我們自己找，民眾沒有那些多餘到得責怪自己的責任。」

虞因愣了下，連忙打起精神，「我懂。」

「那你們就……」

才想多吩咐幾句，虞夏身上的手機突然響了。

接通電話後，那端傳來的是讓他們驚訝的消息。

「第四個人還活著，現在已經送到醫院了。」

□

嚴司甩著手上沉重的提袋，電梯抵達樓層後緩緩開啓。

看著自己經常光臨的大門口，想想如果沒特別的事，可能以後很少有機會再來這裡了吧，畢竟原住戶早已退租，不曉得以後打算搬哪去。

拿出鑰匙，他直接打開大門。

混亂的屋子在那日後，除了房東裝回去的窗戶，到現在還維持著一片無秩序的模樣，連地上那一大灘乾涸血跡都還在，屋內盤踞著讓人不太舒服的怪異氣味。

一開門，就看見眾人現在找得半死的傢伙窩在他平常使用的那張桌子前，嚴司也就以先前來拜訪般的口氣輕輕鬆鬆說道：「就知道你跑回來了，大哥哥好心幫你帶來大廚師愛的保溫瓶，馬鈴薯濃湯，很好喝喔。」

東風回過頭，也不訝異這人會出現在這邊，「你來幹什麼。」

「送菜送飯送湯。」嚴司很誠實地說道，跳過一地破碎物品後，自動在桌邊坐下，然後一一取出楊德丞交給他的東西；邊拿還邊覺得自己眞的人很好，已經沒什麼休息了還跑這趟，「還有蔬菜泥和粥，多少應該可以吃點吧，今天眞的沒有你討厭吃的東西了。」

如他所料，對方這次很安靜地把食物給接過去，沒有半點囉嗦。

「對了，第四個人已經安全送醫，正在搶救，雖然到院前貌似一度停止呼吸，不過聽我同學說有救回來，就不知道會不會醒。」盯著對方打開濃湯罐子，慢慢把東西吞嚥下去，嚴司於是順便聊天打發時間，「你怎麼找到的？」

喝下一小口溫熱濃郁的湯，東風停下動作，嗅著緩緩冒出的溫暖氣味，「我從救護車前面那個洞出去後，看見外面貼著紙條，寫了很無聊的東西，稍微想了下就知道那個人藏在哪了。」所以他就好心地打通一一九，才離開那邊。

「寫了啥？」嚴司支著下頜，很有興趣地發問。

「……干你啥事。」東風冷冷橫瞪了眼無聊人士。

「因爲我可是聽說，第四個人是在你老師那間屋子裡找到的。」嚴司深深覺得那個渾蛋幹部用的是種戳傷疤的不良舉動。

「……」

東風並不打算回答這些事情，轉上保溫瓶，「沒事幹的話，快滾回去。」

「你這話就不對了，嚴格來說，這房子現在是我租的，也算是我家之一喔。」嚴司環顧了下四周，覺得這裡就是髒了點，果然還是缺乏超級大掃除，「而且想把事情做個了結的人也不是只有你一個。」

「……你果然知道啊。」東風聽著對方陡然轉變的語氣，也不怎麼驚訝。應該說這個人從以前冒出來時就一直是這種調調，很多事情都看在眼裡，然後裝白目。

「身形沒什麼變啊，雖然還是花了點時間確認，不過東風小弟你這種東西都做出來了，也不給個提示。」拍拍自己帶來的另一個袋子，嚴司嘖了聲。

看著自己手上的ＯＫ繃，還有一堆細細小小的割傷，嚴司深深覺得自己搞不好還眞的不知不覺中被傳染了勞碌命，最近連放假都不能好好休息，還要避開所有人躲在辦公室裡偷偷摸摸地把東西給弄好。

人啊，果然太好心容易早死。

他眞懷念以前常常被人罵沒良心的生活。

「多事。」東風冷哼了聲。

「唉，你『被盯上』的話，我前室友會很不安的，你知道那傢伙死腦筋。」嚴司聳聳肩，拎著袋子站起身，「所以這一齣我接手吧。」

看著往門外走去的人，東風不自覺地開口：「你在『那時候』，怎麼走出來的？」

嚴司停下腳步，偏過頭，「嗯？啊……那個喔。原來如此，難怪那傢伙會說我們兩個很像。」聽著他就覺得有點好笑，自己一直想錯方向，誤解那個電玩宅的意思。「也沒啥，我本來就喜歡找樂趣，你們走不出來還比較奇怪吧，明明那麼無聊，又不是監獄，要走當然就走了，糾結什麼鬼。」

「你這人還眞我行我素啊……」

「廢話，我又不是爲別人而活，顧慮那麼多幹嘛。」嚴司靠在門邊，撤去經常掛在臉上的笑，面無表情地說道：「不喜歡的傢伙就是不喜歡，有興趣的就是有興趣，就算全世界都討厭我也無所謂，我還是將生活過得好好的。把工作做好，找我前室友抬槓、陪玖深小弟和被圍毆的同學他們玩，去吃想吃的，這樣不就可以了嗎，還想負責別人的什麼？」

「……」東風沉默了。

「所以現在要做的，也是我自己想做的，你就專心在尤信翔身上吧。」

嚴司打開門，再度擺出平常的輕浮面孔，「太閒的話，我會像以前一樣把貓丟到你家喔。」

「你敢！」

「我就是敢，咬我啊。」

「嚴司！」

聽著最後那聲缺乏力氣的怒吼，嚴司笑笑地離開屋子。

他的目的地很近，甚至連搭電梯離開這棟大樓都不用。

踏著地板，他走向走廊另一端的住家。

在那邊，也是一扇緊閉的門扉。

朝門鈴按了幾下，沒聽見聲響，也沒人來應門。

嗯……應該在才對，他都收到事先買通的住戶們緊急通知了。

「張先生，張閔先生，這裡有你的快遞，還是私人好心的快遞，你要是不出來領取，我就送別人啦。」

嚴司歪著身體靠在門鈴邊，隨手敲敲門。他收到通報，非常確定這時候屋裡絕對有人。

不過現在看來對方沒打算甩他。

只好放大絕了。

他前室友每次玩遊戲都會用這招電他。

「B.B蘇同學，別玩了。」

大門同時應聲打開。

親切友善的好鄰居微笑地站在門後，臉上絲毫不見異樣，好像只是準備開門迎接來訪好友般自然。

「嚴大哥，照慣例還是問一句，你哪來的自信？」張閔抬起手，原地轉了圈，好意地讓對方確定他身上沒有任何武器。

「雖然沒有小東仔那麼厲害，但看體型和肢體動作這種事，我多少還是有點信心，就算你刻意改了，不過基本反射動作沒那麼容易改變。」嚴司將手上的提袋拋給對方，「不然你以爲我吃飽太閒，常常來被小東仔轟假的？」

轟他的人，當然就是心裡有底。

張閔接住有點重量的提袋，面色不改地從裡面取出紙盒。

「你和你老婆在小東仔家做最多餘的事，就是翻倒他的雕塑架，反而讓我對倒掉的那幾個架子起了興趣。」嚴司見對方打開紙盒，彈彈還包著一堆ＯＫ繃的手指，「喪屍妹是被『橫拋』出去，我在屍體上發現她手腳上各有不同的抓握痕跡，這就表示嫌犯有兩人，你們別犯下那種第一時間出現的人就是犯人那種老梗錯誤好嗎。」

紙盒被打開後，裡面是幾個小型人像雕刻，上面有嚴重的碎裂痕跡，但被人重新拼湊黏回了。

其中一個，是蘇彰的臉，另外一個，是張閔的臉，其餘幾個，則是與這兩者很相似。

「仔細想想，後來有幾次事件都沒見到你的臉，不管是被圍毆的同學或是大檢察官，遇到你時都沒正面看過，是因爲你已經整完形了吧。」虞因被帶走時，連一支監視器都沒拍清楚這人的臉；黎子泓遇襲時，這傢伙也都是從背後攻擊。他還不想讓眞面目曝光，狡猾地埋伏在附近繼續觀察他們。

「好吧，我承認，我去過東風家幾次，注意到他把我給刻出來後，我就考慮著要先破壞雕塑，還是先把他殺了。畢竟看照片就可以把我的臉型和整形預測拿捏得這麼準確的人也不多，眞是個大威脅。」張閔慢慢拿出雕塑，鬆開手，讓第一個雕塑品落地，重新變成碎片，「就是還滿喜歡他的，鄰家有個能照顧的小弟弟也不錯，才想把所有雕塑都破壞掉給他個警告，誰知道會遇到組織的人，只好處理掉。某方面來說，你們還得感謝我，否則那時候他如果當面遇到組織的人，可能會少條手或腳。」

第二個雕塑品落地時，張閔……蘇彰再度開口：「沒殺了你，也很可惜，你是個很有挑戰性的人。」

「你沒那個機會啦。」嚴司聽著外面從剛剛開始就持續鳴響的警笛聲：「蘇同學，好不容易等到你回來，就別再逃了吧。」

「那也要你們抓得到啊。」

所有雕塑品落地的同時，大門立即被關上。

衝上來的員警在數秒後撞破大門。

「人不見了！」

迎接他們的，是空蕩蕩的租屋。

不只人，就連一項家具都沒有，好像原本住在這裡的人從未出現過。

「立刻回報指揮中心！」

□

「你什麼時候發現蘇彰的？」

接獲通報，趕到大樓的黎子泓看著一臉悠哉的友人。

「就～不經意注意到嘛，所以才報警來抓啊。」嚴司看著人去樓空的房屋，覺得那個傢伙腳底抹油的速度眞是越來越快了。

「……東風呢？」電話中，黎子泓確實有聽見東風在原本住家這邊，但趕過來後，不只蘇彰跑了，就連東風也已不見人影。

「好像趁混亂跑掉了吧，沒想到小東仔比我想像的還有行動力。」嚴司有點反省剛剛幫對方補充力氣逃走的動作，這傢伙也跟他鄰居一樣速度升級中，不過他拿走了一罐濃湯，可能打算在路上喝，算是有進步，「他留了點東西下來。」

黎子泓接過對方遞來的紙張，上面有幾個地址，下面則寫了先前案件中，舒家與組織有關聯的一些事，要他私下避開女兒，單獨找父母調查幾個時間問題，但是前提是別爲難他們。

「對了，小東仔問了我『關鍵時』的事情。」看著員警正在搜索蘇彰之前住過的空屋，嚴司涼涼地聊起天，「你是因爲那個才覺得我們很像啊？」

「……你沒自覺嗎。」黎子泓拿出手機，將紙張上的事情傳給虞夏等人去處理，「你有時候看人的眼神和看屍體的眼神沒什麼差別，所以你才不是醫生。」即使這人的家族成員都在醫療體系中工作，他還是破天荒選了不治人的職業。

「啊啊，屍體不會申訴眞是好事啊。」嚴司不否認對方的話。

「但是你沒有告訴東風，你是因為夜戲失火那件事情才走出來的嗎？」雖然大學時才認識，不過黎子泓知道不少友人的事情，包括久遠的案件……這件事情在調來這邊後，因緣際會地被虞因等人給解決了。

「有些事情，外人用嘴巴講講是沒用的，做決定的始終是本人。你看小聿和被圍毆的同學，他們也是自己看開的啊。」嚴司頓了下，修正自己的話，「可能也沒看得很開，現在的年輕人就是心胸太狹小了，像海一樣廣闊不是很好嗎。」

「是你看太開了。」黎子泓沒好氣地回答。

「不過小東仔還是很記恨貓耶。」沒想到剛剛提起貓，東風的反應居然那麼大。嚴司深深覺得自己當初眞的做了個壯舉。

話說當年他家前室友託他幫忙關照一下這個好像隨時會翹辮子的學弟，嚴司左想想右想想，於是參考所謂動物療法的建議，往學弟家裡放進一箱的幼貓——那陣子不知道為什麼被丟掉的幼貓特多，大概十來隻，一堆學弟妹找他幫忙送養或是找臨時能借放的地方，他還人很好地準備了滿滿的貓奶粉和所有需要用到的物品帶過去，差不多一個禮拜就看到照顧貓的學弟崩潰了。

不過崩歸崩，東風居然沒把那堆貓清走，咬牙忍到所有貓都順利送養出去，才找清潔公司來把貓遺留的各種痕跡和物品給處理乾淨。聽說那些被養得白白胖胖、發育很好的貓，還在他租屋的牆壁上甩大便、塗口水……家具也遭到全面性地啃咬毀滅，清潔公司處理了很久才把整間屋子恢復成完好如初，接著就被退租了。

結論，這學弟其實人真的很好。

嚴司誠懇地認爲這孩子太過紙老虎，是他就會讓貓哪裡來哪裡去，順便再讓當初帶來的人打從心底懺悔。

「你那時做得太過火了。」一提起往事，黎子泓直搖頭。那件事過後，東風就躲他們躲得很厲害，搬家搬得異常頻繁不說，還不讓家人透露行蹤，讓他花了很多工夫打聽與聯繫。

「其實我本來只是想意思意思寄放個兩、三天，但是看那些貓吃得很肥，就不好意思開口要回去了。」嚴司想起那些胖嘟嘟的小貓，換個方式說，那些貓根本待遇很好啊，還每隻都有定時清洗，一般人搞不好還沒辦法養成那樣。不過學弟差點因爲那些貓而折騰得斷氣也是不爭的事實啦。

黎子泓有點想結束貓的話題，正要開口說起另一件事時，某種奇怪的拖曳聲從東風屋內傳來，還伴隨著淡淡的咳嗽聲。

兩人互看了一眼，不著聲色地重新踏進租屋中。

屋內依舊凌亂，沒有任何人，更別說剛剛那聲是有些明顯的女性咳嗽聲。

黎子泓稍微小走了一圈，沒看見異狀，正想退出屋外時，突然注意到腳邊幾個人像小雕刻，有男有女，莫名覺得有點眼熟。這些雕刻好像是刻意被清理出來，雖然有些已經破裂了，但小心翼翼地被擺放在乾淨的地方。

「咦？這不是他老師嗎。」嚴司也注意到那些雕刻，蹲下身仔細端詳，其中有個臉剩一半的雕塑確實是安天晴的樣子，「還有其他人。」

安天晴的母親、一些學校的同學，還有個男性。

「簡士瑋。」黎子泓近期看過好幾次相片，立即認出這名死於意外的員警。對了，說起來，當時玖深拿走了兩片光碟說要檢查，不知道是否從裡面得到更進一步的消息？

正思考著虞夏那邊不知道是否已經查到玖深的下落，幾乎同時，他的手機突然響起，拿起來一看，是未知來電，沒顯示任何號碼。

接起後，另一端竟傳來他們正在擔心的人的熟悉聲音——

「欸……芝麻開門？」

「玖深？」黎子泓皺起眉。

「啊，本人，太好了。」電話那頭傳來明顯鬆了口氣的聲音。

「玖深小弟你還活著啊？」嚴司聽見交談，靠過去，「你不是落入大魔王的手裡嗎？」

「什麼？啊、我沒事，我在安全的地方，我租屋那邊的保全可能被替換掉了，回家時我瞥到監視器有好幾支有問題，看了一下是人爲破壞，但我經過保全室時看見他的監視畫面是正常的；後來接到朋友的電話要我快點離開家裡，我就先出來了，一直有怪怪的人撥我的電話，所以手機現在關機沒開，這是朋友的手機。」玖深稍微停了幾秒，才再度說道：「我會先繞去其他地方確認事情，晚點回去，你們不用擔心。」

「等等，玖深小弟你帶著手機？」嚴司和黎子泓對看一眼，「那你家桌上那支誰的？」

「肯定不是我的。」玖深立即回答。

如果手機不是玖深的，那就表示有人在員警進入之前，已經進去過屋內，留下了手機僞裝成屋主所有。

黎子泓記得手機應該還放在原處，得讓人去把那東西回收，以免是什麼危險物品。

「玖深小弟，你小心安全啊，別被賣掉了。」嚴司很好心地多囑咐兩句：「最近會切開秤斤賣的。」

「……你才全身被切開秤斤。」

「總之，自己小心。」

□

「聯絡好了嗎？」

「好了，謝謝。」

玖深將手機交還給站在面前的宋鷗，「麻煩你幫忙了。」

「……幸好小袁及時傳消息給我，不然你應該眞的會被那個組織逮到。」將手邊的安全帽拋給對方，宋鷗環顧了下空無一人的街道，「大溫他們那邊會幫忙轉移組織的注意力，這邊暫時沒問題。」

看著現任車隊首領，玖深有點感動。

那晚他包紮完被送回家，發現到大樓監視器有問題時，正好收到袁政廷傳來的簡訊，要他立刻離開住處，別引起任何人注意，才剛避開各個可能被看見的位置從地下車道繞出大樓時，就看見宋鷗在附近等他，也沒多問什麼，他上了車之後馬上就被載離。

玖深離開住處時，隱約看見大樓附近的巷道有些陌生車輛，回家時因爲在想事情沒發現，現在一留意便察覺到各種不對勁。

「其他人應該沒事吧。」玖深邊爬上重機邊擔心，不過剛剛接電話的還是黎子泓本人，看來暫時比他安全很多。

「雖然搞不懂你們到底在幹嘛，但是有必要把自己的處境搞得莫名危險嗎？」宋鷗早先接到幫忙找人的事情，後來又接到袁政廷的消息，讓他覺得有點奇怪。「我的意思是，條子應該都有套明哲保身的辦法吧，又不是自己的事……」

「是自己的事。」玖深連忙說道：「一定要幫他。而且就算不是，也是要幫，什麼案子都一樣。」

一想到東風聽到那些事情的表情，他就覺得很不忍。

就像很多案子裡的受害者一樣，每個活著的人都會有那種希望自己能堅強、但卻又無法壓抑痛苦的破碎面孔。

雖然有時候很慶幸自己是在後方實驗室裡，不用經常直接面對這些事情，但沒看見並不代表沒有……果然還是希望事件能少點啊。

「搞不懂你的想法。」宋鷗搖搖頭，「算了，小袁想幫你，我就幫，你說接下來要去哪？」

「我想去找個人。」

前陣子看完所有的資料後，玖深發現簡士瑋當年出車禍前，是從一名他輔導的對象家裡離開，然後在路上遇到事故。雖然這起事故並沒有任何可疑之處，肇事者也負起全部責任，現在仍在賠償中，但尤信翔找上東風時確實把警察也列入了犧牲者之一，這點讓他很介意，所以他託了當年的鑑識朋友幫忙打聽一下那名輔導對象現在的所在之處與狀況，雖然曾改過名字，但還是順利找到了。

當時還未成年的女孩現在已經長大，通過電話後，對方一開始相當閃躲，避談這件事，但這兩天不知怎麼了，突然願意與他深入談話。

「一位叫作季承瑋的護理師，我們約好地點了。」電話中，費了很多唇舌，女性才理解玖深目前正在做的事情，隨後便鬆口告訴他當年簡士瑋的確有告訴過她一些事情，她不知道能不能幫上忙，簡士瑋要她別把事情告訴別人，不過確認能釐清案情後，女性便和他約定了休假日。

不過奇怪的是，女性提到最近好像有奇怪的人在醫院出入，她老覺得有些怪異的視線，感到有點不安。這讓玖深突然想到，該不會嚴司等人在醫院被白安全帽女孩堵上、隨後她又熟門熟路地逃走，是因爲那個組織原本也在醫院找那名女性？

希望不是自己多心，畢竟是他聯絡的人，如果因此害對方有個什麼萬一，以後怎樣都無法釋懷。

「我會讓人把附近淨空，你們安心聊。」宋鷗瞥了眼後座的人，說道：「如果你怕那個護理師被找麻煩，我們也會在附近巡邏留意她的安全，直到事件結束。」

「太感謝了，下次大家一起來讓我請客吧，不然我會不好意思。」覺得自己得到很多幫助，玖深打從心底覺得這支車隊的人眞的都很好心。

「……你大概要辦個流水席。」默默在心中數算了下車隊人數和這次義氣相挺的幫手人數，宋鷗覺得可能會吃掉後面那傢伙不少薪水。

「是、是這樣嗎！」玖深有點抖，「不過我有存款，應該……應該夠。」

「開玩笑的，事情都辦完後，晚上再出來逛逛吧。」知道大溫他們對這個警察頗有好感，宋鷗勾起唇，盯著照後鏡，後頭不知道什麼時候有東西跟上了，他得到下個路口才有人幫忙攔截，「現在我要超個速。」

「咦……咦！」玖深連忙抓住車主，很驚恐地看著時速表往上飆，「安全駕駛啊——」

「馬的！你跟後面的說啊！」

□

黑暗中，有股濃濃的血腥味。

他站在幾乎已經快要熟悉的顏色中，看見了遙遠的另外那端有些奇異的輪廓。

不知爲何，總覺得這次的狀況和以往好像有哪裡不同。這次找上來的東西一直有種說不出的怪異感，而且似乎總是畏畏縮縮。

**那是因爲……我們……做不了……**

像是某種動物低咆般的沉重聲音從暗處傳來。

他轉過頭，勉強看見了有個女孩的輪廓浮現，是前幾次一直幫他指路、卻沒提過自己身分的少女，那雙擁有漂亮手指的手已經被染黑，而且有幾隻指頭已經斷了，像是被人剪斷一樣，滴落著黑血。

**被擋住……好痛、好痛喔……**

少女握著手，發出哭泣的聲音。但那種聲音卻很幽遠，像是從極遠的地方迴盪傳來，傳至他所在的地方已經變得模糊不清。

接著從其他地方也出現了不同影子，那些血肉模糊的人到現在還沒恢復生前的模樣。哭泣聲與悲慘的低喊聲充斥整片黑暗。

然後，他就被那股血腥味給嗆醒。

「咳咳……我靠……」

虞因猛一睜眼才發現自己是真的被嗆醒的，還是被鼻血給嗆醒。狂冒出來的鼻血從鼻子裡倒灌回去，硬生生把他給搞醒，一咳嗽半張臉上都是暖熱液體的感覺。

辦公室裡沒看見聿，他又用力咳了幾下才把卡在喉嚨裡的血給咳出來，接著連忙去抽桌上的面紙按住鼻子，同時看見自己手背上明顯浮現的青筋，手臂也一樣，整隻手到身體都有種怪異的脹痛感。

虞因頓了下，還是先幫自己止血。

過了好一會兒，血稍微緩止後，那些筋和痛什麼的也跟著逐漸消失，彷彿剛剛那些都是錯覺。

把沾滿血的面紙丟進垃圾桶，虞因又抽了幾張，這時聽見辦公室的門被打開，提著一袋東西進來的聿看見他狼狽的模樣也瞪大眼睛，罕見地一臉訝異。

「我沒有看到裸飄也沒有看到裸女，突然流血的。」虞因一開口就聽見自己超濃重的鼻音，不過也沒辦法。

聿走過來接手，幫忙把虞因臉上弄乾淨，然後檢查出血狀況。

虞因其實有點搞不懂阿飄們的意思，但剛剛那狀況，讓他覺得祂們好像遇到什麼麻煩。

所謂被擋住是……？

「小聿，你可以幫我問問滕大哥或方苡薰點事情嗎？」虞因按著鼻子上的大量面紙，用模糊的聲音開口：「那個錄音……那個組織幹部是不是說啥不能再出來作怪。」如果他沒記錯，東風錄下尤信翔的那些對話裡也有提到這件事。

有人教我，只要動動手腳，那個女的就永遠不可能再出來作怪。

「他那邊有這方面的人。」

虞因雖然看得見，但對那種招數什麼的不熟，可說幾乎完全不懂、也沒興趣了解，頂多就是按時去熟識的廟裡換個護身符用用。如果真的有這樣子的人，很可能有一部分、包括老師在內的死者出現方式都不見得會很正常，這次的三名死者八成就是這樣才會一直怪怪的。

……真是邪魔歪道齊聚一堂。

等等，這麼說起來，前幾次出現的那個女孩也是相關的受害者？

還在思考這件突然驚覺到的事，辦公室的門突然被人敲了幾下，隨即打開。

「虞夏不在嗎？」

站在外面的，是虞因兩人從來沒見過的陌生員警。

「你是……」

「不在的話，就是你們了。」

員警抬起手，槍口對向虞因兩人。

那瞬間沒反應過來，虞因整個人還在錯愕時，正要扣下扳機的員警猛地發出遭到攻擊的悶哼，然後全身像塌下來般緩緩往地上摔倒。

站在後頭擊倒員警的是小伍。

「哇喔，好危險喔，幸好之前被老大強迫要把所有人的臉都記住……這傢伙到底是誰啊。」小伍呼了口氣，蹲下身先把人銬好，然後去翻對方的名牌，發現是僞造的。

事情發生得很快，虞因猛然意識到他和聿在那短短幾秒可能會死後，冒出一身冷汗，「是組織嗎？」沒想到竟然會混進來，他們兩個眞的有點大意了，應該要把門鎖上才對。

「好像是？我是看到沒見過的人在附近走來走去，才跟上來的。」小伍很慶幸自己一直在關注這邊，才能及時發現有敵人混進來。說實在的，他還眞沒把握能像虞夏一樣一擊必殺把人敲暈，現在有點害怕自己把人給敲死了，不過翻過來後還有呼吸，讓他稍微安心下來，「這傢伙是怎麼進來到這邊的啊，明明這邊上來要刷感應……難道有人幫他進來？」

看僞造的證件有模有樣，小伍憂心起局裡有不知名內應的事。

因爲敲暈人起了騷動，很快就有人過來關心這邊的狀況，發現陌生人混進來後，員警們也都很訝異，接著便把入侵者給拖走了。

「這裡是發生什麼事了？」

小伍回過頭，看見來人就鬆懈下來，「就那個雞飛狗跳的組織，煩死人了。」

「……這樣啊。」

# 8

那個時候，爲何會一直原諒道歉？

因爲，他們其實都一樣。

每個人都只是想要找自己能夠永遠待著的地方，能夠有人了解自己。

所謂祕密基地，是要能守護他們不受外人干擾，築起高高的牆壁，遠離充滿惡意的地面世界，過著自由自在的生活。

不用再去臆測他人想法，不用在乎他人投來的視線，不用猜想下一次將受到什麼傷害，也不用讓大人的自以爲是毒害他們。

那是個，很理想的地方。

然後能夠拯救更多像他們這樣的人，人多之後，建造出獨立的「家鄉」。

祕密基地該庇護的是不被「人們」所了解的痛苦孩子們。

是因爲這樣才存在的。

他看著自己的手，微微發抖。

堤防空地邊，一輛黑色跑車停在那裡，靠在車邊的是已經從少年蛻變成大人的男性。退去了青少年時的青澀張狂，現在已成年的人是個完完全全的「成人」，擁有魁梧壯碩的身體，挾帶著隨時都能扳倒對手的狠戾氣息。

「你還是不選我。」尤信翔從口袋中拿出菸盒，輕巧敲出後點燃了昂貴的菸枝，看著細白的煙霧隨風向上飄遠，「我到底做錯什麼，我一直比那個女人還要照顧你，也更了解你，這世界上沒有人比我更清楚你的想法，還有你能做到的事情，結果你卻選了那個安天晴。那個女人不過只是後來冒出來的投機者，她根本不知道眞正的你。」

「……我並沒有選她。」東風握起手掌，按照紙上的時間來到這裡，看著已與過去截然不同的友人，慢慢開口：「從一開始就不是我選，是你選她的。我當時給你的答案是……」

「住口！」

尤信翔打斷東風的話，抽下嘴裡的菸，惡狠狠地扔在對方身上，「你還想推托嗎！就是因爲你背叛我，還把我們的計畫告訴那女人，所以才把所有事情搞成這樣！一直擺出那種和世界無關的表情，親口對我說你沒辦法、害怕和別人待在一起，結果現在呢！還不是和那些平凡人混在一起！他們又懂你什麼！」

東風微微縮了下身體，拍掉菸枝，「……是什麼也不懂沒錯。」

就是很煩的一群人，很多事情都自作主張，莫名其妙強迫他吃東西，莫名其妙拐騙他出去旅行，還莫名其妙侵入他的生活。

他們什麼都不懂。

但是，如果不要有這些事情的話，即使身邊都是這樣的人也……

「你應該在我們這邊。」看著對方若有所思的表情，尤信翔打從心底浮起劇烈燃燒的怒氣，「你原本就是我們這邊的人。」

從對方的表情和肢體讀出他極度憤怒，東風淡淡呼了口氣，「你找我出來，如果是要繼續重複說這些事情，那我就回去了。」

擊掌聲音突然傳來。

「東風，過來。」

熟悉的叫喚語調。

東風只站在原地，沉默地看著面無表情的青年。

「你不是想要知道事情的眞相嗎？」尤信翔勾起唇，掛上不具笑意的微笑，「過來，我就全部告訴你，包括安天晴是怎麼死的，當年你不是搞不懂嗎。」

「……」

東風默默搖搖頭，捕捉到對方眼中一閃而逝的詫異，「我已經，全部都知道了。」

「這樣啊，難怪你會過來赴約。」尤信翔也不太訝異聽到這種回答，從口袋中掏出一張名片大小的卡片，彈射到對方腳下，「那麼，這是最後一個提示。」

東風彎下身，拾起卡片，上面只有一個樓塔般的黑白色圖案。

「有種，就回來祕密基地，我會把你想要的東西全放在那裡。」

□

虞佟推開休息室的門，正好看見自家兄弟窩在椅子上休息。

他一進門，對方同時睜開眼睛。

「你睡多久？」這兩天好像沒看見虞夏闔過眼，虞佟將手上的資料夾遞過去。

虞夏抬起手腕，瞄了錶，「十分鐘吧。」按按吃過消炎藥後已經比較不痛的後肩，他翻起身坐好，「又讓蘇彰溜了，阿司那小子欠揍，現在才通報。」他們是真的沒發現張閔就是蘇彰，五官和整體氣質、動作姿勢都改變不少，連口音都微妙不同，改變得很徹底。

想想，那個人是在黎子泓兩人頻繁去東風家那時搬去的，估計是想就近重新混進來……沒想到竟然這麼大膽。

「那個人得花時間。」蘇彰的事虞佟也覺得有點可惜，如果通報能再早一點，或許能抓到。但是蘇彰膽敢直接住在他們的人附近，還用這種方式出入，恐怕已做好萬全準備，眞的衝突大概不一定能百分之百確定是他們想要的結果。「關於詹育倫的事情，他確實和前幾名受害者有關聯。」

虞夏翻開手上的最新資料，知道這可能不全然是走正常流程弄到手的，爲了搶時間，也顧不上那些了。

「接濟詹育倫母子的是第一名死者，在詹育倫出生後，幾乎按月匯款，持續了十幾年，直到母親亡故幾個月前停止。」也有把這些資料發了一份給黎子泓的虞佟說道：「第二名死者是他的國中老師，第三人是住在他家附近的里長，而第四人、也就是第三名死者，是第一名死者原工廠的員工，已經待了幾十年的老員工。」

「第五個人呢？」虞夏看著紙張上印的文字，嘖了聲。

「詹育倫幼稚園時，他母親因爲經濟狀況不好，曾與人分租房屋同居過很短暫的時間，約兩、三個月，後來通報家暴，第五個人就是那時候的分租者之一，這個有登錄在案，當時申請了保護令，上面記錄這人趁母親不在時對小孩施暴，差點把孩子打死，是其他分租者發現報警，後來母親就不再與人同住，改租小套房。」虞佟騰了些時間打電話給當時另外兩名分租人確認過這件事情，有些感嘆，「似乎他小時候相當聰明，所以引起第五人的敵意。」

虞夏抽出第五人的檔案，果然有相關事件記錄，除了這件以外，還有其他案底，大多是酒後與人起爭執大打出手，另外有兩件入室行竊，平日打零工、接些工地活維生，顯然評價不太好，經常遭到解雇。

「第五人在合租時手腳不乾淨，詹育倫曾把失竊分析當成遊戲，然後告訴其他分租者，幾個人起過爭執，後來不了了之。」電訪另外兩人時，虞佟也從那邊聽到相同說法，「接著第五人就遷怒在詹育倫身上。」

「接濟他們母子是為什麼？」虞夏稍微思考了下，比較在意第一個死者的問題。

第五個人的狀況比較簡單，顯然只是遭到報復，反而是前四人較有問題。

「這點還在調查，但我覺得可能是……」虞佟搖搖頭，有點無奈，「詢問過一些工廠的老員工，據說詹育倫的母親和第一名死者曾經熱戀，但死者可能有其他因素，之後與工廠老闆女兒走得很近，最後兩人結婚。比照詹育倫的年齡，正好是在他們結婚前半年出生。」

「……把這個人找出來，拎去做親子鑑定。」也不是第一次看見這種堪比八點檔的眞實事件，虞夏完全不驚訝他哥的猜測。

「後面五名受害者似乎就沒什麼特別關係了，有幾人已經清醒過來，對於爲什麼會被抓，一臉莫名其妙。我想他們應該只是煙幕彈，或是不自覺阻礙到組織之類，主要下手的對象是前五人，後面那些是用來『遊戲』混淆我們。」確實浪費不少時間在查後面這五人，虞佟走到旁邊，打開櫃子拆了兩個茶包泡茶，「不過詹育倫並不是尤信翔，根據東風所說，尤信翔最早和他通電話時，確實說了讓我們去查，因爲他不知道『他們會怎樣下手』。這些受害者可能與尤信翔無關，他只是順便利用這些事情策劃一個粗糙的遊戲，讓眞正要下手的人去執行布置、同時阻礙我們。」

這樣就可以分成兩部分。

尤信翔確實是要對他們進行攻擊，但是他不是殺害這些人的凶手，他只是搭順風車進行襲擊。

殺死受害者的凶手「們」可能拿到尤信翔的基礎布置，加以變化來執行，同時對他們自己的目標下手。但變化的操作就不在尤信翔的規劃內，他的設計應該只有時間與地點和一些基本手法，剩下的交由執行者自理。

「你覺得詹育倫就是凶手嗎？」虞佟將茶杯遞給雙生兄弟。

「我比較怕他就是那個火虎，這比凶手還嚴重。」虞夏接過茶杯，看著資料上蒼白的學生面孔，毫無表情的男孩只是個普通年輕孩子，光這樣看，誰也無法知道他成長後究竟會不會手染鮮血，或是成為人人羨慕的社會菁英一員，「那個火虎的行動一直都帶著怒氣。」

而，他們發現的殘破屍體上也都殘留著那種怒氣。

如果只是要進行遊戲，不須把受害者都傷害成那副德性，更別說那些相當糟糕的屍體，下手的人一直帶著極大的憤怒動手。

這個組織的人在傷害別人時，都有這種傾向。

當時向振榮的傷也是。

虞夏正在思考這可能性，抬起頭，聽見外面停下的腳步聲。

休息室的門被敲了兩下後，門扉旋即打開。

葉桓恩環顧四周，沒看見其他人，逕自步入並關上門，「我北部的朋友把消息全部傳回來了，果然和我們之前預想的一樣，『他』很早以前就黑了，不屬於我們這邊。他之前為了讓我信任，竟然還能做到那種地步，真不知道城府有多深。」

「雖然之前已經把他排除在這個計畫外，不過應該也是因為他的關係，組織的人才會把我們的蹤跡掌握得這麼清楚吧。」其實不太意外這個結果，虞佟等人先前就已經猜測過內鬼一定十分接近他們，所以才會拍到他們幾人的日常生活照，且連所有人的手機號碼都知道。

「他很可能也只是其中之一，不知道還有多少人和他有聯繫，盡量小心點。」虞夏雖然有鎖定的人選，不過能夠做到這種地步，對方肯定也已經安插其他人手，就不曉得還要拔出幾個人。

「我也在調查，幸好督察室和你們是分開的，能查到更多事情，已經追蹤到幾個人有異常，進行過濾中。」這段時間葉桓恩也沒閒著，和虞佟聯手暗中將整個警局的人查了個遍，連局長都不知道他們在幹這些事。「被發現大概眞的會成爲公敵。」

「別被發現就好了。」虞佟並不覺得有落下什麼會被發現的把柄。

看著旁邊頗有把握的同僚，葉桓恩決定不予置評。

才剛討論到一個段落，三個人的手機同時響起，都是收到信件的提醒聲響。

虞夏打開手機，果然是那個組織傳來的新郵件，裡面夾帶三個網址，全都是即時影片。

「這是……」

□

「楊德丞沒接電話。」

黎子泓結束撥號，看向身旁的友人，「虞因他們也沒有。」

把車停在路邊停車格的嚴司看著三段影片，除了楊德丞的店面外景，還分別有正在講電話的阿柳背影與虞因、聿和小伍三個人，所有畫面就靜止在這一格，不動了。「這些小屁孩到底有完沒完。」這幾天的種種煩躁和勞累讓他開始不耐煩了。

黎子泓沉默地看著手機上的畫面，覺得有點不對勁。

之前這個組織的動作都很隱密，證據大多會收拾乾淨，和這次大張旗鼓的感覺完全不同，簡直是刻意想吸引更多人去搜捕他們。

爲什麼會改成這樣的手法？

「……你覺得常常被開槍可不可以累積點數啊？例如集滿十次可換件防彈衣什麼的。」

嚴司莫名其妙的話把思考中的黎子泓拉回神，一抬頭，就看見靜止的車前站了個很眼熟的人，年紀很輕，短袖的左手臂上有一道新的傷痕刺青。對方雖然把右手放在側背包裡，但隱約鼓起的樣子就像是裡面有把槍……應該是刻意要讓他們知道。

「張元翔嗎。」看著先前玖深車隊那件案子中逃家的小男孩，黎子泓感覺有些複雜。不知道男孩在離家後遭遇過什麼，現在他們眼前的人已經褪去這個年紀該有的青澀，以前被父母保護著時的那份學生氣息消失殆盡，年輕的臉上沒有一絲表情，一雙眼睛陰冷地直瞪著他們。

「所以我說，你的車也該去改成防彈款了，年紀輕輕像你這樣常被堵的也沒幾個了。」今天是搭小黃來的嚴司，深表同情地看著讓他搭順風車的車主。

黎子泓斜了這時候還能廢話的友人一眼，看著緩慢走到駕駛座旁的張元翔，走近後他發現對方臉色很差，眼窩處有些凹陷，看起來已經很長一段時間沒有好好休息。

男孩敲了敲車窗，他想想便把窗戶降下。

一邊的馬路車流量不小，來往路人也很多，他覺得對方應該不至於挑在這種大庭廣眾下動手。

「讓我進去。」

張元翔沒有說太多話，僅是短短四字。

黎子泓與嚴司互看了一眼，打開後座車鎖。

張元翔沉默地坐到後座，便把包裡的槍拿出來，「現在，按照我說的方向走。」

「你應該知道我們沒對不起你吧。」嚴司笑笑地偏頭看著後方的男孩，「某方面來說，我們幫過你。」說起來，這傢伙還眞剛好和尤信翔名字尾字相同，都是一些想飛的小孩。

「……我知道，快開車。」沒有搭理嚴司的笑臉，張元翔繃著臉開口：「你們得在時間內到。」

「你是急著拿藥還是有其他問題？」嚴司瞄了眼對方手腕上的針孔，讓黎子泓先開動車，「看上去目前癮頭還滿淺的，大哥哥建議你最好別再插了，現在要戒還來得及，不然以後失禁就沒救了。」

「你們不快點，孫卉盈和黃旭光的家人會有危險，別逼我。」舉槍指著副駕駛座的人，張元翔毫無感情起伏地說道：「我知道自己在做什麼。」

「好吧，你有理。請問一下，你有被監聽嗎？」嚴司轉回過頭，看著前方的車流。

「沒有。」

「能聊聊嗎？」黎子泓從後照鏡看了眼男孩，問道。

「嗯。」張元翔點點頭。

「你離家之後就加入這個組織了？」

「嗯。」

「爲什麼？」

張元翔沒有立即回答，冷著張臉安靜半晌後，才回應：「之前在學校裡就聽過很多人在傳，畢業的學長姊那邊可以借住，而且他們人很好，不會趕人。」

「真的有那麼好嗎？」嚴司翻了瓶剛買沒多久的飲料，往後遞給對方。

「沒大人囉嗦，能做自己想做的事，跟著出去辦事情還有錢拿，住的地方也很寬敞，挺不賴的。」張元翔接過飲料，並沒有放鬆持槍的動作，「跟樂園沒兩樣。」

「那你手上是怎麼回事？」指指自己的手腕，嚴司瞇起眼。

「自己打的，不少人都這樣做，沒什麼。」不在意對方直盯著手看，張元翔很自然地回答：「以前都以爲這個是不能碰的，結果根本沒什麼，大人講的那些話根本都是屁，他們自己做的事比我們還多，還假惺惺地裝高貴。」

聽著男孩的話，黎子泓皺起眉。在少年離家的這段時間裡，似乎已經接受另外一種思考模式、或是看了什麼，現在的張元翔完全不像之前那個品學兼優又有禮的學生，而是異常敵視成人社會。

校園有幫派進入的事情從以前到現在未曾停歇過，但能在這麼短時間內讓原本認眞的學生改變想法——

「那些學長、學姊，成績也都很好嗎？」黎子泓試探性地問。

「……我們是一樣的。」張元翔冷漠地回了一句。

之後，不管黎子泓或嚴司再怎樣問，男孩就完全不開口了。

按照指定路徑行駛一段時間，車子開至郊外，遠離了住宅區，進入人煙稀少的山路。最後的目的地是半山腰的一座廢棄鐵皮工寮，周圍被棄置了許多家具物品，但有人定期打掃，所以四周仍相當乾淨，甚至屋頂還是補好的。

讓他們把車停妥後，張元翔率先下車，槍口還是指著車內的人。

「你讓孫卉盈的家人也扯進來，不會不安嗎？」嚴司盯著對方，開口：「好歹他們也是你女朋友的家人。」

「他們沒有危險，完全沒有。不這樣講，你們怎麼會把車開過來。」勾起冷冷的笑意，張元翔低下槍口，往車下開了兩槍，「我說了，我知道自己在做什麼，出來。」

能感覺到車子的輪胎被射壞一個，黎子泓看了眼一直開著的手機，阻止嚴司的動作，然後自己便先下了車。

張元翔讓開身，讓他們看見從工寮裡緩步走出來的人。

黎子泓沒想到尤信翔竟然會這樣大剌剌地出現在他們面前。

「請你們過來不簡單啊。」直接走到張元翔旁邊，尤信翔彈彈手指，附近立即擁出幾名青少年男女包圍起車輛，「花了我不少工夫處理掉跟在你們後面的多餘物，不過我還是很想把兩位弄到手，特別是黎先生，所以算是划得來。」

「因爲東風的關係嗎？」黎子泓並不意外對方想針對他，從安天晴的事情來看，恐怕他也是所謂的「敵人」。

「一半是，另一半是你敢不知死活地去翻這件舊案，還對我們的產業動手，光這點我就很想當面稱讚你，你們還眞不怕這件事完了後，全部被拔掉。」尤信翔笑笑地說：「你們在清點時，應該已經知道我們很多地方都有和『知名人士』合作吧，用媒體來製造討論騷動雖然第一時間不會被下手，但是民眾是很健忘的，一個月、兩個月就會忘光了，半年之後還有誰會記得那些事情，更不用說你們的存在。」

「所以，我們都有做好被拔的心理準備。」黎子泓臉色不改地淡淡開口：「如果因爲做正確的事遭到報復，且連司法都無法支持的話，那麼待不待在原位還有什麼關係。」

「法律原本就不是用來保護好人啊。」尤信翔聳聳肩，「是保護善用它的人。今天就算你們死在這裡，說不定我們都不一定會被判死刑喔，這裡這麼多未成年，都還可教化的。」

看著四周數張非常年輕的臉孔，黎子泓有點嘆息地說道：「我不否認這點，很多事情總不盡人意，這點連你也相同。」

「你的意思是，說不定栽的會是我對吧，這句話以前東風也說過。他一直想看我栽，就這樣等了十年，結果把自己消耗成那副德性，眞可憐。」讓手下把嚴司也請出車，尤信翔想想，覺得有點好笑，「可惜他眞的不是女的，不然還有其他手段可以讓他變成我們這邊的人，我也不介意帶著『她』養一輩子。」

「唉呀，現在不是老說性別不是問題嗎。」嚴司冷笑了一句過去。

「可惜我還是比較喜歡女人。」尤信翔看向還有心情耍嘴皮子的另外一人，「而且，逼得他沒路時，他會採取很激烈的反彈方式，這點你們應該沒我了解，只有我知道他會怎樣做，但我暫時還想看他痛苦掙扎地繼續活下去。」

「我看他沒路時還是把貓養得挺好的。」嚴司懷念起據說差點把人搞崩潰的養貓事件，這點估計眼前的傢伙也不了解。

「……雖然有點不爽你自以爲是他好朋友，不過果然還是該叫你別再耍花招拖時間。」推開擋在車前的人，尤信翔從車內取出黎子泓還開著通話的手機，然後關閉電源抽出卡片，接著將卡片交給張元翔，「放心，遊戲結束前你們都還能活命。」

「你這樣講就讓人很不想問遊戲結束後會怎樣了。」嚴司看了眼被棄置在地面的空機，有點遺憾。

「那就不告訴你們會怎樣了。」

尤信翔一腳踩到空機上。

「好好玩吧。」

□

花了好一番工夫，玖深才在晚間回到警局外。

「謝謝你今天陪我跑一天。」

玖深跳下摩托車，很誠懇地向本日充當司機的宋鷗道謝：「不過你們自己要小心點，這些人不是好對付的，你們平常晚上……」

「快滾。」宋鷗直接朝對方踢了一腳，把他嘴裡還想說的話給踢掉。

「總、總之小心安全。」玖深摀著被踹的大腿，只好簡短結束，往大門方向走去。

「喂，那些……」

「？」

宋鷗瞇起眼睛，看著有點痴呆臉的條子，「算了，沒事。」

有點疑惑對方原本想說什麼，不過看樣子應該是不想說了，玖深只好再度道謝，然後轉身快步往該去的地方走。

確認條子確實進去了，宋鷗才拿出自己的手機，上面的對話記錄持續更新中。今天一整天他們跑了很多地方，跟在他們後面跑的人也不在少數，不管是自己人，或是……

於是，他慢慢回應來自彼方同伴們的詢問。

**「不經過條子，只要是和傷害林宇驥有關的人，一個都別落下。」**

「玖深！」

停下腳步，玖深正好看見從轉角走出來的同僚。

「你回來也把手機打開。」碰巧看見的葉桓恩掉頭匆匆朝人走過去。

「啊，都忘了。」玖深打開手機，才看見幾十封通知顯示，「我問到能用上的事情，老大在嗎？」

「虞夏警官出去了，發生不少事情……」

葉桓恩把一整天發生的事情告訴玖深，雖然慶幸眼前的友人安全歸來，但眼下狀態又讓他沒那個心情高興，「順著最後通聯找過去，那些人已經撤走，只找到黎檢的車輛，現在似乎正追蹤過去。」

「那阿柳他們……？」沒想到一天下來發生這麼多事，玖深開始害怕其他人遭到毒手。

「一樣聯絡不上，手機都關了，虞佟警官和其他人鎖定最後位置進行追蹤和調閱。比較奇怪的是，小伍和阿因他們似乎是自行離開的，看起來沒有遭到脅迫。」看過一些監視器的葉桓恩皺起眉，當時的畫面上，他們三人還邊走邊聊天，不太像被襲擊，但隨後就失去蹤跡，「和你的狀況有點像。」

「咦？難道是小伍把他們轉移到安全地方嗎？」玖深想想覺得有這可能性。

「……看不出來是在轉移。」不是葉桓恩想貶低人，那個小伍雖然之前是虞夏的手下，能力也比同期好些，但好像不算精明，大概還得磨一段時間，「虞佟警官說必須先以最糟糕的情勢判斷，所以還是得先考慮他們已經落入那幫人的手上。另外他們離開前似乎接觸了人，但是在拍攝死角，並沒看見是誰，當時附近的員警們正在處理外來者，沒注意到有其餘可疑的人靠近。」這話用另外一種方式說，所謂沒有其餘可疑的人，就是他們身邊「熟悉的人」。

「唔……我馬上過去幫忙。」聽著對方的話，意識到可能是身邊的人做出來的事，玖深寒毛直豎。

「對了，你今天找到什麼？」葉桓恩不曉得眼前的同僚今天到底是因為什麼在外頭消跡整日，雖然沒危險都是好事，但這樣失蹤，實在是給他們多添了不少擔心。

「啊，是這樣的。」連忙翻出路上買來的錄音筆，玖深遞給對方，「我打聽到簡士瑋以前輔導過的對象，現在已經成年有工作了，對方提供給我一些證明，其中一件事就是當時簡士瑋曾有向她提過工作上有點問題，所以會暫時不去找她，似乎才剛說完就接到奇怪的電話，接著離開對方家中，沒多久就在路上遇到車禍。」

「奇怪的電話？」

「嗯，雖然沒有聽清楚，但那孩子當時有聽見類似不要傷害他們之類的話，而且車禍翌日她家就遭小偷……總之我覺得那起車禍應該沒有我們想的那麼單純，即使看起來眞的很像意外，也沒任何證據。」季承瑋提到這件事時，情緒相當不安，讓玖深更加認為有問題，「過了兩天，她就收到一封信，似乎是在事發前寄過去的，因為正好碰上假日，信假日過後才寄到，避開遭小偷那天。」玖深說著，從背包裡翻出郵件，遞給葉桓恩。

接過已經泛黃的信，葉桓恩看著信封，是補習班廣告信件的信封，看起來並沒有什麼特別，抽出裡面的信，卻是一封筆錄，上面還有簡士瑋和當時口供對象的簽名。

「這是賣痲糬的老闆當時的筆錄，當年老闆接受簡士瑋的詢問，回答過當日購買對象的形容，他那時記得很清楚，因爲那天在事發前後的時間裡沒有幾個客人買到這種盒裝的數量，上午都是散買的客人，只有一個人購買盒裝，後來聽說附近發生命案，他就提早打烊，似乎是因爲命案的關係讓他急著想看自己家人。」打開這份記錄時，玖深很驚訝，同時也搞懂了這件案子奇怪的時間點是出了什麼問題。

葉桓恩盯著上面的字句，不自覺皺起眉，「原來如此，難怪當時會是這樣的結果，那時候『他們』的判斷確實沒錯。」

「我在想，東風是不是已經知道這件事了。」玖深看著郵件，打從心底感覺很不安。東風肯定沒看過這份資料，但在嚴司家裡時，他震驚的樣子還刻印在自己的記憶裡，恐怕那時候東風不知道藉由什麼想通了很多事，所以後來才刻意脫離他們，這樣就糟糕了，「他之後都表現得太鎮定了，我怕他……」

「怕我去死嗎。」

玖深轉過頭，看見他們討論的人居然正從走廊另一端走過來，冷冷盯著他們看。

「我去找以前的同學，這些給你們。」走到玖深前面站定，東風將手上的提袋遞給對方，「還有後面那個……」

「喲！條杯杯在嗎！」尾隨上來的小海手上還拖了個人。

可能是已經習慣小海平常的舉動，這樣大剌剌地進來居然沒有被其他員警阻攔，任她將手上鼻青臉腫的人給拉進來。

「你們怎麼遇在一起？」玖深抱著提袋，愣愣地看著小海把手上的豬頭隨地丟開。是名青少年，已經完全被打暈了，手臂上有一些刺青，仔細看其中有傷痕記號。

「一太哥要老娘過來幫忙的，在路上碰到東風，正好有個傢伙在跟蹤他，就順手給他死。」小海聳聳肩，「然後東風說想要去一些地方，老娘就帶他去。」不然她原本是要抓一個灌一個，循線去逮那個安全帽臭女人。

玖深看看東風，有點訝異他們兩個今天的行動居然還滿相似的。

「你那些同學和學校的師長不是對事件三緘其口嗎？這樣是不是又浪費時間了。」葉桓恩記得這件事到最後，很多人都不提，或是遠走他鄉，造成調查上的困難，怎麼東風又轉回去找這些人？

「我知道他們的難處。」東風停頓了下，稍微喘口氣，「我換了方式問，玖深哥你等等把所有物件都檢查過就知道了。」

玖深打開提袋，看見裡面有一些檔案夾、記憶卡和光碟。

「這次，我請他們說該說的話。」看著一袋物品，東風緩緩開口：「就像當年，他們所說的那些，讓他們幫我最後這個忙，以後所有事就和他們毫無關係。」

他已經盡量憑記憶聯繫上一些還留在原處的人，打開門時，每個人的表情都很詫異，但在東風的解釋下，雖然有點遲疑，不過還是點頭開口。

「你果然已經確定了。」玖深還是覺得非常不安，而且那種感覺加劇了，連自己也說不上來爲什麼。

「……很多事情，其實我應該早就知道了，只是自己下意識逃避而已。」看著身邊的幾個人，東風從口袋中掏出卡片，遞給玖深，「這是最後一個地方，如果誰被他抓了，肯定都會在這裡，你們快點去布置人手吧，時間快到了。」

看著印有樓塔圖案的卡片，上頭貼著張便條、寫著一組地址，玖深連忙點頭，「我馬上去……你暫時先留在這邊吧，比較安全。」

「擔心你們自己吧。」

東風冷哼了聲。

□

「怎麼全都在這裡？」

才打算出來喘口氣整理思緒，虞佟轉過人較少的走廊，就看見一群人聚在同一個地方，而且其中竟然還有小海和東風，「玖深順利到了啊。」

「嗯嗯，東風剛剛給我們最後一個地點。」將寫有位置的便利貼遞給虞佟，拿著其他物品的玖深連忙往自己的工作樓層跑。

先把地址發出去給虞夏和其他人開始做準備，虞佟才開口：「這邊不好說話，到會議室吧。」雖然這條走廊平常來往的人不多，不過多少還是會有人經過，於是所有人轉移到附近無人使用的空間。

「對了，你剛才說的時間是……？」葉桓恩進到門內，立即轉回一旁的男孩。

東風從口袋中拿出手機，拋給對方。

接過面板全黑的手機，葉桓恩只看見上面有一排正在倒數計時的數字，約莫還有十多小時。

「那個就給你們吧，我另外換了手機，等等會把號碼傳給玖深哥。」東風說道：「根據尤信翔以前的習慣，他在最後時間快結束時還會來個卑鄙的手段……看你們的臉色，搞不好已經發生了，反正就小心吧。」

「除了我們之外，包括黎檢和阿因在內的其他人可能都已經在尤信翔手上。」虞佟沉下臉，不輕不重地開口：「還有楊德丞，到現在都還聯繫不上，餐廳員工說已經一整天沒見到他。」

「……」東風皺起眉，沒回答對方的話。

「這麼大的事情，條杯杯你應該馬上告訴我啊！」小海抓著手機，立刻走到一邊撥出電話。

「總之虞夏警官已經去追蹤了，如果你還知道什麼，請一併告訴我們，你應該也不想看見黎檢他們出事。」葉桓恩嚴肅地說著：「這不是你們的遊戲，是重大案件。」

東風沉默了半晌，盯著葉桓恩，「詹育倫的事情你們解開了嗎？」

「我們向第一名死者的妻子詢問，對方表示知道丈夫以前有女友的事。她證實婚後丈夫仍持續與詹育倫母親往來，因爲覺得丈夫行蹤詭異，所以請了徵信社來調查，同時查到詹育倫的確就是第一名死者的兒子，是在婚前就已經懷孕了。」虞佟站在一邊，將他們手上已經知道的事情告訴對方，「爲了徹底終止他們的關係，妻子向丈夫提出一個條件，就是他能按月給詹育倫母子一筆錢，但是他們母子是絕對不能與他們家有關，也不允許承認親子關係。」

家中擁有規模不算小的工廠的妻子雖然已經死了丈夫，但在警方面前並沒有特別表現出哀傷，而是帶著些許忿忿不平地說著如何怨恨那個男人因爲錢來追求她，事後又裝著一臉只愛她的表情掩蓋了外面那個女人與小孩的存在。

明明已經幫他生下兩個孩子，但男人在外的那個女人像是存心想要讓她不好過似的，不斷寄來孩子優異的成績和表現，讓她感到很煩惱，卻又不能讓自己的孩子們感覺到這種事情，她很盡力保護自己的小孩。

也想過要離婚，可是男人卻不願意，在外裝著多愛家庭的樣子，還用錢打發外面的母子倆，甚至買通什麼當地有力人士監視他們母子，不再讓他們接近這邊。只是在她看來，那個所謂有力人士也不過只是個驕傲自大愛攀關係的傢伙，不過反正男人想這樣玩，那也不干她的事，她只要自己家庭好就好。

沒想到這個人竟然還靠著她家工廠的關係，想偷偷在外面牽線、搶客戶獨立生意，甚至建立一個很相似的品牌，讓她父親忍無可忍將他趕出公司。

原本，男人留書出走時她還鬆口氣。

「另外那名老師，根據學校人所說，是非常熱血的類型，但經常過度要求學生，且利用各種手段與說法畫大餅誘使學生爲了成績或比賽拚命，致使很多學生追不上進度又無法調適想法，產生過大壓力、排斥去學校的反應，被家長投訴很多次。」翻著隨身的筆記本，虞佟繼續說道：「老師本身似乎私生活有些問題，雖然經常要求學生完美，不過他的生活好像一團糟，沒他自己在課堂上說的那麼理想，熟識他的朋友都口徑一致地表明他就是那種會利用別人去達成虛僞名聲和目的的人。」

「第四名婦人似乎與第一名死者的妻子交好，因爲是老員工了，對於妻子的家庭很熟，我們懷疑應該是她直接找上詹育倫母子，這部分妻子不願意證實，連談也不談，我們還在向周圍的人確認。大致上就是這些。」

東風支著下頷，思考了半晌。

「我們還在查找詹育倫……」

「這倒是不用找了，他就是火虎。」打斷虞佟的話，東風嘖了聲：「因爲你們已經剷掉組織大半的據點，削減很多勢力，他再不下手可能以後就沒機會報復。如果時間再拖久，可能其他剩下的幹部也都會出手，這點倒是能讓你們慶幸，他們目前可快速調動的人手和資源縮減到只夠火虎先出手。」

「果然是這樣嗎。」虞佟不禁想起虞夏最擔心的狀況，原本還希望火虎是另有其人。

「與其可憐他，不如先可憐自己吧。」東風瞇起眼睛，「我早就說過別牽連進來，你們怎樣都說不聽。」

「你這就叫姑息。」掛掉電話的小海正好聽見對方這句，便很直接地接上話，「老娘才不會放這隻嘎爪隨便亂爬，放著還不是到處害人，啥說不聽啊，你這才叫說不聽，別以爲你腦好就不用聽人話，那種害蟲就是要一腳踩下去轉三圈啦！」

「妳才不聽人話。」東風很不以爲然。

「小海說的也沒錯，另外關於蘇彰的事，等尤信翔這邊告一段落後，我們再一起聊聊吧。」虞佟看了眼手錶，自己離開已經有一小會兒，可能監看畫面的同僚在這時間裡還有找到些什麼，正在打他的手機，上面也傳來顧問縈正在趕過來的通知，「你就暫時先和小海留在這邊。小海，拜託妳了。」

「放心！我會連上廁所都跟著他！」小海握緊拳頭，很開心地回應虞佟的請託。

「……我去的可不是女廁喂。」東風看著精力旺盛的女孩，有點頭痛。

「老娘也不是第一次進男廁，別擔心。」經常在店裡把渾蛋從男女廁揪出來扔掉的小海，根本不在意廁所門口掛的是什麼牌子。

「……你們眞是夠了。」

四周一片黑暗。

從暈眩中恍恍惚惚地恢復意識，他先看見的就是黑暗。可能是入夜的關係，除了那種夜晚稍降的氣溫外，隱約能聽見外面有些蟲子的唧叫。

接著，是種不知道該不該說熟悉的腐臭味道，不過味道很淡，似乎隔了一段距離。

「喲，你睡得還真沉。」

閉了閉眼睛，等待新一波暈眩過去後，黎子泓才勉強抬起頭，轉向聲音來源處。稍一動就能發現自己坐在椅子上，完全不意外是被綁著的，身體與雙手都被綁得死緊，很難掙脫。

夜間的暗其實並不完全是極度的黑，過了一會兒習慣後，藉著外面的微光隱約看見室內的輪廓。這是個坪數不小的室內空間，附近也綁著其他數人。

隨著腦袋逐漸清晰、記憶重回後，他想起自己和嚴司被尤信翔「請」入鐵皮屋後，立即被埋伏的人以電擊棒擊昏，現在整個身體還在作痛，尤其是遭到襲擊的肩頸。

「他好像打你打得比較大力，我大概兩小時前就醒了，看你昏很久，算你倒楣，可能對小東仔的怨恨都打在你身上了。」

嚴司的聲音再度從旁邊傳來，讓黎子泓很不想去回應，不過眼下這種情況，也只能先把友人有點幸災樂禍的語氣給無視掉，「尤信翔呢？」

「大概是等得不耐煩，剛剛跑去吃飯了，說晚點回來，還眞有閒情逸致。」

隨著嚴司的回應，黎子泓聽見他那邊傳來一些細小聲響，接著就是一點光亮被打開，光並不強，只是小燈泡發出來的亮光，嚴司就靠著牆壁坐在一旁地上，身邊有個電池接的小燈泡和簡易開關，用手撥一下就會打開。

「有燈怎麼不開？」看著臉上有點瘀傷的友人，黎子泓環顧四周，立即發現不遠處的地上綁著幾個人，是虞因、楊德丞等人，目前失去意識，沒有任何動靜；這裡是廢棄空屋，似乎是建到一半便被捨棄的透天厝，全都還只是水泥鋪面的粗糙階段。他們可能是在客廳的位置，這裡的水泥隔間不小，旁側還有隔出的兩、三個空間與樓梯、電梯井。接著便沒看見其他人——連監視的人也沒有。

黎子泓轉回視線，疑惑嚴司身上爲何很髒，全身上下像是在地上打滾過似的，沾滿了髒污，而且不曉得是不是燈光太弱，他的氣色看起來相當不好，還有點冒汗。

「浪費電咩，你看看這些人只給四顆ＡＡ，還不知道會不會續顆。」嚴司是不在意待在黑暗裡，反正開燈也沒有美女看，「附帶一提，我剛剛檢查過被圍毆的同學他們，只是被打了藥昏睡，沒啥問題。」

因爲只有自己清醒，這狀況下，嚴司像是打發時間般先確認過己方人員的狀況。

除了虞因、聿和楊德丞、阿柳外，又攬和進來的小伍都被丟在這裡。這讓他有點期待虞夏被捆進來時的表情了，不知道龍的傳人能不能再度發揮眞傳把繩子給爆裂掉。

這感覺好有過年圍爐的期待氣氛。

黎子泓看著其他人似乎暫時沒有生命危險，稍微鬆了口氣，接著疑惑起爲何只有他被綁在椅子上，這個地方有椅子太過刻意了。

嚴司注意到友人想檢視狀況的動作，嘆了聲，「人很好地建議你，不用浪費力氣看了，那張椅子不知道他們從哪裡搞到的，是安天晴死時的那張，上面還有血跡。」他們都看過現場照片，他幾乎第一眼就認出來這張很不吉利的玩意。

「……你怎麼了？」黎子泓從剛才開始就覺得嚴司語氣亢奮得很有鬼，而且他並沒有像其他人一樣被綁死，只是手被很簡單地綁在身前，所以剛剛燈才能撥開，像是綑綁他的人完全不擔心他會逃掉。

「二房東沒那麼好當的。」嚴司笑了笑，聳聳肩。

聽對方沒有正面回應他的問題，黎子泓皺起眉。

「比起我，我推薦還是先看一下目前所在的觀光區，尤其幾個梁柱是重點觀賞位置喔。」

聽著嚴司的話，黎子泓轉向房內梁柱，平視時什麼也沒看見，低下頭時突然注意到邊角上釘著幾個奇怪的黑盒子，大概是一個半手掌左右的大小，「該不會……」

「我也是這樣覺得。」嚴司肯定對方的猜測，「剛剛想說摸看看，結果就發出繼續摸它會給你死的怪聲。」

「你可以動的話，快點把其他人弄醒。」眼下不是開玩笑的好時機，黎子泓用力扭動身體，發現椅子四腳完全被焊死在地面、文風不動，而他身上除了有尼龍繩的死結外，還有同樣被焊緊的細鋼繩——也就是只有他被固定在原地，其他人醒來的話該可以想辦法先離開。

「同學，你講這話就損了，看樣子也知道我現在動不起來。」嚴司有點無奈地說道：「其實我剛剛是被丟在小團體那邊，好不容易才換個位置。」

「你到底怎麼了？」從外表看，除了臉上的瘀傷外，黎子泓並沒發現對方有什麼外傷，但大多看不見的傷害遠比看得見的危險許多。

「我想可能是脛骨骨折了，穿長褲根本膧別人看不到的。」嚴司吸了口氣，說道：「不過剛才……」正想說他已經先做了些準備，輕微的腳步聲打斷原本寧靜的黑暗空氣，讓他馬上噤聲。

「終於醒了嗎？」

第三人的聲音響起，空間突然大亮。

黎子泓和嚴司立即瞇起眼，等待眼睛適應強烈白光後，才轉向慢步走進空間的人。

踏完最後一階樓梯的尤信翔，似笑非笑地看了嚴司一眼，然後靠在一旁水泥牆上，「有些人的活動力和生命力就是特強。」

「我也這樣覺得。」嚴司樂於回嘴，「特別是喜歡追在別人屁股後面的那種人。」

「如果你想要找麻煩的目標是我，就放走其他人，這和他們沒關係，主導徹查這件事的人是我。」發現椅子時，黎子泓多少心中有底，所以朝青年說：「你想說什麼我都會聽、也不會逃，沒有必要把事情牽扯到其他人身上。」

「喔？」

像是發現什麼有趣的東西，尤信翔離開牆邊，悠閒地踱到黎子泓面前，然後蹲下身，直盯著對方眼睛看，「你知道安天晴怎麼死的吧？」

黎子泓點頭。

「那種死法你不怕嗎？」尤信翔帶著微笑問道。

「我認爲我的膽量沒有那麼足。」黎子泓鎮定地回應。

「也是，不過已經決定好拿你來做一個結束，或者你要換其他人也行，自己挑個給我，看在東風面子上我放你一馬。」尤信翔站直身，又看了眼嚴司，「不想死就選一個吧，那我就保證你不會死。」

「這意思是，只要我繼續坐在這裡，其他人就會安全離開嗎？」可以感覺到旁邊友人的瞪視，但黎子泓不打算在這個時間點搭理對方，而是輕輕吸了口氣後繼續與尤信翔交談，「那麼，維持目前的狀態即可。」

「有趣了，沒想到還有第二個人講類似的話。」尤信翔笑了聲，重新打量起坐在椅子上的獵物，「上次那個叫向振榮是吧，用了假名，花了我一番工夫才查到他的底。那傢伙死不開口，鬆口就不至於慘成那樣了，估計即使傷口癒合，後遺症也不少。不知道該說你們這批人腦殘還是有勇氣，死別人對自己比較好吧，把自己塞進槍口裡不見得是好事，想想你的父母、親人，會哭喔。」

「從來也沒人說過這是好事。」黎子泓頓了頓，迎向對方挑釁的目光，「我只是選擇我能負責的那個結果。」雖然對不起他身邊的所有人。

「……先提醒你，活生生割開喉嚨可能比你想像中還痛。」尤信翔斂起笑意，瞬間變得面無表情。

「前提是你要割得到！」

身後爆出聲音並有人襲來時，尤信翔幾乎在同時抬起手擋到臉側，擋住了右方的攻擊，接著順勢往地上一翻，直接站起身。

站在身後的小伍立即再補一腳，依然被躲開。

尤信翔瞄了眼脫落在地上的繩子，大致可以猜到是誰搞的鬼，接著閃開身，後頭的阿柳也撲了個空。

「你們兩個手腳還眞緩慢啊。」嚴司嘆了口氣。虧他前室友還拖時間讓尤信翔盡量背對人質，居然雙雙突擊失敗，讓他深感扼腕。

「藥效還沒退啊！」阿柳白了眼渾蛋，甩甩仍有點暈眩的腦袋，他的四肢到現在還在發麻，而且還有爆炸那時受的傷，能站起身已經很勉強了。

小伍沒有接話，抓緊時間撲上前，在尤信翔閃避還沒站定前一個旋踢過去，不偏不倚踹在腹部，把人給踢到牆邊去。

「不准你對大家下手！」

槍聲打斷小伍未竟的動作。

持槍走上樓梯的火虎，毫無猶豫地朝小伍開了第二槍，讓阿柳停下動作，接著緩緩脫去安全帽，年輕的面孔轉向撫著腹部的尤信翔，「你在幹嘛？他們醒太早，你調整過藥？」

尤信翔聽著冰冷的語調，笑了聲：「沒事，打發時間，東風沒來我很無聊。」

火虎冷眼看著正在檢視小伍傷勢的阿柳，然後吹了記口哨，底下又上來兩、三名青少年，其中一人把手上箱子拋給阿柳。

摔在地上的塑膠箱滾出一些紗布和藥物，阿柳責難地瞪了眼開槍的人，連忙先按著小伍的肩膀幫他止血。可能是刻意要留他們的命，小伍只被第二發擦過肩膀，另一槍打在牆上。

看著上來的人，確實是詹育倫，黎子泓沉默地在心中盤算那些案件，正想開口詢問，眼前突然一黑，接著劇痛從頭部炸開。

「住手！」看那個火虎竟然直接用槍托往黎子泓頭上砸下去，小伍非常憤怒：「有本事就打我！不要打受傷的人！」

「就是要打他啊，你們作怪一次就算他的一次。我記得他和那邊那個虞因頭都受過傷，你們可以試試這兩人有多耐打。」尤信翔點燃細菸，很無所謂地說道：「對了，提醒你，你女朋友還在外面買點心，年紀輕輕的別讓女朋友傷心，閉緊嘴巴吧。」

只想撲上去咬死對方的小伍被阿柳給按住。

坐在一邊的嚴司看著黎子泓垂下頭，一絲血紅順著面頰拉出，並沒有吭聲。

將小伍包紮好後，幾名青少年重新把兩人綁好，火虎從箱子裡翻出針筒和藥劑，給還想抵抗的兩人各一針，很快地，小伍和阿柳再度昏睡過去。

「爲啥你刻意要讓我醒著？」嚴司勾起唇，盯著尤信翔。

「我大概可以猜到東風爲什麼會跟你回家，因爲那個原因，你就坐在那邊看到最後吧，對你這種人最有效了。」將抽到底的菸枝扔出沒窗戶的窗口，尤信翔抓住黎子泓的頭髮，將對方的臉仰起來，「那個叛徒這麼信賴你們，眞是讓人不爽。事情原本不應該是這樣，和他站在一起的人本來就不是你們，什麼出去玩、去誰家吃飯，那些根本都不是你們的位置。」

正要回敬對方的怒氣轉移他的注意力，嚴司還沒開口，整個房屋裡突然閃爍幾下，照亮空間的蒼白燈光黯淡了下來。

尤信翔鬆開手，轉向火虎，「去檢查看看怎麼回事。」

話才剛說完，燈光突然又是一閃，再度亮起時，周圍幾名青少年突然倒吸口氣，微暗的燈在水泥牆上照出道奇異倒影，半灰黑的影子有些駝背地屈身正對他們，下一秒卻突然消失。

「誰准你們碰他。」

尤信翔猛一轉身，看見不知道什麼時候清醒的虞因就站在原本躺倒的地方，表情森冷地看著他們。

火虎抬起手，槍口直接對準虞因。

燈光再度一閃。

瞬間，他似乎看見一張男人慘白的猙獰面孔出現在自己眼前，即使下手再怎樣凶狠，火虎還是反射性稍微向後退開半小步。但就像錯覺般，燈再度亮起時，眼前什麼也沒有，虞因還是動也不動地站在原地。

「……你又是什麼東西。」尤信翔瞥了眼頂上不斷跳動的燈管，也抽出槍枝。

「不准、你們再、欺負他——」雙眼幾乎染紅的虞因發出的聲音非常低沉怪異，像是沒看見正對自己的威脅，憤怒地低吼。

近似動物的嘶嚎聲迴盪在室內，火虎毫無猶豫，直接扣下扳機。

子彈並未如他們想像般穿過虞因胸口，扣扳機後，槍枝發出詭異聲響，原本該擊發出去的子彈竟然硬生生卡彈。

尤信翔扔開同樣卡住的槍，瞇眼看著已走到黎子泓身邊的虞因，不曉得如何解開身上所有繩子的大學生，似乎對其他人沒有絲毫興趣，沒特別救援身邊的人，只將注意力都放在黎子泓身上，動作有些笨拙，但卻相當小心地按住他頭上的傷口。

因爲行動太過詭異，不只火虎，周邊幾個青少年竟一時之間沒人上前阻止。

還算熟悉這種狀況的嚴司無奈地搖搖頭，不太期待這個人會救他們，「你給我快點離開虞因，別害他。」

虞因微微側過頭，惡狠狠地瞪了嚴司一眼，「……必須……保護弟弟……」

「那你折衷去選其他人，最好是剛剛敲你弟的那個，然後直接往他腦袋上來一槍。」嚴司很熱心地提供對方一個附身好去處。

燈光再度閃了下。

「雖然早知道會有這方面的事，不過你們太肆無忌憚也很麻煩。」尤信翔朝虞因走過去，完全不在意地從口袋中抽出個東西，隨著他的動作，細微的銅鈴聲從手掌中傳來。

嚴司看見青年手上取出的是個有紅繩結的花紋小銅鈴，上面掛著一塊小木牌，似乎有點年代的老舊木牌上，不知寫了一堆什麼，反正畫得密密麻麻的，加上黑紅的顏色看了讓人感覺不太舒服。

「虞因」盯著那塊東西，臉上浮現厭惡的神色。

「死了就死乾淨點，不要來礙活人的事，滾！」

室內光源瞬間消失，不論小燈或大燈，整個空間剎那陷入伸手不見五指的極度黑暗。

黑暗中，所有人都聽見了不屬於任何活人的嚎叫聲，那聲音來自於腳底，從深處憤怒地湧上，然後消散。

數秒後燈光再度亮起。

尤信翔拽著已重新昏過去的虞因，丟回原本的位置，「一群麻煩的人。」

「我說你們啊……」

隨著嚴司的聲音，尤信翔看著勾起冷笑的人。

「當心會被報復喔，各界的。」

□

休息室的門被敲了兩下。

然後，被人開啓。

原本正在翻看手上資料的東風坐起身，疑惑地看向走進來的人。

剛剛小海說要出去弄個喝的就把門從外面鎖了，好像還弄個什麼請勿打擾的牌子，沒想到會有人跑進來。

眼前人平常和他並沒有什麼交集。

「你是……王克桎。」東風揉著手臂，記得這個人好像最近退休了，還在辦理一些尚未完成的交接。之前在葉桓恩的案子中，這個人也算主要參與者，看來似乎目前仍私下在協助組織相關事情。

「你們人好像出了很多問題，小葉都忙得轉不過來了，反正我也是閒著，幫忙看顧前後。」王克桎踏進休息室後皺起眉，「冷氣開這麼冷。」

「……冷氣沒開，從剛才開始就這麼冷。」東風重新蜷起身，往手掌哈氣。小海離開休息室後，不知道爲什麼突然冷了起來，他還在想是不是空調故障，不過勉強可忍受，就打算等小海回來再讓她找件外套，「你要找其他人的話自己過去，不要來煩我。」

好像聽見休息室裡有什麼奇怪的小聲音，王克桎環顧了下，沒看見會發出聲響的東西便重新轉回視線，「既然你是這件事的中心點，那……」

「欸？王警官怎麼也在這？」

聽見熟悉的聲音，東風抬起頭，看見身上還有不少包紮痕跡的向振榮拄著拐杖走進來，讓他反射性往沙發裡縮去。

向振榮笑了下，然後朝王克桎開口：「好久不見。」

「你們學長學弟不知道是什麼運勢，一個接一個受重傷。」王克桎看著向振榮還不太俐落的行動，想著對方八成是從醫院溜出來的，便搖搖頭。

「我覺得應該是走好運的氣勢，這樣我們都死不了，真的很不錯。」向振榮繞過人，走進低溫的室內，「我學長在外面，王警官要不要先過去，顧檢來了，他們正在談事情。」

王克桎沉默半晌，「那你們小心點。」

等王克桎離開後，向振榮才將門關上，踱步走向沙發邊，好笑地看著低頭想把自己塞進沙發裡的東風。

「我現在狀況不太好，不方便蹲下，我們好好坐著說話吧？」向振榮小心翼翼不牽扯各處傷口地坐到沙發空位上，將拐杖放到一邊，「你應該不會介意朋友長得不太好看吧？」

東風微微側過頭，有點疑惑對方問句的用意。

「我還想繼續交你這個朋友，不過如果這臉的疤痕沒消，大概出門會讓人覺得像混道上的，你不會介意吧。」向振榮摸摸臉上貼著的幾塊敷料，雖然現在沒有前陣子木乃伊狀態那麼慘，但離復元也還有一段時間，更別說臉上好幾道刀傷可能會就這樣留下了。

「不會，可是……」

「那就太好了。」向振榮呼了口氣，笑笑地開口：「你應該也不會介意當伴郎吧？」

「不……咦！什麼！」東風愣住，瞪大眼睛看著旁邊的人。

「我覺得你的顏值很高，當伴郎應該滿帥的，不過反串當伴娘好像也行，看你喜不喜歡裙子了。附帶一提，我看老大他們換西裝肯定都很有料，所以之前他們集體內疚時，我就把招待啊、司儀什麼的都敲定。我女朋友喜歡看帥哥，她應該會很滿意。」爲了搞定這批學長和檢座，向振榮之前還拚著口氣在重傷剛清醒時要床邊所有人發誓都會來婚禮幫忙，只差沒讓他們全押手印存證。

「……」東風覺得自己完全跟不上對方的話題，而且他有種錯覺這個人好像在利用受傷這件事情要脅其他人賣身。

「那就這麼敲定了，到時我會發通知給你，記得要給我手機、地址和其他聯絡方式。」向振榮伸出手，揉揉東風的頭，「啊，你這次沒有那樣了。」

「？」東風愣愣地看著人，下意識開口：「哪樣？」

「之前你很清楚地說『不要碰你』。」向振榮咧開嘴。

東風用力撥掉對方的手，急忙站起身，離開沙發。

看著對方的動作，向振榮緩緩說道：「……你覺得我不夠格當你的朋友嗎？」

「不是那樣……」東風握緊拳，渾身緊繃。

「比起尤信翔，我的確是普通人。」向振榮有些遺憾地說著，聳聳肩，「沒有那種能夠跟上你們思考速度的智商，可能也弄不出新鮮有趣的事情，說起來好像還真的不夠格，感覺有點像是想逾矩和不同層次的人往來……」

「不是你說的那樣。」

東風打斷了向振榮的話，握緊手臂，低下頭，「問題出在我身上，就像之前『那個人』說過的，我只帶來死亡……所以不夠格擁有朋友的人是我，和你們沒有關係。我……想要能待的地方……可是沒辦法……」

他想得很簡單，一開始想得太過簡單，所以造成這種後果。

只是單純想要一個棲身之處，卻在不知不覺時，他們都已經離不開那座封閉的高塔。

想要抓住點什麼，張開手卻只能在上面留下不同人一次又一次的鮮血。

受傷、死亡，然後受傷、死亡。

「和你們沒有關係……爲了所有人好，不要再靠近我……」

不夠資格的人一直都是他。

向振榮並沒有立刻回應對方的話，思考了半晌後才開口：「這樣吧，我打算不告訴你我的眞名了，我就印在喜帖上，如果你想知道就自己開口要，如果你沒興趣，當然也不會繼續對你死纏爛打。名字啥的你想查就去查，但我的狀況比較特別，保證你查不到，學長他們也不會告訴你。」

「你——！」

看著好像眞的有點生氣的小孩，向振榮皮皮地挑眉，反正吃定了對方不至於出手揍他。

就在東風自己也不明白何必動氣時，休息室的門再度被推開，幾乎同時，他突然覺得室內似乎有什麼急速散去，反射性回過頭卻什麼也沒看見。

「怎麼多一個？」

歪著頭，拿著兩杯飲料的小海疑惑，「沒買你的份喔。」

□

葉桓恩拿著一疊紙張打開休息室，相當訝異他家學弟竟然會出現在這裡。

「你……算了，等等我叫車送你回去。」不用問也想得到他這學弟應該是聽到什麼風聲，才會勉強自己跑出來。沒好氣地瞥了對方一眼，葉桓恩才轉向東風，並將手上的紙張遞給對方，「虞佟和其他人已經出發了，早先到達所謂『祕密基地』的虞夏警官等人回傳了狀況，那裡是個回收場。根據能查到的資料，回收場建立已有七、八年了，那裡原本是私人土地，十幾年前整地要蓋家族私人住宅，但業主因官司纏身賠光產業，蓋到一半的三棟透天樓房跟著棄置了，直到七、八年前被買下來，連同附近幾塊土地一起改成大型回收場；建築物都還保留著，只是那邊遠離住區，平常沒什麼人煙，所以沒人發現那邊有什麼問題。」

東風點點頭，「那裡附近以前都是空地，沒什麼住家。」他們當時是因爲打發時間亂搭公車，才會剛好發現那些無人的建築物，便將那裡作爲祕密基地，反正附近幾乎完全沒有人煙，多的是農地和一些私人土地。

「你已經去過了嗎？」向振榮聽對方的回應好像不怎麼意外。

「去過一趟，但是進不去，他們人比較多。」評估周圍狀況，知道憑自己的力量，是無法抵抗尤信翔手邊那些人，不然東風也不打算來這邊警告他們。

「老娘人可以比他們更多。」輸人不輸陣的小海立刻拿出手機，「要圍大家來圍。」

「這倒是不用，警方已經出動了。」深覺黑道加入可能只會把事情搞得更亂，葉桓恩搖搖頭，拒絕小海的好意，「隨便插手可能會破壞虞警官們的布置。」

「唔，不然老娘先讓些小的在附近待命好了，以免有啥個失角差。」小海想想還是不太放心。那些小屁孩都是腦殘拚命的，誰知道這類傢伙會搞出個什麼萬一。

東風翻完手上的紙張，再次從沙發上站起，「我也要去。」

「你……」

「不用說廢話，你知道我會去。」直視想要阻止他的葉桓恩，東風淡淡開口：「就像你的事情一樣，虞佟讓你留下來不是沒原因的。」

葉桓恩瞇起眼，「你怎麼知道虞警官要我留下來。」

「你不是狙擊好手嗎。」東風冷冷笑了聲：「但你卻還在這裡，沒和他們一起出發。」那就表明，與其借用他的能力，不讓他去現場的「理由」更為重要。

「學長，你不會幹傻事吧？」聽著東風的話，向振榮內心浮起不太踏實的感覺。

「我還有什麼事好幹，當初殺他的凶手已經抓到了，你們實在是多心了。」葉桓恩失笑說道：「算了，虞佟警官也說過攔不住你，即使關著，你應該都有辦法自己離開。要去也可以，你必須待在車上不能離開，而且爲了讓大家安心……」

東風看著葉桓恩從口袋中拿出手銬。

「你可以選擇和我銬在一起，或是銬在車上。」葉桓恩將手銬拋給對方自己做決定。

「……車上。」東風嘖了聲。

「安啦，老娘也會在旁邊看著，有人殺過來，老娘就殺掉他們。」因爲有虞佟的請託，小海發誓要使命必達。

看他們似乎想準備出發，向振榮拿過拐杖，「那我也……」

「你回去休息！」

「你回去！」

幾乎同時，向振榮遭到他家學長及東風異口同聲地轟人，讓他有點無奈地抓抓頭，想想只好折衷開口：「我在這裡等你們回來，否則不放心。」

東風拿好背包，頓了下，轉向葉桓恩，「王克桎也和虞佟他們過去嗎？」

「對，克桎大哥剛剛同車過去了，不用擔心。」葉桓恩點點頭，「雖然這裡只剩玖深和顧檢，不過安全上沒問題，我們警力也不是擺好看的，要有點信心。」

「……算了，走吧。」拿著手銬，爲了讓其他人安心，東風很認命地先把一頭往自己手腕上按去。

「出發吧。」

「祕密基地」的所在地，離他們出發的警局約一個小時左右的車程。

一路上，坐在副駕駛座的東風什麼話也沒說，單手銬在車邊低頭思考事情。葉桓恩瞄了眼外頭，執意自己騎車的小海幾乎就並行在外頭，讓他很想叫對方不要騎這麼快……外面那個煞氣的野狼從一出門就沒落下，車速完全可以和他比拚。

而且還闖紅燈。

「……你學弟到底叫什麼。」

開到一半時，葉桓恩突然聽到旁邊傳來有點糾結的問句，他才意識到東風居然是在思考這件事。「他沒說嗎？」

東風搖搖頭。

「那就等他告訴你吧，學弟做事有自己的方式。」雖然不知道他家學弟怎會沒講，不過葉桓恩認為對方應該有理由。

「他說查也查不到，他狀況有什麼特別嗎？」因為對方說得太有把握，東風才更覺得奇怪。

「這我就眞的不知道了，不過如果他這麼講，應該就是這樣，你還是問他本人比較好。」葉桓恩認識那名學弟也不短時間，但還是第一次聽見查不到這講法。換個方式說，因爲認識很久完全知道底細，所以根本沒什麼查找問題。

東風皺起眉，再度陷入沉思。

到達目的地時，外面已有一層警方布置。

回收場的佔地比資料上登錄的近千坪還要更大，外圍有一層厚實的圍牆作爲與外界的隔離，牆外與牆頭布滿鐵絲防止小偷或有心人士入侵，裡頭不但各種類型的回收物堆積如山，還有幾座較小的廠房與機具圍繞在原本廢棄的三棟連排的透天厝外；除了透天建築物某一層有光亮外，其他地方沒有任何燈光，空氣中飄著混合各式回收物的氣味和某種說不上來的臭味，讓這地方看起來相當陰森。

葉桓恩將車停在外圍勤務車邊上，向附近員警打了招呼，很快就看見虞夏走過來。

「還沒進去嗎？」看著現場包圍的警力，葉桓恩有點疑惑，「外圍似乎沒看見組織的人。」

「回收場裡全都是這些東西。」虞夏朝對方抛出個袋子。

葉桓恩接住袋子，也讓車裡的東風看見裝在裡面的物品。是個黑盒子，已經被打開了，盒子裡有電路板還有一管不知名液體，正在流動著詭異的深紫色澤。「炸彈？」他還眞沒見過這樣子的東西。

「有好幾種，裡面裝的東西都不太一樣，這個是我在廠房裡拆的。」先到達的虞夏還沒進入回收場就發現外圍地面塞滿不少這些東西，盒子雖然不大，但很密集，「裡面雖然沒有看見成員，但那些廠房與機械、車輛上也全部都是這玩意，有些插在汽油桶上。鐵絲網和圍牆這邊有一種比較大的，打開裡面有鐵釘、鋼珠，要特別注意。」

「他們哪來這麼多炸藥。」葉桓恩嘖了聲。

「這裡是大型回收場，誰知道他們從這裡面收走或是收購多少可以當原料的東西。」不是只有一般的紙類、鐵鋁罐，虞夏看見更多電腦與３Ｃ家電，以及各種不明物品，在廠房中有找到一些被銷毀的殘餘紙片，上面有些進貨品名已經被塗掉了。

「倒也不一定要大量的炸藥。」趴在車窗上的東風看著那袋物品，「他們也做毒氣類型的爆裂物，室內應該都是這種較多。」

「嗯，我們正在等拆除小組清一條安全的路出來。」虞夏接回袋子，說道：「現在這裡不全是我們做主，指揮也不是我，來了很多人和小隊，如果有人問話……」

「我不會回應任何人。」東風坐回車內，冷哼了聲。

已經停好車輛的小海坐進駕駛座，順勢接過葉桓恩的車鑰匙。

「小心點。」

目送著說完話的虞夏和葉桓恩離開車邊，東風將車窗給關上。

附近員警很多，而且似乎察覺到不對勁，尾隨而來的媒體不在少數，但都被攔在有些距離的道路外。

「安啦，我也有小弟在附近，有事會馬上殺進去。」小海看著外面來來往往忙碌的大量條子們，說道。

沒有回答小海的安慰話語，東風傾身往後座想拿自己的背包，不過一手被銬在車上，一拉扯發出幾個聲響，還是搆不太到後面的物品。

看對方笨拙的樣子，小海把人拉回來，「我拿。」說著，她就整個往後座爬過去，去拿那個不知道爲什麼塞在最後面夾縫角落的背包。

才剛抓住背帶，一股劇痛突然從她身側傳來。

來不及怒幹出聲，小海整個人就倒了下去。

靜靜地看著對方暫時無法動彈，東風回頭摸摸手腕上的手銬，接著將手一抽，輕輕鬆鬆脫離了冰冷的圈環。

葉桓恩失誤的一點就是：他忘記對方太瘦了。他們看東風將手銬安上就放心、沒再檢查，但是操作的人是東風自己，控制大小以方便脫離就是那瞬間的事。

東風爬過小海，把電擊器收進背包裡，然後拉起擋風玻璃前的遮光板，趁著外面員警來來去去不太注意這邊時離開車輛。

「對不起。」

然後，關上車門。

# 10

深夜兩點。

「來了。」

原本坐在一邊閉眼休息的尤信翔睜開眼睛。

靠在椅子邊的嚴司跟著轉過頭，果然聽見微小的聲音從樓下傳來，像是有人正以非常緩慢的腳步沿著階梯爬上來。

「不是我想說，小東仔體力很差，建議下次要裝個電梯——畢竟都有電梯井了，你們這是六樓透天，叫他爬到這一層他可能會暴斃。」打發時間時，嚴司已從對方口中知道這是第六層，從窗戶口看出去也差不多是那種高度。

「電梯井有別的用處，從地下室到一樓都是封死的。」尤信翔懶洋洋地笑了笑，接著站起身。

抬槓的這段時間，嚴司聽見下方傳來電子儀器嗶嗶了兩聲，接著某種東西打開，稍微停滯的腳步聲才再度傳來。

嚴司邊想著原來有機關，邊看見眞的差點走到暴斃的人氣喘吁吁地扶著牆壁走到這層，大概因爲太累，後面幾階走不太動、停滯住了，站在樓梯口的火虎乾脆下去把人給拖上來。

整個人喘得透不過氣，第一時間說不了任何話的東風直接坐在地上，過了好一會兒順氣後才重新努力站起身。

「看來我也不用特地殺你，你就自己會死。」尤信翔帶著笑容，慢慢走過去，在東風面前站定，上下打量著幾乎見骨的虛弱身體，「這體力眞是差得不行。」

「……是啊。」摀著還在作痛的胸口，東風又吸了口氣，才環顧這層室內或坐或躺的所有人，視線沒有特別停留在背對他的黎子泓身上，很快就轉回尤信翔，「所以想解決我不用大費周章裝滿這些東西。」說著，他鬆開手，讓手中的黑盒子咚的聲掉落地面。

「拆一個其實沒什麼用，我安裝的量足夠把這三棟透天夷爲平地。」看也不看小盒子，尤信翔從口袋取出菸盒，敲出菸枝後點燃，白菸拉出細線在空氣中飄散後，他才再度開口：「我知道你來過，也知道那時候你自認做不了什麼又離開。」

「啊啊，實在沒辦法。」東風打開手機，抬起手，讓對方看見手機上顯示著卡片樓塔圖案的畫面，「不過倒是讓我確定這個是幹部的通行證編碼，給那些監視器掃過才可以從藏在後面圍牆裡的小門走暗路進來。」

「雖然想問你實體呢，但答案應該是給條子了吧，我得小心那些警察隨時會衝上來。」尤信翔面色不改地回應。

相較於尤信翔，一旁的火虎在看見東風手機上的圖案時露出明顯怒容，「你把幹部卡給這個人？組織的規定……」

「他是自己人，不是嗎。」抬手讓火虎閉上嘴巴，尤信翔吸了口菸，「Laceration一直是留給他的。」

「我從來都不是你們的人，『祕密基地』最開始只是爲了要給和我們一樣的人一個喘息的空間，讓所有人彼此照顧，能在那裡面成長，而不是像你們這種報復和殺害他人的組織。」東風搖搖頭，冷冷看著昔日友人，「所有的運行系統、一直到商業連結與拓展規劃，全都是爲了那些而設計的。所謂的組織只是盜用我們最初始的夢想，兩者無法畫上等號，也永遠不相同。」

尤信翔伸出手掌，輕輕放在友人頸上，「你已經否定並掐碎掉那個夢想不是嗎，你選的是……」

「那是你選的。」東風並沒有掙扎，非常鎭定地迎向對方的目光，「你不可能忘記那時候我說的話。我說的是：『現在的我，暫時無法和你一起走，因爲我還小。』」

「這是藉口！事實就是你只想和安天晴那些人混在一起，早就忘記什麼計畫，滿嘴都是藉口！你選了她！而不是我！叛徒！」尤信翔用力收緊拳頭，失控地咆哮怒吼：「到現在還想說謊，難不成要割掉你的舌頭才能讓你乖乖實現承諾嗎！你發誓會將這個祕密基地改成新天地的諾言呢！」

發洩般地吼完，他才甩開手，讓咳個不停的東風呼吸新鮮空氣。

東風咳了好半晌，艱難地找回自己的聲音，拚著一股氣朝對方吼回去：「……尤信翔，那時候我才十一、二歲耶！你有沒有搞清楚狀況！你畢業就成年，我不是啊……對！我很喜歡安老師和那些同學們，甚至我覺得不用到祕密基地，就留在那邊長大也可以！我也想要你可以融入他們得到快樂！還有計畫從一開始就是你畢業成年後你得先去準備，然後我畢業就跟上！我說我還小暫時跟不上是哪裡不對！那個年紀我家裡會拚起來找我你曉不曉得！」

「又找藉口！事發之後你不是很快就搬出去嗎！你家裡有這麼放心嗎！」尤信翔也跟著狂吼。

「我完全搬出去是三年後的事，十四、五歲和十一、二歲的差異你懂不懂！十四、五歲可以拿錢找人頭幫忙租房子，十一、二歲你找鬼幫你租啊！你記不記得我就算十一、二歲看起來還是比同年齡小啊！我從來沒有說過我不選你！只是我那時候很小！」吼到自己一口氣提不上來，東風又是一陣劇烈咳嗽和頭暈目眩。

「先背叛的你還有什麼臉對我生氣！」尤信翔摔掉菸枝，也很怒。

好不容易止住咳嗽，東風抬起頭，狠狠瞪住眼前的男人，「爲什麼我不能生氣，所有話都是你說的。我根本不在意你的暴力行爲，那是我一直容忍的錯，但是你……」伸出手，他用盡力氣走上前，抓住對方衣服，手指緊到衣服被絞緊捲綯，視線逐漸模糊了起來，「你爲什麼要害死老師……明明只是好好講清楚的事情……」

明明，只是可以輕易講清楚的事。

東風閉了眼睛，感覺到燙熱的液體從眼角順著臉頰滑落。

「爲什麼因爲這種事和別人害死她……」

「別人？」

氣氛凝滯，坐在一旁始終沒開口看兩人爭吵的嚴司皺起眉，「安天晴……啊！」刹那間，他完全搞懂這件事不自然的地方。

「……你知道了嗎？」

所有怒火瞬間全部平息下來，尤信翔靜靜看著友人。

「那個房間裡，有三個人。」東風緩緩鬆開手，用力擦擦眼睛，「我重新問過作證的人，他們發誓你在下午之後確實出現在校園裡，也有監視畫面佐證，但是中午前後肯定是在老師那邊，你在中午前後沒有不在場證明，而且前一天有人聽見你和老師約定中午要過去詳談。你在老師那邊想抽菸才會有餅乾，你的盤子一開始裝的是餅乾，你吃掉之後老師另外給了塊蛋糕……估計是在這時候被你攻擊的，接著你去外面抽菸；第三個人帶著某種理由過來，你們肯定打了照面。隨後他倒掉紅茶，擅自泡了水果茶，是在你回到校園這段時間做的。茶包不見的原因或許是他自己動手泡，上面可能留下痕跡，老師盤子裡的餅乾應該也是他吃的……」

那些證人的時間點一直對不起來，就是因爲多了一個人。

但是當時東風咬死認爲是尤信翔下的手，許多證據也表明與尤信翔有關，而他還用盡各種方式和後台來掩蓋，警方爲了省事打算讓事情過去，這種鑽牛角尖的心態反而讓東風忽略最簡單的事實，甚至視而不見警方的判斷。

「安天晴是被跟蹤狂殺死，不是你，你只是共犯。」

東風低下頭，看著地上孤獨的倒影，「所有事都是我的錯，包括我要安老師的媽媽別放棄……害她到死前都那麼痛苦，我讓愛老師的人們受到二次、三次不只的傷害，很多人因此擔心受怕，還有簡士瑋爲了幫我找更多證明而遇害，現在身邊的人也爲了這件事被傷害，向振榮還差點看不見他的小孩，全部都是我的錯……你說的沒錯，全部都是我害的。」他貨眞價實就是帶來死亡的那個人。所有事情起因都是他，以及他的不肯放手。

只要他沒有堅持追究、他沒有容忍過尤信翔、他沒有貪戀安天晴和那些學生的好、他沒有架構基地藍圖、他沒有去小公園、他沒有想要什麼朋友——他不要去想那些，也不要向外伸出手，所有事情都不會發生。

很多人說的都沒錯，只要他不要多事，就好了。

慢慢轉過頭，他看向一邊的嚴司，「不夠資格再擁有其他人關心的人是我，我不想再害人了，也不要再有什麼朋友，爲了所有人好……」

「那樣才不好！」

從嚴司附近傳來虛弱的聲音，打斷東風的話。剛清醒、稍微聽到後頭那些話的虞因，努力地掙扎想爬起來，身邊其他人也緩緩從藥效中陸續恢復意識。

好不容易讓自己蜷著身體半跪起來，能看見樓梯附近的幾個人，虞因其實還沒完全搞清楚狀況，但聽著東風那些話就是想開口：「我也犯過超多次的錯，我也害過別人……但是我還是想要朋友，我想要身邊的人都在，我想要我出醜時身邊的人可以拉我一把。」

「你……」東風愣了下，沒立即打斷對方的話。

「我可以陪你去道歉，你覺得你錯了、對誰有愧疚，我就陪你去向誰道歉，跪地磕頭都陪你，反正我快畢業了，你要去跪多少人我都陪你去，受害者或家屬抓狂要打人我也陪你被打。」用力吸了口氣，虞因說道：「但是我想要朋友，我們也想要你有朋友！」

「我大概沒臉皮陪跪，幫你們準備賠禮還是有辦法的。」躺在一旁的楊德丞從初甦醒的狀態下呼了口氣，他還沒睜開眼睛就聽見旁邊有人在嚷嚷，只好跟著表示一下，「阿司那不要臉的以前也賴我幫他準備過。」

「阿因不耐打……我可以陪你。」靠在虞因身邊掙扎起身的聿，淡淡看過去一眼，低聲說著。

「我是可以告訴你們怎樣跪膝蓋負擔比較小啦。」躺在一邊的阿柳深深覺得好像不干自己的事，他連自己爲什麼會被當成主力拖過來這件事都感到很冤。

「聽到這些話，你是不是該笑一下啊，朋友。」嚴司瞄了眼還在滴血的衰尾友人，「汝家之子已長成。」

「……」黎子泓只覺得腦袋陣陣劇痛，並不想回答旁邊那傢伙。

尤信翔看著眼前這批人，然後注意到東風正在盯著這些人看，方才那股稍降的怒火突然又升了起來。

「你們還要自認爲是他朋友多久?」尤信翔說著,直接走過去,一腳踹開嚴司,抽出刺刀、用力抓住黎子泓,「和安天晴一樣,你們還想自以爲優越多久!那天那個女人不要臉地說什麼要我放棄我們的夢想、別再因爲這種想法將東風拖下水,往後她會好好繼續陪東風下去……她到底有什麼資格講那句!她有什麼資格對別人的夢想說三道四!她不是我們!」

「所以,你才擊暈她。」被迫仰頭看著上面那張憤怒扭曲的面孔,黎子泓淡淡地說:「你從背後襲擊她。」

「對,我原本只是想給她教訓,然後有人要幫我讓她永遠消失,當然就讓她再也開不了口。」俯瞰著下方竟還不透出恐懼的臉,尤信翔憤怒地將刀鋒抵在對方喉頭,拉出一條血線,「從頭到尾,了解東風的人只有我,你們這些虛僞的人根本——」

話還沒說完,一股衝力直接將尤信翔給撞開。

「說了幾次不要欺負黎檢!」一直在等待時機的小伍張開嘴巴,用力往尤信翔手上咬,兩人頓時扭打起來。

見狀況失控,火虎在東風跑過去幫忙搶奪刀子時打了個響哨,卻發現原本應該在底下的幾名青少年沒有回應,反而是陌生的影子隨著嗶嗶聲翻上來,一上來就對他開槍。

同樣看清楚翻出來的人之後，嚴司只想在混亂中來個感言，「今天眞是什麼牛鬼蛇神都到齊了。」

握著從那些青少年手上取來的黑槍，再度朝火虎開了第二槍的是早先從他……喔不對，從警方眼皮子底下逃逸的殺人犯。

不知道哪裡竄出來的蘇彰朝火虎開了第三槍。

「我先聲明，不是要救你們。」

蘇彰噙著冷笑，毫不遲疑地大步往前，把剩下的子彈都打在火虎身上，看對方身體沒出血就知道有防彈衣，但這種距離下，皮肉痛總是有，「我找這組織的高級幹部有事，特別是這兩個。」

被打翻在地的火虎下一秒翻起身，甩出刀子就往蘇彰身上捅過去，另一手握住黑槍，還沒擊發就被對方打飛。

趁著牛鬼蛇神們開幹的當下，阿柳急忙轉過身先幫虞因兩人解繩索。幸好他常常和玖深比賽解繩結，爲了贏玖深那小子所以他練習得很勤奮，就算只剩單手或顚倒過來打死結都難不倒他。

被解開後，虞因和聿抓緊時間分工幫忙解開其他人。

虞因才剛解開嚴司手上的第一圈繩索時，就聽見小伍傳來驚呼。

抓住小伍脖子的尤信翔高舉起手，一刀子用力要插進對方喉嚨時，被甩飛到旁側的東風連滾帶爬地撲了上來，完全沒有任何技巧地伸出右手想擋住刀尖。

來不及收勢的尤信翔一刀貫穿單薄的手掌，然後遭到阻攔的動作偏移，最終刀尖插進小伍肩膀上。

瞬間的劇痛讓東風連叫都叫不出聲，整個人痛得使不上任何力氣，閉緊雙眼渾身顫抖地趴在小伍身上。

「你……」尤信翔一時也懵了，還沒反應過來，旁側一股風掃過，直接被誰給踹到牆上，強勁的力道讓他狠狠撞上粗糙牆面，背脊爆開痛楚。

「老大！」看見出現的人，小伍感動得眼淚都快流下來了。

無視四周滿布的黑盒子，甩開想攔住他的同僚趕進來的虞夏，抓住東風的手和刀，先把刀拔出，接著撕下他襯衫的袖子快速包紮止血，才轉向解開小伍的繩子，順勢往對方頭上揍下去，「聽不懂人話！」

「二爸！」也有看見救星的感動，虞因只覺得他家大人好像正在發聖光。

虞夏瞪了臭小孩一眼，但也鬆口氣他們沒受到太大的傷害，這裡傷勢比較嚴重的應該是嚴司和黎子泓，除了後者以外，其他人繩子都被解開了，聿正扶著楊德丞搖搖晃晃地靠到一邊。迷你倉爆炸那時所造成的傷多少還是影響了阿柳等人的動作，並沒有平常那麼俐落。

「黎大哥被綁得很緊。」正在和阿柳、嚴司想辦法將人解下來的虞因有點緊張。和他們只被繩子綁住不同，黎子泓不但手和身體都被繩子、鋼繩雙向固定得死緊，連椅腳都被黏死在原地無法移動。

「你們閃開。」虞夏按著椅背，直接踢斷木造椅子的四條腿，連人帶椅側著放倒在地。閃到一邊的虞因等人目瞪口呆地看著虞夏拳頭與腳並用，很快地把剩下的椅背那些木條都折斷破壞，接著將殘骸從繩索中抽出，短時間內就完成了初步鬆綁。

「橙裝大魔王。」嚴司只有這種感想。

「LV99。」楊德丞也有相同的感覺。

「有時間說廢話還不如快想辦法滾出去！」虞夏將手機拋給阿柳，手機畫面顯示著樓塔的圖案，「下面有幾道電子門，掃過去就能出去了。」

原以為這棟廢棄建築物沒什麼，但很快地虞夏發現整個回收場與建築物都有某種掃描系統，有的甚至偽裝成監視器。如果不是玖深及時通知說卡片是某種認證圖案、好像可以通關的話，他可能還沒這麼順利衝上來。

差不多同時，建築物外圍也傳來警方小隊攻堅的聲響，與回收場內埋伏在暗處的青少年們起了衝突。

「你不准走！」尤信翔翻起身，趁虞夏扶人的空隙，一把抓住正要退開的東風，「我們的事情沒完！」

「早就完了！」一拳揍開壞蛋，小伍氣呼呼地吼：「我女朋友說該做的事就要做！就算你們要找她麻煩，她也不會輸給你們！吃大便吧陰險渾帳！」

「你們——！」

正要偕同虞夏衝上去把人抓住時，小伍突然被一旁的蘇彰攔住攻勢。

「看看旁邊。」蘇彰指指原本正在和他對打的火虎。

臉上已出現不少瘀傷的火虎，冷冷地瞪視著所有人，抓著手機的手掌將螢幕畫面轉向眾人，上頭顯示的是急速倒數的計時與幾個看似很不妙的虛擬按鈕。

「等等，我的事還沒完。」尤信翔立刻低吼：「時間還沒到！」

「BOSS給我的指令你無從干預。」並沒有看向尤信翔，火虎冰冷地往東風與旁側的虞因掃了一眼，然後目光停止在虞夏身上，「既然『你的回合』達不到，那就換我。」

「慢著！你想死嗎！」阿柳看著室內上下好幾個開始閃動光芒的小黑盒子，覺得非常不妙，「你也在這裡面！」

「……我沒有非得活下去不可的理由，也沒什麼特別的想法。」火虎側過頭，看著不敢動彈的成人，「只有你們這些大人們才想死皮賴臉地繼續寄生下去。」

「那是因爲你自己得不到你想要的吧。」

冷冷的語調讓火虎重新拉回視線，放回一邊的東風身上。

「一開始我看那些屍體的樣子和你所說的意思，就知道你對這些人很憤怒，如果你對這世界沒有任何想法和理由——」按著不斷作痛的手掌，東風抬起頭，直直迎回殺手的目光，「你就不會有憤怒。你根本就只是在發洩，因爲那些人不能如你所願，你……」

「你懂什麼。」打斷東風的話，火虎瞇起眼睛。

「我根本不懂你背後是什麼，但是你用了欠債、自大和謊言這些字眼。表示你只是把理想放在那些人身上，然後自以爲覺得被背叛、發揮不得志的憤怒，根本不像你自己所說的那麼超脫。你以爲你是什麼聖人！你幾歲啦！一直說大人怎樣怎樣怎樣，詹育倫，你就不能自己有想法和作主嗎——」

「東風！不要激怒他！」發現東風根本是刻意胡說一通的虞夏連忙喝止。

一把掐住東風的頸子，火虎憤怒得整張臉猙獰扭曲、咆哮：「你根本什麼都不知道！」用力掐緊纖細的脖子，他直接將人往電梯井甩下去。

抓緊露出的空隙，最靠近的蘇彰壓低身體急速翻去，瞬間奪下對方手上的手機甩出給嚴司，眨眼就將人按倒在地。

「東風！」虞因和聿連忙衝到空洞洞的電梯井邊，只有一片黑暗與不斷飄上來的惡臭。

被壓制在另外一邊的尤信翔冷笑了聲：「放心，那下面是水。從地下室到一樓的電梯口都被封死了，裡面是水牢，頂多就是有幾具屍體。」

「他不會游泳！」虞因大怒，「你連他不會游泳都不知道！算什麼見鬼的朋友！」

「！」聞言，尤信翔愣住。

「……鬧劇也該結束了吧。」蘇彰嘖了聲：「我還有事待辦啊喂。」

「也是，把指令完成吧。」

被壓在下面的火虎出乎意料地已沒有剛才的怒氣，聲音平靜得讓所有人瞬間安靜下來。

然後，他再度開口：「張元翔。」

深夜中，從後方陽台出現的是另一名少年，手上拿著同樣畫面的手機。

然後，毫無猶豫地按下。

最後所有人聽見的就是震天的轟然巨響。

□

黑暗中，一縷冷藍色的光虛弱地一閃一閃著。

**到底是爲了什麼要做到這種地步？**

前些日子，他好不容易身體復元、回到工作崗位上時，協助他重回軌道的女性同僚這麼開口問了。

其實很多事情壓根不須這樣做，就按照一般流程，如其他人一樣把份內工作完成了，然後該上班時上班、下班時下班，就能過得比較輕鬆，不是嗎？

何苦將自己放在與大家不同的位置。

就算因爲這些案子出了什麼事，高層、民眾也不會特別可憐你幾分，只有身邊的上司同僚、好友會可惜而已。新聞更是幾天後就過去，很快名字就被社會遺忘，最後什麼也不是。

那，爲何不選擇輕鬆過日子？

恍惚之際，同僚的詢問逐漸消失在細微的聲響裡。

然後，有人出現在自己身邊，高大的身軀有些彆扭地趴著，小心翼翼地摸著他頭上的傷口，微涼的低溫感舒緩了疼痛。

隱約能聽見另一旁身側有孩童不悅的咕噥聲。

**沒事、沒事的……**

笨拙的身軀發出安撫的話語。

「……」

「呦，你醒了嗎？我還在想應該不用人工呼吸吧，這樣就尷尬了，上次小海妹妹被呼吸後起來就一吻見眞情，我……」

「閉嘴。」才正想睜開眼睛，一聽見旁邊讓人整個頭痛加劇的囉嗦，他就很不想恢復意識。

「唉，大家都是患難見眞情，唯獨我患難見絕情。」

黎子泓睜開眼睛，看見坐在身邊的果然就是那個惡劣狀況下還可以把氣氛搞得更糟糕的傢伙。微微側過頭，他訝異地發現楊德丞也在，身上還受了些輕傷——他們被困在建築物的一角，四周全是爆炸後斷裂的水泥與磚塊，堵住能離開的任何通道。

雖然被尤信翔打了一記後一直很昏沉，不過事態發展黎子泓還是知道的。

在張元翔按下按鈕後，整棟透天樓房從下層開始發出轟然聲響，稍微能聽見外面傳來警方與青少年們的騷動，接著是屋子、他們所站的地板突然向下陷去。

「我覺得爆炸可能不到那些小屁孩原本計畫的規模。」嚴司靠過去，給黎子泓先做了些檢查，確定暫時沒有什麼內出血後才繼續說道：「有些地方爆得沒那麼嚴重，還慢很多，所以我們才沒被炸爛，八成有人拆了一部分。」

向下掉後，嚴司幾人剛好落在一處比較平坦完好的地方，才剛躲開上面就跟著炸了，正好逃過一劫。

「……我是覺得我們躲過比較奇怪。」坐在一邊還有些發抖的楊德丞按著自己的肩膀。身為普通百姓，碰到這種狀況會讓他心理蒙上層陰影，更別提之前他遇過氣爆，當時差點死掉的回憶一時湧上，讓他止不住恐懼。頓了頓，才能讓自己盡量平靜地開口：「掉下來時，好像有什麼東西在我們頭上擋了一下，所以才沒被砸死。」

「擋了一下？」黎子泓有點莫名，正想起身，立刻被身邊友人按住。

「不曉得，好像有什麼在上面，我看見有石頭彈開。」重新複述了一次，楊德丞搖搖頭，也無法理解碰上什麼事。

被這樣一說，黎子泓才注意到他們雖然被斷裂的水泥塊和鋼筋困住，但或坐或躺的周邊卻異常乾淨，除了一些飛濺過來的小土石與沙塵，基本上沒有其他能造成巨大傷害的石塊等物。

附近閃動的黯淡燈光下，他甚至看見更怪的畫面——有支原本應該插在他們這個位置的鋼筋不曉得爲何，硬生生凹折在頂上，裸出的鋼筋往反方向扭開，好像撞到某種極爲堅硬的物體。

「……」黎子泓完全了解楊德丞的糾結。

「要我說嘛，大哥哥覺得我們就對宇宙神祕萬物釋懷吧，想再多也沒用。這就和你們想破頭都不知道傳說中的尼斯湖水怪到底存不存在，結果……」

「閉嘴。」

黎子泓和楊德丞同時打斷嚴司的廢話。

「不曉得其他人如何。」

重新打破寧靜，楊德丞看著包圍著他們、堵住生路的大大小小水泥塊，很擔心其他人的安全。嚴司兩人雖然沒開口，但肯定比他還在意。

只是在這種狀況下，他們無法幫上什麼忙，最重要的是得先保護好自己，其他人肯定也正努力想要從這片混亂中活著離開吧。

「外面已經有救援動作了。」

隱約可以聽見外頭各種喊聲和狗叫聲，不過在下方還隔了一段距離，嚴司稍微抽了口氣，重新調整自己的坐姿，「沒手機可以聯繫，等他們找過來。」

坐在一邊的楊德丞注意到這人滿頭滿身的冷汗，就在身上找了找，翻出條手帕遞過去。

「……你究竟發生什麼事？」側頭看著身旁友人，黎子泓開口詢問這段時間以來不對勁的人：「從哪時候開始的？蘇彰、還有其他的狀況。」

嚴司笑了下，「蘇同學嘛，之前就有點懷疑，但是這傢伙很狡猾、偽裝得也很好，幾次過去都不能確定是本人，每次都覺得應該是、不過他表現出來又不是，只能暫時先留意。直到小東仔的模型架被翻倒，我去檢查他家時才完全確定。說到這個，你應該要去問你學弟，爲啥發現有個變態住在隔壁，他也沒說出來。」他其實原本只想翻翻看東風家裡有沒什麼需要帶回去的東西，外加之前架子被刻意撞倒覺得有點好奇；搬開架子時，赫然看見有點眼熟的破碎臉孔，好奇之下連帶把周遭一大堆碎片花了時間拼好，就得到一套人類整容前後的進化史。

附帶一提，他還拼出一隻暴鯉龍，那個架子上神祕的東西超乎他的預料。

冷冷斜瞪還笑得出來的人一眼，黎子泓有點不太高興，「你應該說出來，即使不是也無所謂。」

「我就是不曉得小東仔在賣啥藥啊，他不講我也覺得怪，本來想看看是不是有啥安排或陷阱，結果根本只是沒講。」嚴司還一直以爲有什麼高明的布置，搞得他認眞思考很久，不知道輕易戳穿會不會破壞什麼驚天動地的計畫。

完全欺騙他的感情。

聽著對方的說法，雖然黎子泓不全然相信，不過看來也沒隱瞞太多，「那你自己又有什麼問題。」

「唉唉，這就是個人隱私了……」

「聽說你現在骨折，如果你再不好好回答小黎的話，就別怪我欺負弱勢。」坐在一邊的楊德丞看對方還在磨嘰，整個怒氣上來。這傢伙還眞以爲他們是在旅遊談心嗎！也不看看眼下是什麼狀況，他們人都還在爆炸現場等待救援啊！

「就要說了咩。」嚴司聳聳肩，然後伸手按按背後，感覺到自己按了一手血，「大概前幾個月，突然覺得背後有點刺痛，其實有想到應該是舊傷的後遺症，不過那時候……」他想起搬家時蘇彰那束像是要打招呼、帶著嘲諷的花，就好笑地搖搖頭。

「你覺得一點刺痛就沒事嗎？」楊德丞直接一記白眼過去。虧這個人還是學醫的，果然多數淹死的都是會游泳的。

「當然不是，秉持著有病就要快點治療的好國民心態，我還是有老老實實地幫自己好好檢查過，當時是還沒啥大礙啦，一陣一陣的很久才來一下，不影響。想說可以到手上的事情辦完，再騰個長假回家去好好整理一下筋骨。」嚴司頓了頓，繼續說道：「接著就發生我友善的前室友被怪叔叔挾帶逃走事件，爲了表示我心與大家同在，所以就人很好地在觀望嘛。」哪知道一觀望就觀望到情勢變得很惡劣，只好天天虐梧桐和小精靈。

「……別開玩笑了，你在想什麼啊。」黎子泓按著發痛的額頭，咬牙撐起身體，「並不會在你視線移開就全死光，給我安心滾去治療。」

「你這語氣還眞像小東仔啊。嘖嘖，難怪人家會說近墨者黑。」嚴司覺得好像在他朋友身上看見了什麼影子。

「離開這裡後立刻去檢查治療。」沒心情和對方說笑，黎子泓靠到一邊的水泥牆上，吐了口氣，「我會聯繫你主管。」

「順便治療腦殘。」楊德丞冷笑了聲：「不過大概沒藥醫。」這人的腦殘已經不是一般正常等級。

「我說你們兩個……別欺負傷患啊。」嚴司很明顯地感覺到遭圍剿。

「你說誰啊，現在這裡全都是傷患。」楊德丞立刻嘖回去。

「不知道其他人怎樣了～」

「轉移什麼話題！」

虞因用力吐掉有點滲進嘴裡的水。

「這到底——」

爆炸發生的瞬間，他和聿不知被誰踹了一腳，兩人雙雙摔進電梯井，轉眼就栽進有點黏膩的水裡，還沒反應過來上方就傳來連串巨響，接著是有人將他們按進極深的黑水之中，很快地，便有各種斷壁落石砸下來，將他們沖離原本的電梯井。

沖開後虞因才發現這整間地下室都被作成類似水牢的空間，掉下那些落石後，水漲高得能觸碰到天花板，而且水很臭，帶著令人作嘔的濃烈腐臭味與詭異的濃稠感。拽著聿在黑暗中游開一段距離，暫時抓住天花板凹陷處固定位置。

爆炸傳來的動搖持續了好一會兒，似乎沒他們想的那麼嚴重，至少一樓應該沒發生地板崩塌，所以地下室除了電梯井掉落的那些石塊外，並未受到其他影響。

「真是，這狀況不在我故事裡。」

一道聲音從附近傳來，伴隨著幾個聲響，突然出現亮光。

適應亮光後，虞因立刻看見東風那個鄰居，這個人一開始出現時他沒反應過來，現在才赫然驚覺這鄰居怎麼會出現在這種地方。鄰居手上拿著手電筒，估計有防水功能，被他拍一拍亮度反而增強了，同時照出他背上的東風。

「差不多了，過來這邊。」蘇彰朝兩人勾勾手指，便咬著手電筒維持著揹人的姿勢，游回電梯井附近。因爲掉下不少水泥塊、水泥牆，所以被塞住的電梯井反而出現一小塊平坦的石堆在水面上。

抓住周圍歪七扭八的鋼筋，蘇彰游到差不多只能放一個人的石塊邊，把東風推上去，接著勉強靠著鋼筋先幫人做人工呼吸。

雖然有點莫名其妙，但虞因見對方在救人，覺得自己得先講些什麼，「張大哥……」

「就不跟你玩了，我是蘇彰。」反正身分已經曝光，蘇彰就懶得在這時候繼續扮家家酒。才一講完，果然看見虞因兩人立刻靠過來想保護東風，還對他露出明顯敵意，「你們要接手也行，我省力。」說著，就跳回水裡讓開位置，讓聿爬上那些很不穩的變形鋼條。

看著游到旁邊的蘇彰，整個雞皮疙瘩都起來的虞因一時不知該怎麼辦，只好擋在兩個小的前面，腦袋混亂成一片。他完全沒發現東風隔壁的鄰居就是這個人，因爲面孔不同，而且幾次遇見，對方都很親切，確實就是很普通的好鄰居，看不出怪異處。

所以他這時候整個人非常震驚。

還沒想出個所以然，身後就傳來嗆咳聲，虞因一邊回頭想看東風狀況，一邊又顧著不讓蘇彰靠近。

「別緊張，我今天沒打算對你們下手，不然剛剛我就把東風塞進水底了，他可是溺水快死了。」蘇彰想想，爲了表示自己沒惡意，就把手電筒遞出去，「我的目標是牆角那傢伙。」

對方這樣一說，虞因連忙抓住手電筒，照往地下室另外一端，果然看見尤信翔面色不善地漂在那裡瞪著他們，在他附近還有具泡腫的浮屍。

那具屍體已沒任何毛髮，身上受創處完全爛了，臉上眼睛部分是兩個窟窿，眼珠子已被挖空。

其實掉下來後，虞因隱約察覺水裡有很多東西，但他們沒得選擇，只能暫時先無視。現在唯一的慶幸是已經不是冬季，水不算太冷，不然他想不出來有什麼比泡在低溫的屍水游泳池還悲慘的事。

……其實泡在發酵的屍水也差不了多少。

身後的東風咳了半天，總算在聿的幫忙下逐漸清醒過來。

因爲兩個人的體重讓堆積的石塊有些搖動，聿確認人沒事後，便退進黑水裡，抓著鋼筋穩定身體，小心地拆掉東風手上已經泡過髒水的布條，然後從他漂開的背包裡翻出小礦泉水，先幫忙沖洗傷口。

「乾淨的布就沒有了，如果不快點離開，當心傷口感染。」漂在旁邊的蘇彰很好心地提供意見。

「他不能離開。」

冰冷的聲音從另一端傳來。

虞因再度把燈光照向尤信翔，一肚子火氣，「他和你沒關係，我們會照顧他，你才不是他朋友，朋友不是這樣做的，他也不是你的所有物，他想去哪、和誰去都是他自己的事。」

「你們少——」

「少自認爲是他朋友是嗎！」看著男人，虞因的聲音也大了起來，「干你屁事，這種事也不是你自認就是的！」

「搞不清楚狀況的白痴。」尤信翔怒瞪了外人一眼，「離開這裡，我就幹掉你們所有人。」

「別妄想了，先開始要幹掉他們的是我。」蘇彰悠悠哉哉地插入火爆的氣氛中，「當然，我也打算幹掉你們。」

不知道爲什麼，這種話被蘇彰一說反而比較恐怖。虞因不自覺又浮上雞皮疙瘩。

「別吵了。」好不容易把喉嚨裡最後一口噁心的味道吐掉，東風摀著還在出血的手掌，很虛弱地打斷這種鬼打牆的爭論，「吵死了。」

尤信翔冷哼了聲，怒氣轉移地看向蘇彰，「我知道你，你已經做掉很多我們的人。」

「沒錯，我是針對你們在殺，明顯到不行啊。」蘇彰完全沒有否認，嘲諷地勾起唇角，「雖然說是想找人，不過看見你們這些人，果然還是殺了爽快。」

「你到底要找誰？」總覺得不只一次聽蘇彰提起類似的話，虞因皺起眉。

「差不多你這年齡，不知道是男是女，應該在他們所謂的『組織』裡……也可能是普通人。」游到電梯井邊，蘇彰打量了亂石堆積的狀況，看看還在滾落的小石塊，就先回過頭，「這組織的頭頭，把一個對我來說很重要的人帶走了，讓我找了快二十年。」

「家人？朋友？」警戒著對方的動作，虞因跟著移動身體擋在兩個小的前面。

「……算了，當打發時間吧。這段時間你們也陪我滿久了，算有點交情。」再度退開，蘇彰笑了下，過了幾秒後才回答：「家人。」

「弟弟或妹妹？」既然特別說明是他這年紀，虞因就不難猜測可能性，果然看見對方點了頭。

「這故事還滿八點檔的，總之就是個你這種溫馨家庭小孩想不到的生活。」蘇彰抬起手，把正在滴著髒水的頭髮往後扒，完全不在意上面沾黏的惡臭與小蟲子，「故事裡的父親不僅殘暴、還病態。從小到大呢，沒看過他少打一天他老婆和兩個子女，長女也在發育期遭到他的毒手。」

像是在說別人家無關緊要的事，蘇彰稍作整理後就靠在邊上的鋼骨，口氣平常地說道：「他老婆很軟弱，完全不敢反抗，一直隱忍，也沒對女兒伸出手，連一次試圖救她都沒有，還告訴兒女說要顧全整個家庭，說全家在一起才會圓滿。長女因此被拉去墮了兩次胎，這事就一直持續到兒子逐漸長大。」

在蘇彰說著這些話時，虞因突然發現他身邊的鋼骨上隱約浮現一個輪廓，一直以來幫助他的少女靜靜地坐在上面，臉上帶著黑色的眼淚。

「兒子開始反抗後，家裡鬧得更大，不久後那個人就離家了。對那家人來說大概是最幸福的兩、三個月吧。長女還拿著在學校接受老師指導的鋼琴比賽獎狀回來，三人快快樂樂地去小麵攤慶祝，少個人、也吃不好，卻過得像天堂一樣。」蘇彰瞇起眼睛，說道：「就我們所知，他宣稱他和另外一個女孩好上，可能還未成年。好像以前就有過一段情，當時對方只是小孩，後來長大不少，兩人再次碰面就立刻在一起；那個人還把家裡所有錢都拿走……不過那無所謂，總之那個人不在也沒任何問題。」

「兩、三個月後，那個人又回來了，好像是女孩突然從他身邊逃走、又發生了點事，讓他變得像隻暴怒的野獸一樣，回到家裡想要發洩在其他人身上，不過這次遭到抵抗，正好兒子在家，兩人扭打在一起，總算把那個人趕走了。」

「然而，劇情總是出乎人意料之外的。」

蘇彰慢慢地微笑，看在虞因等人眼裡，卻看不見任何笑意，而是濃烈的殺意。

「隔天兒子放學回家，發現長女死了，被吊在天花板上，手指全被剪下消失，借來練習的電子琴上全都是血；而那個沒用的老婆，試圖開瓦斯自殺，未果，精神就這樣失常了。」

虞因愣愣看著眼前的殺人狂。

那個女孩看了看他，又看了看蘇彰，就這樣消散在空氣中。

「我呢，開始追殺『那個人』和所謂『組織』之前，已經先把他老婆送上路了。」蘇彰彈開指尖上的水珠，繼續說道：「當然是布置過，讓她死得相當戲劇，就像一個悲慘媽媽與她讓人心酸的可憐故事。不過因爲她已經精神失常了，經常到處吵鬧，結果承辦人員還以爲她是自殺……眞好笑。」

「這一點都不好笑。」虞因覺得整個人發毛起來，蘇彰講得好像是什麼不值錢的廉價故事，但聽起來卻很可怕，「既然你說長女死了，那還剩什麼家人？一開始只有兩個子女不是嗎。」

蘇彰從善如流地回應了疑問，「是啊，我也是這樣想。不過有次我差那麼一點點就能把他殺掉時，他居然開口說我還有個弟弟或妹妹……是那個女孩生的，他們那兩個月裡懷了小孩，他打算找到那個小孩，然後殺給我看。」

「你要保護那個小孩？」虞因沒想到對方一直要找的人背後居然是這樣的事情。

「不，我想找出來，殺給『那個人』看，這樣他得意的後代就都沒了。」蘇彰再度勾起冷笑，「而且，與其落入『那個人』手裡被虐殺，還不如讓我殺了比較痛快，你看看他們組織的手法，全都是『那個人』教出來的。」說著，他看了眼尤信翔，「『那個人』教他們在獵物上取樂，讓他們麻木，把所有的憤怒都發洩在獵物身上。」

「……萬一你弟弟或妹妹過得很幸福呢？和你們這些破事完全無關，如果他過得很好，那你有什麼資格去破壞他的生活？這麼做，就和你追殺的人一樣喪心病狂了。」雖然有瞬間認爲蘇彰過去値得讓人同情，但虞因並不覺得這是能傷害別人的理由。

「這也是，我想過這問題。如果他過得很好、還沒遇到壞事，那我就盡快殺掉『那個人』，他過自己的生活，什麼也不會知道。」蘇彰陡然冷下語氣：「但如果他被碰過，我就將他們一起殺了。」

「就算被碰過你也沒資格決定他死活。」虞因怒了。

蘇彰聳聳肩，不予置評。

「你告訴我們這些做什麼。」東風蜷曲在石堆上，抱著有點發顫、濕透的身體，打量著半隱沒在黑暗中的殺手。

「反正現在也沒事做，而且我看你們滿順眼的，虞同學呢又被我殺過幾次，大家算是有緣，難得能好好聊聊順便打發時間。」蘇彰看著虞因臉上浮現誰被你殺到有緣之類的厭惡神色，不由得笑出來。「另外就是，我老早就知道你們這票人，始終會捅出高級幹部和『那個人』，所以一直跟在旁邊觀察順便引導，事到如今，時機也差不多了，我有點小事想要請你們幫忙。」

「小事？」東風皺起眉。

「很快你們就會知道了。我想，你們應該能做得很好，這樣我也能安心。」蘇彰並沒正面回答這次的疑問。

「安心去蹲牢吧。」虞因嘖了聲，「我大爸、二爸一定會把你送進去。」

「辦得到的話，歡迎。」

看著蘇彰得意的笑臉，虞因還眞想一拳揍上去。

□

搜救的聲響自上方傳下。

隱約能聽見遠處人們的喊聲與狗叫聲，虞因嘗試往上面喊幾次，沒得到回應。

「挖進來還要一點時間，如果上面卡死就得泡更久。」覺得他們跟什麼醃漬品差不多，蘇彰盯著泡皺的手，嘖了聲。

「輪流換上來吧，水很髒，泡太久不好。」看著在附近漂浮的屍體，以及瀰漫在空氣中濃濃的腐臭味道，東風咳了咳，打算下水，立刻被聿給攔住。

「我們沒關係，那兩個就更不用管他們。」虞因比較擔心對方手上的傷勢，雖然暫時稍微止血，但不知道會在這裡困多久，如果延遲，怕會嚴重感染。

聽著有點距離的動靜，虞因把手電筒燈光調暗，節省能源。

在這種死人漂的地下水池裡，他是絕對不想失去亮光，別說讓人不太舒服的屍體，他總覺得一旦光亮消失，那些棲浮在水底下的東西就會瞬間全部撲上來。

看著水下隱約浮現的幾雙青紅色眼睛，虞因感到很大的壓力。現在這裡只有他看得見，而且幾個人身上的護身符或是類似的物品在泡了髒水後似乎沒什麼效果了，他一直感覺到空氣中充滿不善的視線。

一旁的聿不曉得是不是察覺他的緊張，伸過手按了按他緊繃的肩膀。

閒著沒事幹，蘇彰從水裡翻出身上的手機，泡水後果然無法像平常般操作。

「……你還是做了選擇。」

死寂中，尤信翊再次打破沉靜。和先前的怒氣不同，這次聲音平靜許多。

靠著有點刺人的水泥石塊，東風緩緩吐了口氣，看著過往的友人，突然覺得自己的心情像是整個沉澱下來般，有種奇怪的安寧，「你也還欠我一個說法。我已經沒力氣再和你吵了，說吧。」

「我恨你的背叛，還有你像對付仇人般死要咬我出來。」推開往自己漂過來的死屍，尤信翊往旁邊游開點，才冷冷說道：「我從來沒有對別人像對你那麼用心，因爲我們兩個和其他人都不同，所以我很認眞想照顧你，就像親弟弟一樣。如果你沒有出現，我也不會想要建造祕密基地，去照顧更多和我們類似的人。結果，你是怎樣回報我？不但背叛這個計畫、把只有我們能知道的事情告訴那女人，還把我當成深仇大恨的仇人，當時我也很想問問你，你到底想要怎樣才滿足？眞的要我認罪說那女人是我殺的？或是讓你殺了我報仇？」

「……」感到胸口陣陣的疼痛，東風低下頭。

「你要殺我那也簡單，開口講一句，我可以站著讓你將刀子捅進心臟。但是你爲了那個女人背叛我，我當然也不會讓你好過。既然你反叛這個計畫，我就接受『那個人』提出的建議，和他聯手，統一整個組織。」尤信翔停頓了下，勾起唇角，「沒錯，就是殺死安天晴那個人。說起來，我也很感謝他，宰了那個僞善的女人、宰了那些自以爲是的大人，這樣你才不敢再背叛我。」

「那個……跟蹤狂？」東風有些絕望地問道。

「對，就是那個跟蹤狂。那天中午我赴約去了安天晴住家，想叫那女人離你遠一點，沒想到那女人還滿嘴大道理，大言不慚說那些夢想都不實際，要我把你交給她，我趁她在洗蛋糕刀時從後一棍打暈她，本來想把她綁起來教訓一頓，沒想到一回頭就看見『那個人』。」尤信翔瞇起眼睛，想起了那天，自己握著預藏在背包裡的短棍，狠狠敲在女人的後頸上，冷眼看著他憎惡的對象倒地不起，「他說他不會講出去，而且我們目標一樣，他會善後，要我安心回學校……總之，我是和你同一個時間知道她的死訊，那人同時告訴我了，但是我聽了很高興，僞善的女人終於沒了。如果那天那個人沒有出現，我照樣會把她殺掉，這樣你才不會像狗一樣跟在她身邊。」

他就是恨那個女人擺著聖人般的面孔和態度奪走他先得到的東西，破壞他們的計畫，還不要臉地搶走他的朋友。

明明就是個普通人，卻有著一張厚臉皮。

所以看女人倒地後，他起了殺心，原本打算就這樣將對方的脖子打斷。

「所以你們所謂的組織，是兩個整合的？」虞因皺起眉。先前他有聽家裡大人們提過組織的年代可能很久遠，這麼說來，就是跟蹤狂自己原先就有基礎規模了……難怪事發之後會有那麼多防堵，還有警方也受到壓力。

如果不是尤信翔而是跟蹤狂，那就可以說通時間問題。

「『那個人』手邊原來就有他自己的人喔，不然你以爲短短十年要打基礎又要深入警方內部很簡單嗎。」蘇彰笑笑地加入話題，「就我所知，他老婆、女兒之所以求助不了別人，就是他們附近都是那個人的朋友，外界聽不見她們的求援。他結交了很多當地有力人士，大家『互助』得很有默契，就連有人想幫她們報案，也拖得拿不到三聯單。」

尤信翔冷哼了聲，「BOSS只對我們下了指令活捉你，沒想到你們還有這層關係。」

「要抓我是沒那麼容易，抓你們快多了。」蘇彰挑釁地豎起中指給對方。

看兩個泡在水裡的壞人好像有要打起來的趨勢，虞因不曉得爲何完全沒有阻止他們的意願，覺得乾脆讓他們兩個在這裡同歸於盡似乎也不是壞事。

不過，果然還是抓起來會比較好，他們還有太多事情必須交代。

正在思考時，旁邊的聿突然推了他一下。

虞因一回神，才發現東風好像有點喘，而且臉色很不對勁，握著的手掌似乎流出比剛才更多的血。

「發燒了。」聿摸摸東風的額頭，然後讓人半躺回石塊上，轉頭低聲朝虞因說道：「要快點送醫。」

將手電筒光源朝上，虞因看著上方堆積著石塊，也不是沒有辦法出去，如果這些殘骸支撐力足夠，說不定有機會爬得上去。

雖然這樣想，但按著鋼筋稍一施力，那些石塊就發出各種鬆動的危險聲響，隨時會引起二次倒塌。

一旁的水聲突然引起他的注意，猛一看發現蘇彰竟然已經靠到旁邊了。

「我剛看過，旁邊靠牆的可能比較穩，也不是不能冒險爬看看。」無視虞因警戒的瞪視，蘇彰瞄了眼半閉上眼睛的東風，「不過就算上去，上面可能也堵住……比在這下面泡水好就是，他不快點治療可能會引發嚴重的感染。人瘦成這樣，沒太多抵抗力。」

「你怎麼突然這麼好心。」虞因就是很膽戰心驚，怕這個人隨時凶性發作。

蘇彰歪著頭，想想就回答：「這樣說好了，我比較喜歡自己動手，本來想殺的突然這樣死掉，某方面來說還是被後面那傢伙殺的，總覺得心裡有點不滿，不如治好再來。」

虞因突然很後悔多話去問，現在更不能放鬆了。

不過蘇彰說的也沒錯，靠著牆壁那邊的鋼筋骨架似乎支撐得比較穩，說不定可以沿著那裡爬上去，至於上面狀況如何就上去再說，起碼不用在髒水邊。

正要游過去確定，後面就傳來一陣水聲，回頭看見尤信翔竟然試圖要靠過來。

「停下來。」虞因連忙隨便抓了塊石頭，「你再過來我就砸了！」

「我……」

尤信翔的話還沒說完，虞因突然發現對方身後漂過來一團黑影，手電筒下意識掃過去，就看見屍體竟然又漂到尤信翔身後，還來不及反應過來，屍體臉上的兩個黑色窟窿突然轉向尤信翔的方向。

那瞬間，虞因突然被某種力量抓住腳踝，整個人被拽下水。

事態來得太快也太過突然，他猛地吞了一大口髒水，接著才趕緊閉上嘴巴。握在手裡的手電筒在水下猛地照出腐爛的臉孔，那張臉瞬間消失在光前，差點又把他嚇得張嘴。

掙扎著想往上游，但腳被死死扯住，很快地他看見尤信翔也被「某種東西」拉下來，離他有段距離，正在踹著腳邊不明物體。

為什麼我們得死……

帶有惡意的不善意圖順著撲騰發出的水聲傳進他的耳裡。

虞因看見有好幾隻黑色的手正在沿著水中的鋼骨石塊往上伸出。

殺……殺殺殺……

恨啊……

殺光……殺光……

為什麼我們得死……

不甘心啊……殺……殺光……

既然要我死……那就都陪葬……

強烈惡意源源不絕在水中瀰漫開來。

不知不覺，虞因停下了掙扎，感覺到水底有東西慢慢漂了起來，被綁著石頭或麻袋的屍體擦過他身邊，漸漸浮到上頭去，像是交換般，他繼續向下沉。

好幾道黑影撲到尤信翔身上，抓住他的脖子、手腳。

殺光……殺光……

殺光……殺光……殺光……殺光……殺光……殺光……

黑水被破開。

一股力量把虞因從水底扯上去。

似乎注意到底下的拉力，上方硬是用力扯動好幾次，才終於將虞因給拉了出來。

被拉出水面那瞬間，虞因整個人回過神，才發現胸口和喉嚨都像燒灼般劇痛，身體疼痛的反應讓他劇烈咳嗽起來。

迷迷糊糊之際有人將他拉到鋼筋邊，死死拉住他的手臂。

身邊又傳來幾次水聲，接著黑暗中才再度出現手電筒的光亮。

扯著半昏迷的尤信翔浮上來，蘇彰咬著手電筒，推開擋在邊上的兩、三具浮屍，朝著石堆邊游過去，「鬼東西！」

虞因好不容易停止咳嗽，轉頭看見那幾具屍體的腐爛臉孔都轉向他們，好幾個深深的眼睛窟窿雖然沒有眼珠，但卻給人一種正在瞪著他們的感覺，應該是沒有外力作用的水推著那些屍體再度包圍般靠了過來。

將尤信翔架到石堆旁，蘇彰拿手電筒照了照，對方脖子上有幾個手指痕跡的瘀血，同樣充滿瘀痕的手似乎折傷了，呈現無力扭曲的狀態。「看來我們還是得快點離開這裡，我剛剛看了下水底，好像還有幾具屍體正在往上漂。」先不說屍體身上綑綁的沉重物，那種上浮速度不自然到很詭異，雖然他能無視這種奇怪現象，但並不想一次應付這麼多麻煩。

這不在原本計畫裡，浪費太多不必要的時間和精力了。

看來這時候也沒辦法挑了，虞因只能和蘇彰一起先游過去測試邊上混凝土和鋼筋的支撐度，拉幾次滾落一些碎石後，崩落的狀況就停止了。

「應該可行。」照照上面，蘇彰隱約看見上方炸裂的缺口，「看來沒被堵得很徹底。」

「那尤信翔交給你……」

「等等，組織的人丟著給他死就好了。」蘇彰打斷對方的話，「這種人死了也算幫警方省事吧。」

「不行，他必須帶上去，把事情交代完。那些被組織害的人、還有簡士瑋都在等眞相。」虞因皺起眉，「還有東風的事，如果不講清楚，他永遠不會走出來。」

「那也不干我的事，我是殺手啊喂，你看過殺手幫警方的嗎。」蘇彰挑起眉。

「你啊。」聿一邊撐起東風一邊丟去兩個字。

「殺了你們喔。」蘇彰眞的想把剩下的人都淹死在這裡，「我是絕對不會幫那個組織任何事情，你要我幫尤信翔，我就直接弄死他。」

「我不可能把東風交給你。」虞因死也不信任這個人。但他和聿無法各自揹一個人，尤信翔的身材比他和聿魁梧很多，他們兩個在倉庫爆炸時也都受了點傷，得有個人幫忙在旁邊協助支撐才能順利弄上去。

「那你們自己揹，不然就把組織的幹部溺死在這裡，結了。」露出挑釁的笑，蘇彰將手電筒照向兩人，有趣地開口：「不過，我可以幫你揹那個小傢伙上去，作爲交換，你欠我一次，以後我會找你討，當然不會要你殺人放火，和犯法都無關。」

「剛剛你不是說要我們幫你個小忙嗎，我覺得應該扯平。」虞因可沒忘記這個人先前說過的話。

「那個忙也是幫你們自己，不算。總之要不要，一句話。」踢開水下隱約的拉力，蘇彰將光照向已經圍繞在周圍的浮屍們，一張張腐爛的臉正對著他們，濃烈的惡臭完全瀰漫開，幾乎到了讓人快無法忍受的地步，「你同意，我就保證絕對不會在這裡對任何人動手。」

虞因看著已經貼近在手邊的水下黑影，咬牙一點頭，「你發誓條件不會傷害到別人。」

「我發誓。」蘇彰勾起唇，游近了正在狠狠瞪視他的聿，將手電筒交過去，同時從對方手上接過東風，「走吧。」

白了渾蛋一眼，虞因游過去拽過尤信翔，發現對方比他想像的還要重，而且還加上吃了水的衣服，完全沒他想像的好處理。

各自把揹負的人用衣服綁好後，接下來就是一連串很悲慘的攀岩爬行。

看著像猴子一樣手腳並用三兩下就溜到最上面的蘇彰，虞因深刻瞭解到為什麼這個人每次都可以逃得那麼快，在對方順利鑽進去出口而他還沒爬到一半時，他真心問候那傢伙全家，而且也更急著想快點上去，避免他違反約定，突然下殺手。

不知爬了多久，手腳都在發抖外加氣喘吁吁地快接近出口時，虞因讓聿先上去幫忙拉人，然後回頭向下面看。

黑暗中，一雙雙發亮的青紅色眼睛在深處靜靜看著，物體滑動的水聲緩緩再度傳來，最終停在他們原本待著的位置。

虞因握住聿的手，徹底離開散發惡臭的底部。

那些堆疊起來的混凝土和鋼筋不知是不是巧合，在他一被拉進一樓炸開的缺口處時，突然整個塌了，巨大聲響迴盪在深處，揚起一股煙塵。

「動作眞慢，我等了快一個小時。」躺在旁邊休息的蘇彰爬起身。

虞因順過氣，發現東風衣服乾了不少，而且很縐，八成是蘇彰在等他們時把兩人的衣褲都脫下來擰過，鞋子也還掛在一旁。

「對了，這給你們，雖然已經泡水了，不過總比被拿走好吧。」說著，蘇彰拋了幾件東西過去。

仔細一看，是手機的卡片和幾支手機，虞因認出裡面有他和聿被組織拿走的手機。估計是蘇彰摸進來時不知從哪邊取走的。

也不知道該不該說謝謝，虞因有些尷尬地收下，接著才打量起四周。

雖然一樓地板沒崩、爆炸規模似乎比想像中小，不過上層的幾樓差不多都坍塌了，支撐房屋的梁柱也都被炸斷。他們上來的這邊正好有片電梯井原本被封死的牆壁撐著，所以勉強有個空間可供休息；但出路都被那些崩塌的土石鋼筋壓住，還是得等外面的人挖進來。

雖然很想說慶幸那時掉進電梯井躲開爆炸，可是虞因看見土石裡有被夾住且扭曲變形的手，就說不出任何覺得自己幸運的話來。

「組織的那些臭小鬼，我上去時放倒了一些人。」蘇彰聳聳肩，「算他們倒楣。」

瞪了眼蘇彰，虞因正想講點什麼時，躺著的東風突然發出低不可聞的細聲，他立刻放棄和蘇彰講話，靠到東風邊上。

「路……」東風微微睜開眼睛，指著電梯牆邊。

「路？」虞因不太理解。

「這邊有條暗道，剛剛幹部通行證可以打開。」蘇彰涼涼地接下去，然後推開一些石塊，在沒崩塌的牆邊摸索了半晌，「我和他都是從那個地方進來的，可以連到圍牆外，說不定這些引爆的小屁孩原本打算從這裡逃生，所以這裡才沒炸崩。」

虞因看著蘇彰的動作，果然過了一會兒，對方就清理出一塊一人大小的空間，仔細一看，上面有個彈珠般大小的凹槽。

回過身，蘇彰按住尤信翔，往昏厥的人身上翻找了半晌，果然讓他找出幹部卡片。

拿著卡片對向凹槽，底下很快傳來某種運作聲響，嗶一聲後，地面開始移出能讓一人通行的向下小地道。

「那就在這裡說再見吧。」將卡片拋給虞因，蘇彰直接鑽進地道，「幹部先寄放在你們那邊，我很快就會去要他命。」

「想都別想。」虞因也知道眼下狀況阻止不了人，只能咬牙切齒地怒瞪。

正要快速離開的蘇彰想了想，回過頭看了三人一眼，笑了下，「你們別太早死了。」

「絕對不會比你早死。」虞因馬上頂回去。

蘇彰聳聳肩，一轉身，很快消失在暗道裡。

「我們也出去吧。」

撿起蘇彰遺留在地上的手電筒，虞因再度用卡片打開暗道。

讓聿揹起東風跟在後頭，這次比較輕鬆半扯半揹起尤信翔的虞因先進通道，避免蘇彰其實沒離開，回頭要補他們一刀。

暗道並不長，走出幾步後虞因發現自己踩到一小包粉狀物品，不知道這條路是不是組織平常運物品或逃躲時使用的，做得又小又窄，不過總算很快就走到盡頭，上面只用幾片鐵皮覆蓋，很輕鬆就能推開。

移開覆蓋物時，外面已經有微光透進，清晨還未天亮的暗藍色天空出現在層層覆蓋的大量雜草、廢棄物之後。

虞因先爬出洞口，發現這處出口位於極度偏僻的地方，好像是什麼圍牆後門的附近，爬出來時還被圍牆上的鐵絲網給割了一道，周圍全都是蚊蟲雜草，堆疊了一些骯髒紙箱、塑膠桶作爲掩飾，然後不遠處是一片小雜林，正好遮蔽了對外道路的視線。

距離大門口有些距離，沿著圍牆大概得走一段，通過雜林，接著轉彎後便能聽見傳來不少人聲。

把尤信翔拉出來扔到旁邊後，虞因趕緊幫忙聿將東風小心翼翼地扶出來，「快點出去就可以……」

一回頭，他的話硬生生中斷。

不知道如何從爆炸中逃脫的火虎拿著槍，面無表情地指著他們。

擋在聿和東風前面，虞因發現對方也不是全然無事避過，火虎額頭上有一道很深的撕裂傷，正在不斷流血，身上也有各種擦撞傷，顯然逃出過程相當驚險。

當下虞因心裡有點冷，他只能暗暗想著讓後面兩個小的退回暗道裡，然後他盡量拖住眼前殺手的腳步，直到外面的人發現來救他們。

「讓開。」火虎冷冷地開口：「我要你後面的人。」

看來對方的目標還是東風，虞因伸出手擋著，「一個都不會給你。」

「你——」

「你母親在哭，你知道嗎。」

即將天亮的黯淡光色中，虞因看見了詹育倫身後的婦人，帶著悲傷的表情，緊緊盯著持槍的大男孩看。

「那又怎樣，她被那個男人玩弄了一輩子，那男的最後買人撞死她，我是在幫我們報仇。」冷漠地說著，並沒有因此動搖的詹育倫沒回頭，「大人把我們當寵物養，自以爲能控制我們，說了那麼多謊只爲了自己。我不像她只能哭，我能幫我們所有人討回公道。」

「如果你媽媽希望你這樣做，她就不會哭了。」對上了婦人的懇求視線，虞因其實沒有把握可以說動對方，「她要我告訴你，求你停手。我沒說謊，她哭著求你停下來。」

「……很多事情都來不及了。」

詹育倫緩緩開口：「我什麼都不在乎了。」然後，他將槍口對準聿懷中的東風。

「住手！」

聽到聲音，虞因轉過頭，看見尤信翔竟然醒了，還有餘力從地上支起身。

「火虎，不准你殺他。」尤信翔瞇起眼睛，按著折斷的手臂，語氣冷戾地說道：「沒有我的許可，任何人都不准碰他。」

詹育倫並沒有因此收手，冷笑了聲。

下一秒，虞因看見持槍的殺手竟然把槍口轉向尤信翔，沒有絲毫停頓地就朝對方開了一槍。腹部應聲中彈的尤信翔整個人極度驚愕地倒下，不可置信地看向同組織的人。

詹育倫對準尤信翔的頭部，「『那個人』下了命令，要你死。」

那瞬間，其實虞因根本沒細想太多，他只記得自己聽見詹育倫那句根本不含任何人類情感的話，然後身體下意識做出行動。接著，就聽見聿很難得的大喊。

「阿因！」

劇痛隨著槍聲從自己身體某處炸開，虞因擋在尤信翔前面，然後跪倒在地。

詹育倫愣了半秒，隨即重新抬起手，但是來不及再開第三槍了。

從遠處而來的子彈打穿他的手腕，震脫了已經上膛的槍枝，下一槍穿透膝蓋，凶狠又快速地奪去詹育倫的行動能力。

跑步聲從很遠的地方傳來。

「你們沒事吧！」

葉桓恩匆促著急的面孔從小雜林後出現，邊跑還邊向無線報告這邊的狀況，要求立刻來人手幫忙。

整個人其實有點恍惚，虞因張開自己摀在腹部的雙手，看見上面都是血。

有點被動地抬起頭，視線內有聿著急的臉，還有葉桓恩逐漸靠近他們並制伏詹育倫的臉。過了一會兒，王克桎也穿過小雜林出現在遠處，更後方還有其他警方救援的行動聲。

所有畫面就好像在看無聲電影一樣。

站在他身邊的葉桓恩就這樣非常自然地抬起手。

然後朝王克桎開了一槍。

剩下的事，他就什麼也不知道了。

# 12

他聽見咳嗽聲。

黑暗中，有些蒼老且沉重的咳嗽聲響一聲聲傳來。

向前走，周圍慢慢出現微光，照出略帶米白色的牆壁，然後是擺放在那其中的病床。躺在上面的婦人虛弱且憔悴，面孔上是已經無可救藥的紫灰色，那種全然失去生機、不可能會再有機會的色彩。

婦人不斷咳嗽著，眼角含淚。

他看見，在一邊家屬床上，蜷縮著身體背對婦人躺著的是非常瘦弱的男孩，這時的男孩閉著眼睛熟睡，但顯然睡得很不安穩，蒼白的手指全部緊握成拳，周圍還堆放著幾本法律相關書籍。

婦人就這樣看著。

「如果妳恨他，我能理解，但是他同樣是受害者。」

他站在婦人床邊，不自覺地開口：「這麼久的時間，也夠了，讓他離開吧……」

婦人轉過頭，看著他。

然後，她開口……

□

虞因再度睜開眼睛，是兩天後的下午。

冰冷的病房中充斥著消毒水的味道，轉過頭，就看見聿趴在病床旁熟睡。

看對方樣子好像很累，本來不想打擾，不過意識一清醒，突然從肚子邊傳來的疼痛讓虞因不由自主地悶哼出聲，「嗚……」

聿幾乎瞬間睜眼，整個人支起身。

因爲有經驗，虞因先呼吸了幾次讓疼痛比較舒緩後，才在聿的協助下喝了一點點水，最後才用同樣痛痛的喉嚨出聲：「……大家都沒事吧？其他人順利出來了嗎？」

不知爲何，他的記憶非常清晰，一醒來便完全記起被困在透天厝地下室和爬出來後被開槍的事情，好像就是剛剛才發生的一樣，還可清晰看見詹育倫因爲失敗而惱怒的眼神。

聿搖搖頭，先壓了鈴，才低聲開口：「你昏兩天了。」

「咦？」雖然知道自己有昏過去，不過虞因很驚訝時間竟然比自己想像的還長，他以爲才短短幾個小時之間的事。

接到通知的醫生隨後進來，稍微檢查後確認已經沒事了，後面才看見玖深竄進來。

「太好了，阿因你總算醒了！」恭送醫生離開後，玖深連忙幫忙把床搖起讓虞因可以半坐，看聿去準備吃的東西後就直接坐在一邊的椅子上，「我已經打電話告訴老大他們，他們手上的事告一段落後會趕過來。」

見虞因還是一臉疑惑、沒進入狀況的樣子，玖深急忙再開口：「其他人你放心……都沒事，老大和阿柳、小伍他們是第一批被救出來的，他們很幸運掉在陽台、加上有手機，所以很快就找到位置；然後是黎檢他們也被救出，你們是在這兩組中間被葉警官在圍牆外面發現的。其他人都順利送醫了，除了幾個人現在還在觀察外，老大他們包紮完都已經沒事了。」

應該說太過於活跳跳，虞夏根本當天一包紮完就逃出醫院繼續辦事。

雖然現在說得很簡單，但其實那天玖深整個人陷入極深的恐慌裡，當下聽到消息時很想馬上衝去現場，不過又不能放下手邊的事情，他知道手上待處理的物件也很重要，只能一整個晚上不斷祈禱每個人都平安，然後緊盯著儀器和數據，甚至有點自暴自棄地開始覺得自己眞的蠢到不行才去撞牆壁，因此不能和其他人一起去現場支援，必須得待在這裡等電話。

一直到最後一個人被救出來前，他都無法放鬆心情。

玖深抹了把臉，不得不告訴虞因其他事情，「我們這邊的人雖然都順利出來了，不過有些當時昏倒在建築物裡的青少年沒逃出來，發現有五、六個人被壓死在裡面，目前正在釐清身分，所以佟要你暫時別把護身符拿下來。」

虞因被這樣一說，才發現自己脖子上掛著新的護身符，「那地下室……」

玖深點點頭，「地下室在抽乾水後也挖出好幾具，死亡時間不一，同樣在追查。」

當天小孩們被葉桓恩救了後，聿當下便告知地下室的事情，所以警方在確定所有人員平安後便開始徹查整座建築物與回收場，並將在外面埋伏造成衝突的幾名青少年帶回，人員口供一致，說只是收了錢來幫忙圍事，其他都不知道，就這樣沉默、不再多說一個字。

稍晚，就有自稱孩子們的父母前來吵鬧，要將未成年孩子帶回，甚至大吼大叫地喊著小孩平常都很乖，只是和朋友出去玩而已，並沒有做什麼壞事。

低頭思考了下這些昏迷時的後續，虞因大致弄清楚事態了。

接下來玖深又將一些細碎的瑣事告知對方，例如嚴司被勒令休長假正在這裡治療，還有黎子泓也同樣還在這家醫院，玖深正好今天下午放假，才過來探望所有人，正好遇上虞因清醒。

「其實阿因你滿幸運的，那槍打中腹側，可能因為角度關係，居然沒有傷到重要器官，只要休息一陣子就可以康復，就是昏得久了點。」按照虞因的傷勢，應該不會昏睡這麼久才對。反正玖深搞不懂，醫生說沒事，大家也只好等人自己清醒。

摸摸右下腹，果然傷口在很邊緣。虞因急忙發問：「那東風應該沒事吧？」

「……」玖深有點不知道該怎麼回答，只能先硬著頭皮開口：「他沒事，當天晚上就回去了……」

「然後？」虞因比較想知道對方現在的狀況。

「佟說他有吃飯睡覺。」

「……該不會又像之前一樣了吧。」虞因有點挫折地嘆口氣。

「那倒是沒有……」

玖深有點急著想要否定現況時，病房門就被打開了，一看見來人，他立刻鬆口氣，但隨即又緊張起來。

「玖深小弟，你那表情好像是完全不想看見我的樣子啊。」拄著拐杖晃進來的嚴司，一進門就看見某人皺起來的臉，「看來你已經變得超討厭我了，唉，傷心。」

「不不，並沒有。」玖深當然不會眞傻到去和對方抬槓。

「嚴大哥。」看嚴司雖然被打包的地方不少，不過精神好像很不錯，虞因多少鬆了口氣，親眼看見沒事果然比聽人說得好。

朝玖深點了下頭，嚴司慢慢走過去，在對方讓出來的位置坐下。

「那個開你槍的詹育倫、也就是火虎已被扣押，他相當爽快地承認就是他殺害遊戲中那幾名受害者。但是否認和其他人有關聯，只供述幫忙布置的人手是他花錢買來幫忙，而租借登記的資料都是隨便找人頭來。」好整以暇地接過玖深端來的茶水，嚴司看了眼虞因的腹部，說道：「說穿了就是很八點檔的報復，據說他親生父親惡劣到好幾次逼迫他們母子得遠走他鄉，而且還對他痴情的母親拳打腳踢，後來串通朋友、就是那名里長監視他們，以免母親又想偷偷跑去找人、要人回心轉意。」

在嚴司的敘述中，虞因知道里長私下極盡挖苦詹育倫母子之事，讓他們住處周圍鄰人都對他們有所誤會，所以一直處於一種被白眼的不友善環境中。

「似乎里長還直接告訴過詹育倫，不管他們想怎樣動手腳，都過不了他那關的樣子，他不會讓他們這種外來的小三和私生子去妨礙別人家庭……里長可能被詹育倫父親誤導，以爲他們母子是爲了錢財才故意在婚後纏上父親。」即使如此，嚴司也不覺得那是能夠正大光明欺負別人的理由，「而在學校的老師則是給詹育倫一個太美好的想像，他教導學生要用盡力氣去取得最好的成績，這樣就可以顛覆別人的看法。」

「好死不死詹育倫其實也算是個天才，被他那個老師看中頭腦聰明，用很多理想的大餅和歪曲的理由誘騙詹育倫做了很多事情，當中還包括幫他完成一些本應該是老師自己該做的報告與研究資料，以及部分老師私下偷接的文書工作——他用很廉價的費用打發掉深信不疑、沒日沒夜替他工作的詹育倫。最後，在詹育倫將畢業時，將人一腳踢開，且還向同校老師捏造詹育倫因爲家境清貧，時常接受他的金錢援助，卻因此嚐了甜頭纏著他不放，常常伸手要錢。所以當時不少老師私下找詹育倫勸說，徹底掐碎了詹育倫對成人的信賴。」

「這件事是經由其他老師口中傳到里長耳裡，自然也傳到詹育倫父親耳中，好像因此遭到各種刁難和什麼對待。」

嚴司頓了下，火虎並沒有告訴他們是哪些待遇，但能肯定絕對不是摸頭稱讚。

「後來詹育倫沒上高中，隔一年母親死於交通事故，應該就是這件事引起詹育倫加入組織向所有人報復的念頭。」嚴司聳聳肩，「至於那名婦人，好像是從小看工廠老闆女兒長大的，那個老婆常常找她訴苦，婦人就經常去找詹育倫母子極盡挖苦之事，詹育倫小時候看過母親捱了幾次對方打。」

火虎本人告訴虞佟的說法是，從他有印象以來，那個八婆經常上門辱罵他媽媽，有時還甩她巴掌，他這輩子對人類首次起了殺意的對象就是那個婦人，很小的時候就發誓要把她殺死，自然列入了他的名單之中——她是絕對得死。

聽著嚴司的話，虞因嘆了口氣。不否認他確實對詹育倫起了同情，那個人會變成那樣子，是身邊的人造成的，也難怪他的表情會那麼決絕狠戾。

只是，再怎樣對人失望，也不能構成他傷害其他無辜人的理由。

「……對了，有抓到蘇彰嗎？」虞因想想，有點在意先逃走的渾蛋。

嚴司搖搖頭。

沉默了半晌，虞因問出同樣很在意的另外一件事，「我昏倒前，好像看見葉大哥朝王大哥開槍……」他最後看見的畫面，的確停留在葉桓恩面無表情地將槍口對著王克桎。

「那個是……」玖深也不知道該不該打斷嚴司。

「這件事你就別問了。」嚴司笑了下，「別人問也別講，你什麼都沒看到，可以嗎？」

虞因微愣，但嚴司的口氣隱約帶著一種不可反駁的意味，所以他還是慢慢地點頭。

「東風小弟你也不用擔心，他會沒問題的。」

□

「阿因沒事了。」

虞夏放下手機，朝坐在一邊的雙生兄弟說道：「清醒了，狀況也很正常。」

停下手邊工作的虞佟終於鬆了口氣。

「等等你去看完阿因就回家睡。」拍拍對方的肩膀，虞夏知道他哥這兩天警局和醫院兩頭跑，因爲擔心，幾乎都沒闔過眼，但還是得待在這裡處理手上一大堆爛攤子，「剩下這邊我處理就行了。」

「……我會繞過去葉警官那邊一趟。」虞佟按按眉心，這才發現自己全身都在發痛，頸背也整個痠麻得不得了，一放鬆下來，各種問題都浮現了，「他開槍的事雖然暫時瞞過去、王克桎也沒辦法說，但子彈遲早會鑑識出來，可能會因此遭到懲處。」

確認王克桎就是他們身邊的叛徒時，虞佟一度很警戒葉桓恩會發難，畢竟當時他們從北部下來，葉桓恩還非常信任對方。但前陣子終於確定王克桎一直和不明人士有聯繫，以及他兒子的帳戶中有不明來源的大筆金錢。

跟著下來的王克桎看似處處在協助他們，但最終果然只是想深入滲透他們吧。

意識到這件事的葉桓恩應該是馬上就知道自己的友人是被誰出賣，還有他們這些人這陣子受到的各種監視，以及遭到威脅的家人朋友，甚至向振榮八成也是因爲這樣身分曝光。

當下虞佟就非常注意葉桓恩的舉動，也幾乎都和對方同進同出查資料，就是擔心他會基於報復而擅自出手，沒想到最後還是開了那槍。

「王克桎在昏迷前說的話可能會對他有利。」虞夏其實有點不明白王克桎在重度昏迷前留下的話。

那天晚上葉桓恩是眞的下殺手，直接一槍打進王克桎腦袋上，不過因爲有點距離，加上本人或許還是有點猶豫，那槍就嵌在王克桎頭骨中，並沒當場殺死他。後面追來的員警發現王克桎手上也拔槍上膛了，而且王克桎還朝著來援的員警說了句話——「可惜沒把葉桓恩做掉」，隨後就陷入昏迷。

不知道是不是下意識說的話，很可能會被理解成是王克桎要襲擊葉桓恩，而後者快了一步反擊，這樣葉桓恩的懲處結果就會大不同。

「我們還不清楚王克桎在組織中的地位，以及在警方中扮演的角色，但我想或許他是有點抱著對葉桓恩的歉意說那句的，否則沒必要替葉桓恩開脫。」虞佟不知道自己的想法是否正確，但王克桎非常明白葉桓恩的射擊能力，他在倒下那瞬間還拔出槍、開口說出那段話，幾乎百分之百就是想替對方開脫。

畢竟王克桎已不是現任警察，不該有槍，他身上出現的是不屬於警方的黑槍，想襲擊葉桓恩的可信度更大大提升。

以及，當天小伍已經證實了那時把他們三人從室內叫出去的就是王克桎，用的是讓他們先到另一個地方等待這樣的理由，隨後就被襲擊，這都已經佐證王克桎的不單純。

「誰知道他是不是眞心想幫葉桓恩。」虞夏嗤了聲。

「我願意相信他是。」虞佟打從心裡這樣希望。

辦公室內陷入了一片寂靜。

一會兒後，虞佟才再度打破寧靜，然後翻動手邊的資料。

「關於出現在玖深家的手機，裡面確實有竊聽器，但是手機上完全沒有任何指紋，被擦得很乾淨，正在追查從哪裡賣出來的，查到的可能性很低，應該是黑市買入。」

「……爲什麼要做這種很容易拆穿的事。」虞夏就不信那些人會以爲他們都不會拆手機來查。

「可能是想分散我們的注意，這兩天那個組織不就是如此嗎。在我們與尤信翔糾纏時，他們已經撤走大批存底。」爆炸事情過後，虞佟等人原本打算直接連根拔起，卻猛然驚覺大部分據點的資金已經都被兌現提領消失，連駐守的剩餘相關人員都不見了，只留下一堆完全不知所措的普通員工。

現在新聞上已出現連鎖護膚中心一夜倒閉、老闆掏空所有資金逃走的新聞，憤怒的消費者指控直到昨日，中心的人還在向他們推銷昂貴的保養品，今天卻已人去樓空。

那場遊戲看起來與先前藏躲的手法不同，幾乎是大張旗鼓地引起各種讓人注目的騷動，原先以爲是尤信翔對於東風的誇張報復，實際上卻是轉移他們所有注意力的一場表演。

尤信翔很可能是被那個組織捨棄截斷的「尾」。

「東風那事，果然當年凶手還有第二人。」虞夏看著檔案上的尤信翔照片，冷哼了聲。他從一開始看見資料時就覺得怪怪的，當年警方判斷凶手是跟蹤狂也有其理由，所以大家都持著保留態度，重新檢驗所有物品。

虞佟點點頭。玖深在查過簡士瑋的事情與麻糬後，完全確認了還有另外一個人，「當時向老闆購買的是一個四十多歲的中年人，案發後證物被收拾得太快，不該是尤信翔當年做得出來的事，多出來的那個人利用尤信翔當煙幕彈，把自己的存在痕跡給抹掉了。」

「恐怕就是這之後，尤信翔聽從對方的話擺脫家庭，徹底成爲組織一分子，把當年和東風的計畫拿出來應用在組織裡，吸收更多離家的青少年成爲主力。」那種年紀的青少年其實很容易被操控，尤其有了幫派或組織，得到了金錢與認同，就更不會脫離。虞夏快速地把一些事情重新整理過，「根據蘇彰的話，組織的首領恐怕眞的與他有血緣關係，得盡快查出他的背景。」

直到現在他們都還沒摸清蘇彰眞正的身分，但從蘇彰一些舉動來看，他偶爾會「幫人解決煩惱」——用死亡的方式來解決，其實和組織吸收青少年的某部分意圖有點相像。

那個人也是原幹部嗎？

「如果和阿因差不多年紀，那幾年前後長女死亡而妻子精神失常後自殺的案子應該不多，朝這方向查可能會有進展。」再怎樣被壓案，總是會有記錄。虞夏認爲說不定很快就能知道蘇彰的底細……畢竟他會刻意說出來，恐怕就是打算經由虞因等人透露給他們去追查，接著他們就能找到組織的首領。

所以他已經以這個案件爲中心，讓其他人去追找舊案，估計很快就能有眉目。

「尤信翔還不願意開口嗎？」從聿提供給他們的說法，虞佟等人知道尤信翔可能對蘇彰有一定程度的了解。

「他堅持只和東風說話。」兩天前，命大沒受到致命傷的尤信翔在醫院醒來後，只說了要東風在他面前、否則任何人都沒用，之後就不再開口。如果不是因為這人是重要嫌犯，虞夏其實很想把門鎖上，將這個渾帳狠狠揍一頓。

「可是東風……」虞佟很擔憂沉默回到嚴司家的男孩。

「他沒問題。」虞夏邊說著，就發現有人傳了訊息給他，拿出來一瞄，他轉給虞佟看，訊息上，是東風同意協助警方，已經出門前往尤信翔所在的醫院。

「他出發了。」

「夏。」

坐在原位整理文件，虞佟喊住正要拿鑰匙出門的兄弟。

「阿因似乎偷偷在存錢，想要重新翻整房子。」前不久，虞因才問了虞佟介不介意母親曾住過的屋子被改變。因為不想讓他發現意圖，所以虞因用在虞佟眼中看來很彆扭、很容易被識破的各種拙劣方法探問。當時他暗暗覺得有點好笑，但沒有戳穿兒子的小心思。

「他存到完我們都老死了吧。」虞夏並不期待那小子的存款能有多飛速的成長。

「小聿也參一腳的樣子……你會介意房子改變嗎？畢竟都住那麼久了。」虞佟事後有查看自己的存款，不過他很想看看兩個小的想怎樣做，所以不動聲色先按著。

「你以爲我是死守舊家園的那種人嗎？神經，你都不介意了我要介意啥。」虞夏沒好氣地瞪了眼眞正的屋主，他再怎樣也只是額外多住進去的人，老婆兒子都在那邊成長、生活，有所珍貴回憶的是眼前的雙生兄弟而不是他，「對我來說，房子就是房子，時間到了，該改的時候就改，該搬的時候就搬，不管有多少回憶，沒人就是個水泥空殼，有人住在一起才叫家。」

虞佟勾起淡淡的笑容。

「我也是這樣認爲。」

□

尤信翔半坐在白色的病床上。

坐在他面前的，是這十年來和他敵對的友人。

虞夏和黎子泓站在旁側，病房外還布置了重重警力。

「其實你還眞是超乎我預料外地能撐。」看著那張沒什麼表情的漂亮面孔，尤信翔終於打破沉默，然後向後靠在立起的枕頭上，「這麼多年，我們都還是活著。」

「……」握著纏滿綁帶的右手，東風現在坐在這個地方，已經不再有什麼特別的情緒，就是心如止水地靜靜回望同樣已撤去一身敵意殺氣的青年，「算嗎？」他還眞不知道這些年算不算活著。

「我到現在還是恨不得殺光你身邊的人，看你永遠活在痛苦裡。因爲你就是讓我活在那些裡面，而且永遠翻不了身。」瞥了眼旁側的黎子泓，尤信翔淡漠說道：「你把我放棄了，也放棄掉我們的夢想，我走不出去，只能永遠待在這裡，所以我也不可能讓你離開太遠。」

「如果你收手，配合虞警官他們阻止組織，很多事情可以像以前一樣。」東風低下頭，慢慢回應著：「我會遠離所有的人，如你所願。」

尤信翔冷笑了聲。

「這是、不可能的。你到現在還沒發現跟蹤狂的目的嗎？」帶著戲謔的語氣，他開口。

「目的？」東風抬起頭，有點疑惑，但隨即瞪大眼睛，「他……！」

「想起來了吧，組織吸收的是青少年，安天晴是成年人、又是個蠢女人，所以打從一開始，安天晴就不是他的目標。」有點玩味地往黎子泓那邊再投過去一眼，尤信翔看著男人果然跟著皺起眉。「他想要的是我們兩個、或是我們其中一個，雖然我不知道是哪時候被盯上的，不過我發現BOSS開始跟蹤安天晴的時間，很恰好就是我們開始出入她租屋的時候。」

「所以，當你想動手時……」東風覺得自己喉嚨被哽住，無法吐出下一段話。

「他就介入幫我，從那時候開始，我就已經作爲共犯，只能加入他的組織。這十年來，做的髒事可多了，不擇手段到連小孩我都殺過……看來是一輩子都脫離不了，而造成這一切的就是你啊。」微笑看著友人，尤信翔一字一句地清楚說道：「你要我怎麼不恨你？如果我活在那種地獄，你也必須陪我，直到我徹底把你毀掉。」他是不可能看著這個叛離他的人退出他身邊，然後去過著逍遙自在的生活。

「但是你不想要他死。」按住東風的肩膀，黎子泓看著尤信翔，「而且，即使東風不是女性，你也有其他方式可以讓他加入組織，和你一樣待在你所謂的『地獄』中，但是你卻沒有。」

其實這個人，並沒有他自己說的那麼決絕。

黎子泓隱約可以感覺到那份執著後的另一種想法。

「……」尤信翔斂起笑。

「你應該知道火虎受命要殺你，所謂的組織已經打算讓你當替罪羔羊，斷了你這條尾，把所有事情都推到你頭上。」如果那天晚上，火虎確實將尤信翔射殺的話，尤信翔在幕後操作下，應該就會成爲揹負起整個組織所造成的事件的人吧。黎子泓幾乎可以確定這個組織就是如此打算，才會讓尤信翔採用這麼誇張的「遊戲」引開他們，取得更多時間將檯面上可動用的資產全部轉移，「既然如此，你不如和我們合作，徹底剷除整個組織，或許能減免一些刑責。」

聽著黎子泓的話，尤信翔不客氣地大笑了。

「你們想得太簡單了，組織是剷不完的，我也不會和警察合作。組織怎樣打算和運作，我最清楚不過。我承認你們查到的所有事，都是我一手操作，隨便你們要怎樣判都行。」尤信翔惡狠狠地瞪著黎子泓，「放心，『你們的人』會非常樂意馬上把我定罪，我就是所有事情的源頭，幹部聽從的全是我這個高級幹部的指令，你們再怎樣查都會是這結果。」

「……看來你們也已經計畫好了啊。」虞夏看對方不是在說假話。

「我就是首腦。」尤信翔笑著說。

然後，坐在他前面的東風倏然站起身，打斷了他對外人的嘲諷。

「爲什麼不能繳白卷。」

東風有點悲哀地看著青年，「你當年問我的那個問題。」

「是啊，爲什麼不能繳？我們都知道答案，繳不繳根本沒任何意義。」尤信翔淡淡地說：「寫不寫在那上面，根本沒差別。」

「不，我們必須寫上去。」東風緊握著手，「那是因爲，如果你什麼都不寫，別人根本不知道該如何回應你。」

「什麼？」尤信翔愣了愣。

「什麼都不想傳達的空白，該讓別人如何回應？」

說完，東風下定決心般站起身，轉頭離開。

看著重新被關上的病房，黎子泓沒追上去。

病床上的尤信翔已完全失去憤恨的表情和冷笑。

「你知道阿因爲什麼會幫你擋那槍嗎。」虞夏環著手，冷冷看了眼青年，「他說東風肯定不想看你就這樣死掉，他會更難過。」

「……白痴嗎。」尤信翔不屑地冷哼。

「那小子本來就白痴。」虞夏也不贊同自家小孩的舉動。回頭肯定要把虞因那傢伙揍一頓，都說幾次看到危險要遠離，不會閃子彈擋什麼槍。

幸好這次沒打中要害，如果眞的打中呢？

想起虞佟的擔心表情，虞夏就越發覺得虞因欠揍。正思考著等等下去樓下病房時要怎樣揍人，他突然就聽見尤信翔報出一個地址。

「那是我在這裡的租屋。」尤信翔轉開臉，看著旁側的床頭櫃，「……當年我在下葬前剪斷了安天晴的一根手指，割掉她的舌頭，按照法師的指示和什麼符綁在一起弄了個陣，聽說這樣就不會作怪。那些東西在那邊，你們燒掉後，東風或許就能看見他一直想看到的吧。」

「你連死都不想讓安天晴再出現嗎？」虞夏邊把地址發出去邊開口。

「我只是不想再看見那個女人纏著東風。」尤信翔忿忿地握起拳，隨即放鬆，「還有，我不會背叛組織、透露任何一個字，你們死心吧，你們手上所有的人都不會開口。」

「你們爲什麼這麼效忠？因爲錢？歸屬？自己的性命？」黎子泓說著，卻不覺得是這些因素。

「你們不是也知道的嗎。」無溫地看著眼前兩人，尤信翔冷漠地開口：「你越珍惜什麼，就越容易失去什麼。」

黎子泓剎那間明白尤信翔的意思。

「其實你有很多機會可以吸收東風到組織裡，對吧。」虞夏偏著頭。和黎子泓的想法一樣，知道他們倆的事情後，他一直覺得尤信翔是有方法能夠拉攏東風的，不論當時東風有多恨他，尤信翔肯定有辦法能夠處理，即使強迫也可以讓東風加入。

但是尤信翔並沒有這樣做，只是一直聲稱對方是叛徒。

「為什麼？」

聽到第二次詢問，尤信翔笑了，淡淡地勾起唇部弧度。

「因為他的手。」

「手？」

虞夏瞇起眼。

「我想要他的手一直那麼乾淨，就像我們當初遇到時一樣不變。」尤信翔抬起自己的手，看著粗糙的掌心，以及上頭累積的傷疤，「他這輩子唯一能殺的，只有我。」

隨後，尤信翔就沉默了。

直到移送，他都沒再開口說一個字。

□

虞因有點發呆地看著天花板。

房內電視現在正上演著不知道重播幾次的美食節目，雖然食物看起來很美味，但在這種肚子有點餓的時候看就覺得很不道德，更不道德的是，剛才說要去幫他買點東西吃的聿把遙控給放在家屬床邊了，他現在正處於一種很想轉台又拿不到遙控器的窘境。

正想乾脆先縮回去睡一下時，病房門被人敲了幾下，很快就聽見外面的員警打開門後傳來的招呼聲。

看見有點半推半就走進來的人後，虞因精神馬上來了，「東風！」他原本還想盡快出院探望人，沒想到人自己來了。

東風有點尷尬地點了下頭，他原本是打算離開醫院前來這邊問問狀況，沒想到員警馬上開門把他推進來，「沒事就好……」

「你也是。」看對方手上厚厚的繃帶，虞因想想，有點擔心他的手以後會因此留下後遺症，雕刻繪圖這些精細的作業需要靈巧度，受影響就不好了，「你來複診嗎？」

東風搖搖頭，低聲開口：「剛剛見完了尤信翔。」

「咦？他在這裡？」虞因整個錯愕，他知道黎子泓兩人在這邊，但並不知道尤信翔竟然也在這醫院裡。不過想想，當時尤信翔各種傷殘，還在醫院似乎沒什麼好奇怪。

「嗯，我協助我學長他們，稍微講了些事。」慢慢走到一邊，東風在有些距離的椅子坐下，然後按著隱隱疼痛的右手掌，突然覺得自己的心境這時異常平靜，幾乎沒有任何起伏。

「……你還好吧？」總覺得對方臉色平靜得有點可怕，虞因很擔心地問。

「沒事，有些事情說完了，感覺就是已經有個終結點。」東風淡淡說道：「大概就是覺得有很多事已經可以放手，現在怎樣都無所謂了。」

不曉得爲什麼，雖然東風現在看起來好像對過去的事情差不多釋懷了，不過虞因總覺得不太對勁，但又說不上來哪裡怪，只能先開口：「那你應該不用再搬家了吧？如果只是想換個地方住，可以先來我家。」一開始，東風到處搬家是爲了躲人，既然尤信翔已經被捕，事情也暫時告一段落，就不用再像先前一樣吧？

東風再度搖了頭，「手傷好之前我會暫時住在嚴司那邊，已經請仲介幫我找房子了，過陣子會搬過去。」原本是想要立刻搬離的，不過這次的事情連累到很多人，黎子泓一開口，他沒立場拒絕，只能點頭答應。

被這樣一講，虞因突然希望對方好得慢了，應該要把復健的時間也列入才對。

「我知道你們都是好人，也明白你們的意思，但我也有自己想去的地方，或是想要過的生活。」當然讀出了虞因臉上表情，東風輕輕說著，「畢竟我和你們原本就不一樣。」

「那你想過怎樣的生活？想去哪裡？你可以講個地方，以後我們就可以去找你啊。」虞因瞇起眼睛，認眞地問：「沒有人是一樣的，但這不妨礙往後大家都還是朋友這件事吧？」

「……」並沒有立刻回應對方的話，東風沉默了半晌，才說道：「總之，離開前我會告訴你們。」

「約好喔，這次別偷跑。」雖然很想說不然打個勾或畫押，不過虞因覺得應該會被白眼，「對了，我還有事要告訴你。」

「？」正打算回去的東風停下起身的動作。

「我夢到你……應該是以前的你吧，睡在家屬床上，旁邊是安老師的媽媽。」看見對方明顯僵了下的身體，虞因連忙接下去，「她託我告訴你幾句話。」其實他很猶豫該不該說，因爲他覺得會傷害到人，但畢竟是亡者的託付，如果不說似乎也不行，只能開口。

「……」雖然不太想聽，但是東風並沒有立即移動身體。

「她要向你道歉，還有，你做得已經夠多了，該是時候把她們忘了，不要再惦記安天晴，也別再覺得對安媽媽有什麼愧疚，她們都已經『過去』了。」夢裡，病床上的婦人回望著他，那份死前話語造成的遺憾讓她至今還未能脫離，虞因知道婦人因爲最後那段話，也將自己困住很久很久，現在她已經想走了，「『過去』就讓它們徹底『過去』，人必須要踏出那一步。」

「……怎麼可能忘記。」

東風站起身，有點淒慘地扯動嘴角，「到最後還是要對我說這種殘忍的話。」她知道，他是永遠不可能忘記的，先天的條件讓他的記憶永遠不可能忘卻。

看著東風好像快哭的表情，虞因也說不出什麼安慰的話，因爲他確實不可能會忘。虞因知道接下來自己也只能像其他人一樣，就這樣在旁邊等待東風的傷口癒合，等到他能夠像聿一樣將好的回憶珍惜起來、覆蓋悲傷痛苦的那一天。

過了好半晌，東風才再度開口，打破病房內的寂靜，「不過還是謝謝你告訴我，最起碼老師的媽媽應該可以釋懷吧。」

「嗯。」虞因點點頭。

東風嘆了口氣，就這樣越過病床，往門邊離開。

打開房門，他看見站在外頭的聿，對方手上拿著已退冰很久的飲料和一袋降溫的食物。

「去嗎？畢業典禮？」聿並沒有移動腳步，而是直直看著甫出來的人。

「不知道。」東風現在並不想去思考那些事。

「會等你。」

聿看著擦過自己身邊的人，然後開口：「這裡的人，會等，不會退開，不會像你那時候，也不像我那時候。」

東風並沒有停下腳步，就這樣走了。

然後他在轉出走廊前，回過頭，給聿留了一句——

「我知道。」

他一直都知道。

「地下室的浮屍啊，都是被殺死推進那邊的。」

雖然暫時沒辦法工作了，不過還是有去圍觀的嚴司邊嚼著三色糰子，邊告訴坐在旁邊來訪的友人。「聽說有幾具都是有家暴案底的，看來那地方還是個報復專用的處刑場啊，他們一邊把人淹啊淹，再拖上來打啊打，之後死了丟進去。」

很倒楣先到達約定地點的玖深有點心神不寧地左右張望。

嚴司的租屋收整後，又恢復往日般的漂亮與平靜，那種讓人沉澱的舒適感絲毫未減，但玖深就是有點怕怕的，他最後一次來的時候，被人頭嚇得半死，此時心中陰影猶存。

「玖深小弟，我家目前沒屍體，不用這麼怕。」不過萬聖節時就不保證。嚴司誠懇地在心中想著萬聖節要不要好好裝飾一下，然後再邀旁邊的友人來玩。

「嗯嗯嗯……」雖然知道沒屍體，但玖深還是有點不安。

「你再看我就把剩下的都吃掉了。」難得他人很好地分享房東媽媽做給他的好吃點心，既然先到的傢伙不懂賞臉，他就吃光！

「等等……等等啦！我要吃啦！」玖深連忙搶回自己的點心盤，保護最後一串糰子。

把Q彈有嚼勁的三色糰子啃完後，他往房間緊閉的拉門看了下，「東風還在睡嗎？」

「沒啊，他出門了。」嚴司喝著手上的茶，很隨意地回答：「一大早就出去囉。」

「咦？」

「附帶一提，機器貓已經不睡壁櫥了，他最近都有好好睡在房間裡。」因此，身爲屋主的嚴司很悲傷地最近都睡在客廳。

「啊，那就好。」玖深勾起笑，看見放在屋內邊上的空罐子，那些都是楊德丞的保溫罐，已經被清洗乾淨收好放在旁側。

東風已重新開始進食，嚴司近期經常會在生活群組上報告一下今天喝了哪些，還很要不得地一直扯人後腿說哪些被挑食掉了。

玖深覺得如果東風看見那個充滿餵養日記般的聊天群組，可能會整個大翻臉。

「老大他們應該也快到了吧。」好不容易說服一堆工作狂今天休假，嚴司看著邊上的時鐘。

「不過阿司你還眞有心耶，居然包下餐廳要幫阿因慶祝啊。」雖然是包楊德丞的餐廳，不過玖深還是覺得對方難得好心腸。

發生很多很多事情之後，他們都沒料到提出要幫虞因慶祝畢業的會是嚴司，嚴司還大手筆地掏錢把楊德丞的餐廳整個包下來一天，死拖活賴地要所有人在今天休假，還不知用什麼方式聯繫上李臨玥、阿方那些和虞因走很近的朋友們在會後一起過去。

今天也是特地休假來參加的玖深很期待等等在餐廳能吃到什麼好料。

據楊德丞的提示，他非常凶狠地削了嚴司很大一筆，拿著錢去進超昂貴活體食材回來料理，要他們拭目以待。

「大哥哥只是覺得發生一連串事件後，也該有個慰勞。」嚴司揉著有點痛的背，笑笑地說道：「而且被圍毆的同學這樣都可以畢業，不覺得是什麼該好好大肆慶祝一下的人生奇蹟嗎。」明明他受傷請假蹺課亂跑的頻率超高，那所學校的老師是多佛心才沒把他當到死啊。

「阿因的實作成績一直很好的好嗎。」玖深白眼隔壁的傢伙。畢竟人家也是有老師推薦去兼差教過學生，絕對是有不低的程度啊。

嚴司聳聳肩，不予置評。

「啊，時間快到了，要不要聯絡一下東風。」算算時間，虞因那邊典禮應該已經結束，差不多要往這邊來集合了。玖深連忙拿出手機，想撥給不知道去哪裡的東風。

「不用啊，機器貓和被圍毆的同學他們在一起，會搭老大他們的車回來喔。」嚴司拉出淡淡的笑容，「他一大早，在那邊狂抱怨我訂的花很重，然後就拿去參加畢業典禮了。」

玖深拿著手機，一時間沒意識到嚴司的意思，等到他反應過來，整個人已經咧開笑，「原來如此！早知道我也去了！畢業典禮啊！」

早知道，他就不聽阿柳的話先回家補眠，而是直衝現場了！

「乖，陪大哥哥一樣參加憂傷的下午會吧。」拿過拐杖，被留在家裡的嚴司支撐起身體，轉回房間要去換衣服。

心情大好的玖深在屋廊下愉快地晃著腳。

雖然很多事情還待解決，但是確實如嚴司所說，他們的確需要一個慰勞。

「有包裹喔！」

聽見外頭傳來的喊聲，玖深很直接地繞出去，先幫嚴司簽收。

從貨運上下來的是一個非常大的箱子，看起來像是長形的冷氣箱，根本都能躺個人進去的大小。

玖深簽完後，就把箱子給拖進院子。

大紙箱比他想像的還要輕一點，雖然還是頗有重量就是。

「啥東西？」換好衣服的嚴司走出來，看著莫名其妙的超大紙箱。

「不知道耶，不是寄給你的嗎？」玖深歪頭，眼尖地看見綁帶上夾著張卡片，他沒想太多就抽出來遞給屋主。

看著上頭熟悉的字跡，嚴司突然勾起笑。

「怎麼了？要幫你拆嗎？」看箱子真的很大，玖深覺得傷勢還沒好全的嚴司可能不太方便拆卸。

「不用了，玖深小弟你先把這個拖進去吧。」放在庭院如果下雨就糟糕了。

玖深答應了聲，很乖地去把箱子拖進屋內。

嚴司翻看卡片，然後抬起頭，看見貨運人員還站在圍牆門外。

對方慢慢推高遮住半張臉的帽子和眼鏡。

「這種問候禮很不貼心啊。」嚴司晃晃手上的卡。

「虞同學今天畢業，我也很想送一份畢業禮給他。」蘇彰笑笑地回應，「已經包裝好放在裡頭，你再轉交給他吧。我覺得你們不會希望我親手送過去。」

「你滿有自知之明的。」

「阿司你在和誰講話啊？」

玖深走出來時，沒看到任何人，只有嚴司站在圍牆木門邊，手上的卡片已放回信封裡。

「沒，出發吧，老大他們到了。」嚴司看見街道另一端出現熟悉的幾台車，借走他車的聿還載了不少虞因學校的同學，車裡的嬉笑騰鬧連這裡都能聽見，「對了，楊德丞進了一整批超大隻的鱈場蟹喔。」

「咦！真的嗎！」玖深覺得口水快流下來了。

「唉，他刮走我三個月的薪水……」

「感謝招待！」

立刻忘記前仇舊恨的玖深只覺得嚴司是個人超好的朋友。

看著見食忘仇還忘記他家有人頭的蠢臉，嚴司嘖了聲，「你就不怕我本月吃土嗎喂。」

「我對阿司的存款有信心！」

重點是！可以吃帝王蟹了！

「我如果吃土就去住你家。」嚴司將卡片丟回屋裡，然後關上門。

「來啊。」玖深已經完全忽略嚴司這句話的恐怖點在哪裡了，滿心只期待今天難得的超級大餐。

街道上的熱鬧已在小屋外停下。

嚴司看了眼正午湛藍的天空，是天氣非常晴朗的顏色。

「玖深小弟。」

「嗯？」

「塔上的公主如果沒頭髮能爬，但還是想離開，結果摔下來了，怎麼辦？」

「接住啊。」

「正常依照那種高度不是會啪嘰一聲直接摔死嗎！」

「童話故事都不正常好不好！當然就是！發揮童話的不死之身飛撲接住！」

「飛撲咧……」

「總之，公主一定是想要和下面的人離開才會摔下來吧，那下面的人接住她不就是理所當然嗎。」

「賣肉粽的就是這樣被壓死的。」

「什麼啦！爲什麼又變成賣肉粽！」

「搞不好公主是想吃肉粽才摔下來的啊。」

「……」

……

………

「你才全家都想吃肉粽。」

《高塔》完

## 【案簿錄小劇場】

護玄 繪

本次是應景篇喔

## 不給糖就搗蛋(一)

死都不想拿

## 不給糖就搗蛋(二)

只有桶子能送你了

# 【護玄作品集】

## 因與聿案簿錄（全八冊）

奇幻靈異、驚悚推理、歡樂搞笑
無聲的紫眼少年與身懷陰陽眼的衝動派，
因與聿的不可思議事件簿。

## 案簿錄 陸續出版

層層堆疊的案簿錄，逐漸拼湊出「它」的全貌……
繼【因與聿】後，護玄再次推出期待度NO.1的【案簿錄】。
原班人馬加上陸續出場的新角色，更添有趣互動；
新的故事主軸，將故事擴展至其他人氣角色。
奇幻靈異、驚悚推理，最熟悉也最新鮮的案簿錄！

## 異動之刻（全十冊）

輕鬆詼諧．全新奇幻
喪禮追思會上，一個個散發異樣感覺的人物接連出現。
喪禮之後，地下室竟無端冒出了吸血鬼公爵。
不會吧！住了十幾年的家原來是個大鬼屋……
17歲高中生開始了他的奇妙人生！

## 新版 特殊傳說

〈學院篇〉〈亙古潛夜篇〉〈恆遠之書篇〉陸續出版

既爆笑又刺激的冒險，青春嗨翻天的故事設定!!
《特殊傳說》是一部揉合眾多奇幻梗更加上獨特構想的故事。作者筆下的迷人角色、明快的鋪陳、詼諧又緊湊的劇情，帶來閱讀的全新體驗。陸續展開的不可思議校園生活加上各個角色尋找自我與逐漸成長的過程，讓人翻開故事，便一頭栽入這屬於我們的特殊傳說！

## 兔俠 陸續出版

各種神奇之物降臨的年代，有一群身懷異能的人們，
秉持不同的正義，邁向各自的英雄之道……
20歲娃娃臉熱血青年與伙伴們的「變調」英雄之路，於焉展開！

國家圖書館出版品預行編目資料

高塔／護玄 著.——二版.
——台北市：蓋亞文化，2025.07
面； 公分.（案簿錄：8）
ISBN 978-626-384-210-6（平裝）

863.57 114008586

悅讀館 RE419

案簿錄 捌

# 高塔

作　　者 護玄
插　　畫 AKRU
封面設計 莊謹銘
主　　編 黃致雲
總 編 輯 沈育如
發 行 人 陳常智
出 版 社 蓋亞文化有限公司
地址：台北市103承德路二段75巷35號1樓
電話：02-2558-5438　傳眞：02-2558-5439
電子信箱：gaea@gaeabooks.com.tw
投稿信箱：editor@gaeabooks.com.tw
郵撥帳號 19769541　戶名：蓋亞文化有限公司
法律顧問 宇達經貿法律事務所
總 經 銷 聯合發行股份有限公司
地址：新北市新店區寶橋路二三五巷六弄六號二樓
電話：02-2917-8022　傳眞：02-2915-6275
港澳地區 一代匯集
地址：九龍旺角塘尾道64號龍駒企業大廈10樓B&D室
電話：+852-2783-8102　傳眞：+852-2396-0050
二版一刷 2025年07月
定　　價 新台幣 350 元
Published and printed in Taiwan

ISBN 978-626-384-210-6

# Gaea

GAEA